本书为广东外语外贸大学外国文学文化研究中心研究成果，获广东省“211 工程”三期重点学科建设项目“人文学中心建设——比较文化视野的文学通化研究”经费资助

本书为广东外语外贸大学外国文学文化研究中心 2012 年度纵向攻关培植课题（编号：12ZXGG03）“中日物性思维比较研究”的阶段性成果

人文学丛书 第三辑

主编 栾栋

苦闷文学反思

以厨川白村与鲁迅为枢纽

雷晓敏 著

暨南大學出版社
JINAN UNIVERSITY PRESS

中国·广州

图书在版编目（CIP）数据

苦闷文学反思：以厨川白村与鲁迅为枢纽/雷晓敏著．—广州：暨南大学出版社，2013.6
（人文学丛书·第三辑）
ISBN 978－7－5668－0691－8

Ⅰ.①苦…　Ⅱ.①雷…　Ⅲ.①文学理论—研究　Ⅳ.①I0

中国版本图书馆CIP数据核字（2013）第178446号

……………………………………………………………………………………

苦闷文学反思：以厨川白村与鲁迅为枢纽
著　　者：雷晓敏

丛书策划：史小军
责任编辑：张亚辉
责任校对：黄　斯　卢凯婷

地　　址：中国广州暨南大学
电　　话：总编室（8620）85221601
　　　　　营销部（8620）85225284　85228291　85228292（邮购）
传　　真：（8620）85221583（办公室）　85223774（营销部）
邮　　编：510630
网　　址：http：//www.jnupress.com　http：//press.jnu.edu.cn
排　　版：广州市天河星辰文化发展部照排中心
印　　刷：佛山市浩文彩色印刷有限公司
开　　本：787mm×960mm　1/16
印　　张：14.5
字　　数：240千
版　　次：2013年6月第1版
印　　次：2013年6月第1次
定　　价：32.00元

总 序

栾 栋

克服“单面人”生产和突破“块垒式”教学，探索宽基础、大口径、深层次培养通识通才的途径，是世界所有高校的重大难题，也是广东省建设文教大省不可回避的关隘之一。从2003年12月起，我们以省普通高校人文社会科学重点研究基地外国文学文化研究中心为依托，进行了集约性融通的尝试，一系列成果聚焦于“人文学中心建设——比较文化视野的文学通化研究”。2008年底，我们以此为题，获省“211工程”三期重点学科建设项目立项，一个融通人文学科的核心实践在广东外语外贸大学拉开序幕。2012年底，该工程经省发改委、教育厅、财政厅组织专家审核，顺利通过验收，这一项“从无到有的创制”首战告捷。

何谓人文学？从学科脉络上讲，她是研究文史哲互根的学问；从学术本质上看，她是求索中西学融会的艺术；从学理辐射而论，她是探讨教科文贯通的方略；从学丛变数展望，她是文科大类场域趋通的津渡。我们将之作为文学化感通变的“核心加速器”，从“比较文化视野”多向度运作，以推动中外语言文学的通化性研究。这是我们创新团队数十年的精心设计，是我校长期师资建设和学术积累的集成绽放，是我校的比较文学在本科、硕士、博士学位授权点和博士后流动站配套后的新拓展，尤其是我校作为省属涉外型重点大学对“明德尚行，学贯中西”校训的认真践履。

“人文学中心”是广东省文科基地（外国文学文化研究中心）重点项目建设的一个工作站。本中心面向海内外招聘学术带头人和教研骨干，大力推动国内外同行间的多向交流，旨在打破近代以来人文领域分科治学人为分界的局限，同时坚守合理的规则，以具有长远规划、长期积累和趋向性影响的重大项目实施，带动人文主干学科的多面建设。

从省文科基地已经完成的“人文学研究”成果和全校人文力量的整合情况来看，以“人文学中心建设——比较文化视野的文学通化研究”为题，全面推进省“211工程”三期重点学科建设项目的效率日益加强。广东外语外贸大学的人文人为学校、全省和全国高教界践履这一历史使命作出了突出的成绩。这个工程已经如期结项，然而其积极的成果还在源源不断地涌现，科研成果的实践性转化也在与时俱进地展开。

本团队积极进行中外语言文学的教研改革，力求在人文学探索上有较大的突破，把中心建成教学科研、学术交流和资料信息的综合平台，努力实现省内领先、国内出色的目标，扩大在国际学术界的知名度。增强实力，协调运作，承担对本学科发展具有中长期导向作用的重大课题，使本中心成为国内外有一定影响力的人文学高层次人才培养基地和文史哲通化研究的资料中心。

“人文学丛书”是“人文学中心”建设的一个信息窗口，她将本项目的水平标高展现给社会。“人文学丛书”也是“文学通化研究”的一个交流平台，她把本团队融贯文史哲和勾兑中西学的成败利钝呈现出来，与学界同仁品鉴。这套丛书包含三个方面的内容，其一是人文学原理与方法探要，其二是中外文史通义问题求索，其三是中外文学通化现象研究。毋庸讳言，这样一套丛书的编著，连同上述“人文学中心”建设的重大任务，都属于既“吃螃蟹”又“尝蜘蛛”的艰险行动。但是全球化的历史潮流迫使我们斗胆进取，面对国际教科文演变的一道难题，中国的人文学者总得交出自己的答卷。

“人文学丛书”第一辑的10部著作已于2011年问世，第二辑10部著作在2012年出版发行。第三辑即本系列15部著作整装待发。本辑的第一本是张进教授的《历史诗学通论》。“历史诗学”问题是一个跨越学科语际和时代国别界限的理论和实践问题，关系到当前文艺发展的命脉和全局，但目前尚没有一部打通如上界限的“通论”性质的专题著述。《历史诗学通论》旨在打通学科界限、时代界限和国别界限，对古今中外的“历史诗学”思想资源进行综合比较和通化研究。在文学与史学相贯通的基础上，打通人学与史学、文本学和审美学之间的学科壁垒，对论题展开科际整合研究；在综合古今相关思想资料的基础上，通过历史诗学形态的历史比较研究，揭示其历史演替和范式转换的过程；在跨越国别语际界限的意义上，对中国、英美和俄苏的历史诗学作宏观统照，通过对相关思想的文化比较研究，阐发历史诗学的思想内涵和多重取向，进而实现对历史诗学问题向心式挖掘与横向性贯通相统一的研究目标。在综合比较基础上的通论研究和通化研究是本书的基本特色。

第二本是张进教授的《新历史主义文艺思潮通论》。新历史主义是20世纪70年代末期以来崛起于英美等国的一种跨学科、超国界、多流派的文艺文化批评运动。80年代末，这一“外生”批评运动与中国文艺文化领域“内生原发”的历史文学书写活动策应互动，渐次演变成一种声势浩大的新历史主义文艺思潮，至今仍方兴未艾。它所提出的问题涉及历史哲学观念和历史理性精神的价值取向，关乎文艺文化发展的命脉和全局。本书在当代世界文论和国内文艺的实践背景上，通过对历史文学、历史转向和新历史主义及其间复杂关系的具体研究，以及历史哲学、批评流派与创作实践之间的对勘互证，全方位、立体式地考察这一思潮的精神风貌、思想谱系、文学观念、创作实践、批评探索和价值效应等问题，探索历史理性与人文精神、诗性智慧与历史逻辑的深层对话和整合会通的可能途径，规范和引导历史文学的理论与实践，推动新历史主义文艺思潮在中国文化传承创新过程中发挥出更大的正能量。全方位的会通研究是本书在内容和方法上的主要特色。

第三本是冯晓莉老师的《人文通识教育新论》。人文通识早先被理解为对一般人文知识的撷取。20世纪末叶，人文精神的讨论将之推进到人文思想的层面，近十多年渐次成为国内外高校教育改革和教学研究的重要内容。本书以“人文学”研究为主脉，以当前中国高校的通识教育改革为切入点，全面而深入地探讨了人文通识教育的关键问题，包括人文通识教育的人文学内涵、中西方人文通识教育的历史渊源、外语类大学人文通识教育的实践经验、全球化背景下加强人文通识教育的现实意义等方面。本书内容分为三大部分，共十二章。三大板块分别聚焦于人文通识教育的历史演变、人文通识教育的案例分析、人文通识教育的多向突围。其中关于广东外语外贸大学人文学建设的跟踪研究，可谓人文学前沿的实录和通识教育创新的亮点。

第四本是李安博士的《乔叟文学思想研究》。杰弗里·乔叟（Geoffrey Chaucer，约1343—1400）是中世纪向文艺复兴转变时期的文学翘楚，是英国文学史上里程碑式的人物。他在英语文学中的历史地位，一如但丁之于意大利文学。面对法、意文化的碰撞和思想新潮的冲击，乔叟可谓第一个自觉用本民族语言进行创作的英国作家。乔叟在西方世界很受关注，相关研究颇为活跃。国内的兴趣点主要集中于《坎特伯雷故事集》和《特罗勒斯与克丽西德》两部作品。再早一点的作品几乎被学界忽略。本书作者力求全面观照乔叟的文学思想，将其早期诗歌和后来的作品作整体理解，不仅深入释读《公爵夫人之书》、《声誉之宫》、《百鸟议会》，而且细致剖析作家同期短诗和法语文本《玫瑰传奇》的翻译活动。从意气风发的王室家臣到沉郁顿挫的海关税收官，乔叟经历了始而高举理想、继则怀疑迷惘、最终重立信念的过程。《乔叟文学思想研究》生动地再现了诗人在基督教传统和人文主义过渡中的矛盾性格，扼要地勾勒出了他在贵族阶层理想与历史批判眼光之间的取舍过程。乔叟的诗作曾借女神立言：“因此我——自然女神——宣判，我不会撒谎；/我不会对任何阶层有所偏袒。”李安博士赞赏诗人博大的胸怀和对新世界的憧憬，其知人论世的严谨治学和以意逆志的诗学情采，都为本书增色不少。

第五本是陈穗湘教授的《莫里哀戏剧话轮研究》。作者从莫里哀戏剧的对话话语层面，尤其是话轮交替层面突显实现人际意义的语言手段，揭示语言手段所折射出来的社会层面的人际意义。本书的核心是人物的社会身份决定人物采用的语言手段以及非语言手段，譬如：手势语、肢体语言（非语言手段由剧作家对演员的演出指示。反之，语言手段的选择反映人物身份以及社会地位，换言之，人物语言特征取决于人物的社会地位）。本书着重分析了权势者和弱势者人物的语言特征，聚焦于两组人物的对话：主人与仆人、父亲与孩子。莫氏戏剧中的主人和父亲代表权势者，而仆人和孩子象征弱势群体。主仆呈对立关系，主人主宰仆人，仆人唯有服从主人。观察这两组人物采用的语言策略，人物的性格特征也可见一斑。

第六本是袁兆文博士的研究成果——《〈恶之花〉及其现代性研究》。自《恶之花》问世以来，层出不穷的研究大都集中在诗学角度，本书作者重点关注“诗”与“思”融通视域下的思想文化特征。循《恶之花》由诗向思的推进，本研究揭示了波德莱尔精神世界的纠结，揭示了诗人所展现的悖谬的现代性样态，揭示了启蒙现代性与审美现代性的矛盾冲突。作者给我们勾勒出了波德莱尔症结的历史看点，即现代社会深层的现代性焦虑。正如栾栋所言："波氏诗作和波氏焦虑是互为表里的同一个文化现象，其中隐含着现代性张力，昭显出现代性历史阵痛在'这一个'作者身上的种种表现。美与丑交织，美与恶同源，美与资本勾结，美与进步错位。《恶之花》的发表象征了审丑的崛起，同时提出了审恶的话题。这本书是思想文化演变的重要节点。而且，《恶之花》引出的审丑论为矫治审美贵族化倾向作出了深一层的解说；《恶之花》体现的应和论为万物相似性作出了神秘性的诠释。"概言之，《恶之花》是人类文明史上的奇葩，在意识上是审丑文艺的生发和扬厉，在创作上是象征方法的凝练和凸显，在思想上是现代主义的溃疡和痼疾，在文化上是自由情感的红杏出墙，在心理上是欲念根底的沉渣泛起，在人性上是精神提升的反面推力。袁兆文的《恶之花》在这些方面有明显的突破，其深度和创新程度值得学界关注。

第七本是杨劼博士的《白璧德人文思想研究》。这本著作借鉴栾栋先生人文学思想中的"檃栝理论"，从"文史哲互根"和多元文化涵养通和的思路，深入地论述了白璧德学说的核心思想。白璧德非常关注现代社会分裂人格的问题，提倡内在超越的生命哲学，主张以"人之法则"克制"物之法则"的僭越，并且殚精竭虑地推进二者的调和。他借鉴东方体验、省思的方法，洞察内在超越的生命根源。其"更高意志"是"知性直觉"所感悟到的始源事实，也是一种超越庸常的"道德想象"。在美国崛起的时代背景下，白璧德的人文构设有引领美国和世界文化的理论诉求，其思想有着和平的人文旨归。万物相檃栝，宇宙本超然。作者把工具理性纳入人文理性之中观照，对白璧德学说的研究，多了几分多元文化生态的意味，增加了许多现实性的考量。从这个角度重新审视"五四"学人和"五四"文化，对当今中国梦的构建无疑具有积极的作用。

第八本是雷晓敏博士的《苦闷文学反思——以厨川白村与鲁迅为枢纽》。厨川白村与鲁迅都是各自民族的脊梁，也都是人类文学文化的翘楚。他们在文学本质及其功能问题上有着惊人的吻合。本书从两位思想家的内在联系和时代背景等方面爬梳剔抉，深层次地解读了中日文化交流中这一奇特的"共鸣"现象。作者从《苦闷的象征》中挖掘出了厨川白村隐性的思想源头，即他对马克思主义部分元素的吸收。将苦闷问题与命运问题、人文精神问题统合圆观，特别是把这些问题与厨川白村和鲁迅的多舛人生以及艰难的奋斗经历交叉互证，新见迭出，妙趣横生。值得称道的还有文学理论方面的多元探索。从模仿说、实证说、象征说一直到檃栝思想，作者对文艺理论的钻研可谓锲而不舍，如剥笋，似观澜，又像登山，给读者展现的是丰富多彩的学术进路。读者或可从中领悟到这样的看点："文学是'为人生'活动的写照，文学也是'非人生'事物的提炼，在出生入死和钩深致远的意义上，文学是多面神，是九头怪，是星云曲。人类不可无文学，因为她是想象的摇篮；文学不能弃人类，因为人类是文学的真正的载体。"（栾栋语）本书或可为一记佐证。

第九本是张平功教授主编的《全球化与文化身份认同》。国内外学术界对全球化与身份的研究方兴未艾。本书旨在介绍全球化与文化身份的基本理论，呈现该理论在中国语境下的接受和发展趋势，内容包括全球化的形成及其后果，针对全球化与文化传播、多元文化主义、大众文化研究、海外流散文学、文化形象建构、中国影视、传统医学、休闲方式以及"迪斯尼化"等方面的问题展开了细致分析。与此同时，在充分吸收国内外现有分割式研究成果的基础上，也对全球化与文化身份认同的理论和实践进行了综合探讨。本书深入浅出、言简意赅地揭示了全球化与身份研究的超领域和跨学科性质。一方面可以适应专业课及通识课的教学参考之需，另一方面也希望为那些对全球化和身份研究感兴趣的读者提供具有一定纵深性和广延性的著作，为全球化多角度的文化释读提供新的可能。

第十本是裴云博士的《波德里亚理论及其在中国的传播》。波德里亚是西方后现代主义的代表人物之一。他的学说在欧美广为传播，进入21世纪之后，其文化生产与消费的思想引起了更多领域的关注，诸如文化的符号特征、爆裂方式、虚拟生成、替代关系等方面的见解，在国际学术界内外都有所反响。波德里亚理论在20世纪末叶逐渐传入中国。国内学者对他的思想有研究，但是深度和广度都有待发展。作者认为，我国正处于大力发展文化创意产业的起步阶段，波德里亚对符号政治经济学的批判、拟像与拟真学说、象征性交换理论，对我国发展文化产业具有重要的启示作用和借鉴价值。该书系统地梳理了波德里亚理论在中国传播的过程和本土化情况，对其思想内涵和学术特点有深入的发掘，为学界深入研究提供了很好的基点。借他山之石以攻玉，研究波德里亚可为中国如何实现现代化寻找更多的参考点。就思想文化的互动性而言，本书也是一个有意义的个案研究，读者或可从中披阅出20世纪中西方文化交流的新特点。

第十一本是张向荣博士的《跨越空间的对话——波伏娃与张爱玲文学的女性意识之比较研究》。本文主要对法国的西蒙娜·德·波伏娃和中国作家张爱玲进行比较研究。波伏娃与张爱玲作为不同文化背景下的女性文学典范，让人看到“作家即文化演变的产儿”这一历史真言。阐释二者独特的文学思想是本书的思想进路。作者对波伏娃和张爱玲文学中的女性意识进行了系统的分析，揭示了波伏娃概念化的、超越性的女性意识，比对了张爱玲作品作为女性命运的“苍凉”注脚的意蕴。在整个文明发展史上，女性是弱性，波伏娃称之为“第二性”。社会实际往往把女性当异类，对于这一点，波伏娃的理论解析颇为深刻，其小说创作则比较概念化。张爱玲与之相反，她的理论思考很少，但是文学作品却入骨三分，对女性的不幸遭遇有许多穿透历史谎言的真切描述。张氏作品不啻女性悲惨命运史和女性被歪曲历史的矫正史。可以再补一句，张爱玲一生的经历和结局，本身就是女性特别是中国女性命运的一个缩影。张向荣博士对波伏娃和张爱玲均有深切的理解，对女性的生存和尊严有多方面的探讨，对当今世界的拜物倾向和精神空虚问题有认真的思考，这些研究都是很有现实意义的文学观照。

第十二本是马利红的译著《副文学导论》。这本书的法文作者是达尼埃尔·库埃尼亚斯（Daniel Couégnas）。作者以质疑副文学既定的身份属性为出发点，分别从副文学作品中的重复形式、参照错觉、意义解读、主导性叙述和人物分类五大方面对副文学作品进行了详细的诗学分析，通过“副文学模式”和“副文学标准”的建构，深层探讨了副文学性和副文学话语存在的逻辑前提，论证了副文学品种及其样态的必然性与合理性。就其学术特色而言，《副文学导论》是第一部从诗学的角度观照副文学现象及其作品的法文著作。这部著作首次提出了诸如“副文学模式”和“副文学标准”等比较新颖的原创性文学批评观点。该书的翻译旨在向广大的汉语读者提供完整的译本，推动国内学界对法国副文学理论的研究。翻译者马利红是广东外语外贸大学培养的文学博士，研究方向为法国文学与比较文学。她目前是暨南大学外国语学院副教授、广东外语外贸大学外国文学文化研究中心兼职研究员，在“人文学丛书”第一辑出版有专著《法国副文学学派研究》。这本《副文学导论》译著和马利红研究法国副文学思想的专著，是目前国内外国文学思潮研究的一个新动态，即栾栋所说的“文学他化于烈为今”，“文学非文学于今为烈”。马利红的译介和研究印证了这一文学变数。这些成果对我国的外国文学研究和广义的文学批评都将产生积极的影响。

第十三、十四两本书是马歌东教授编选、校点的《日本诗话二十种》(上、下卷)。日本大正九至十一年（1920—1922）相继出版了日本唯一的诗话总集“日本诗话丛书”全十卷，共收载日本诗话59种，其中和文诗话29种，汉文诗话30种，本书从其汉文诗话中精选出20种，加以校点，以飨读者。日本诗话伴随着日本汉诗千余年发展史，其作者为日本古代著名汉诗人、汉学者。日本诗话奉中国诗话为圭臬，其内容既品评我国古代诗歌，亦品评日本汉诗，并探究二者的渊源关系。本书的出版对于我国古代诗歌与诗话域外繁衍史研究、国际汉学研究、中日文化交流史研究等多项基础研究及理论研究，都将提供珍贵的文本资料。而诗话这种形式本来就因富于知识性、趣味性与可读性在我国拥有永久的读者，本书所选日本诗话置我国古代诗话中几可乱真，熟悉的格调语言，新颖的内容趣味，加之首次被引入国内，一新耳目，故其读者几可涵盖我国古代诗话读者群。

第十五本是张宪生教授主编的《东亚近世历史与思想的地平线——差异·冲突·融合诸相》。这是中日两国学者合力完成的学术成果。中方主要撰写者还有日本文史专家韦立新教授及赵晓亮、姚奇志等中青年学者。日本作者是立命馆大学桂岛宣弘教授、神户女学院滨下昌宏教授。韩国作者有东西大学李元范教授。这三位日韩专家均为日本历史与思想史研究领域的著名学者，其中桂岛宣弘曾任日本思想史学会副会长。他们都有丰硕的学术成果，受到学界广泛关注。更为难能可贵的是，桂岛宣弘教授与滨下昌宏教授均对近代以来日本国家的路线持质疑态度与批判立场，在研究近世历史与思想时，也表现出强烈的批判精神。进入17世纪，日本民间知识界习儒风气日益浓厚，与此同时，日本知识分子的主体意识也在觉醒。国学派等日本本土思想与作为外来思想的儒学之间产生了明显的冲突，这个变化构成了日本近世思想史的重要内容，并影响了日本历史的走向。作者选取了其中一些重要事例作为切入点，既注意微观层面的实证研究，又重视宏观方面的理论概括，以日本为聚焦点，描绘出一幅近世东亚思想空间中多种观点冲突交错与融合的复杂图景。本书选题新颖，资料翔实，论证深刻，许多章节都有所创见。作为国际合作的学术著作，本书的出版为我国日本文史研究领域贡献了一项重要成果，展示出中、日、韩学术界同行交流的最新动向，为国内外读者提供了了解日本近世社会历史和思想文化的前沿成果。

上述十五种论著从不同角度阐发了人文学的一些大的方面。表面上看，这些著作云行雨施，各有所专，与建设“人文学中心”的主旨若即若离，实际上都很切近人文学思想的大主题，每部书都从治学理路上体现“文史哲互根”的命题，从学术格局上注重“中西学融会”的方略，在学科交叉上追求“教科文通化”的目标。细心的读者可以从每本书的字里行间看到文史与哲理的磨合，看到思想与逻辑的链接，看到学问与学科的切磋。人文学在茁壮成长。

这套丛书的主编是广东外语外贸大学外国文学文化研究中心主任栾栋教授。他是广东省“211工程”三期重点学科建设项目“人文学中心建设——比较文化视野的文学通化研究”的首席学者。该丛书的总策划是暨南大学出版社总编辑史小军教授。

“人文学丛书”的出版渐入佳境。外国文学文化研究中心的工作焕然一新。仅从这套丛书的出版情况即可看出，不仅人文学研究循序渐进，外国文学文化研究中心的三大主攻方向也有新的成色。国别研究又有收获，比较研究进入熔铸研究的阶段；人文学研究上了一个新的台阶，原理研究与专题研究均有突破；跨文化语言研究有了新的拓展，从戏剧到诗话，由文学而文化，东亚协奏，中西共鸣。在本辑的15部著作付梓之时，另一个系列著作的撰写也在有条不紊地进行。诸如栾栋教授的《人文学举要》、《文学通化论》等书稿业已竣工。此外，人文学研究“走出去”的思路也在酝酿中。

我们不难看出，外国文学文化研究中心为人文学研究奠定了在全球化大潮中拼搏的平台，人文学研究为外国文学文化研究中心带来了脱胎换骨的改造。人文学的创制，从学术凝练、学科变革和学人培植等方面为外国文学文化研究中心开创了走向未来的新格局。对于广东外语外贸大学的人文学者而言，外国文学文化研究中心是他们实现良性全球化的工作站，人文学中心建设是打造这个工作站的核心工程。它们是合二为一的学术擘画，也是持之以恒的学术追求。这套丛书的研发是外国文学文化研究中心发展的标志性成果，凸显了省文科基地的一个里程碑路段。人文学研究未有穷期。

2013 年 5 月 27 日于广州白云山麓

目　录

绪 论

厨川白村与鲁迅都是各自家族的希望，青少年时代都经历过家道中落后的世态炎凉，他们都以文艺为武器改造国民性，都为本民族的振兴苦苦思索。他们观察敏锐、思想犀利，都是有胆识、有担当和有卓越建树的民族精英。

厨川白村（1880—1923），生于日本大正时代。进入20世纪以来，由于西方科学技术的影响，日本的政治、经济、科技、文化以及人们的生活都发生了巨大的变化，日本的资本主义得到了迅速的发展，社会贫富悬殊随之加大，各种矛盾急剧爆发。1911年日本发生了迫害社会主义进步人士的“大逆事件”。1918年日本掀起了名为“米骚动”的工人罢工运动。19世纪末20世纪初是东西方文化剧烈碰撞的时期，西方现代文明传入日本，在日本出现了仿效、抵抗与迷茫等各种各样的社会心态。在这样复杂的时代背景下，日本人一段时间陷入到全盘西化、模仿欧美的热潮之中，一段时间又掀起狂热的国粹主义运动。这种左右摇摆的风气直接影响了日本社会的发展。在大正时代，欧美化的风潮日渐浓厚，日本民主主义运动不断高涨，自然主义文学思潮、白桦派文学、唯美主义文学和新思潮文学轮番登场。伴随着民主主义和社会主义思潮的兴起，日本人的内心充满了焦躁、恐惧和迷惘。

厨川白村是一个锋芒毕露、特立独行的人。他于1880年11月19日出生在日本京都市中京区一个小职员家庭。父母对他关爱有加，尤其是父亲，他把自己的人生抱负全部寄托在年幼的厨川白村身上，为了让他出人头地，还把他送到美国人办的幼儿园上学。可以说，从幼儿时期，美国人的思维方式和行为准则就开始潜移默化地浸润厨川白村。1892年进入中学的厨川白村对文艺产生了浓厚的兴趣，“他给同学会刊物《六稜》投稿，几乎每期必有一篇，一直坚持到毕业。进入第三高等学校后，他与同学组成读书会，每周两次，他阅读了大量的莎士比亚的作品”①。在第三高等学校的《三高岭水会杂志》上经常可以看到厨川白村的作品。通过对他生平的梳理，我们可以了解到他的天性与禀赋。他的同窗好友阪仓笃太郎曾经对其作过这样的评价：“他毫不在乎别人的褒贬，敢于发表自己的意见。在批判中不是讽刺就是挖苦，自己是痛快了，但他却被人误解，招来不少

---

① 森川智德：《忆畏友白村》，《宗教与艺术》1923年10月25日第4卷第10号。

中伤与责难。”[1] 1901 年 9 月，厨川白村考入东京大学英国文学专业。大学期间，由于家道中落，他发愤读书，并经常利用课余时间教外国人学日语，或给《英语中学》、《帝国文学》、《明星》等杂志投稿，以补贴学资的不足。家庭的重大变故使敏感的厨川白村形成了忧郁、孤独的气质。从小学到大学毕业，他都以优异的成绩博得老师们的赞许。大学毕业时，他还被选为优秀毕业生，受到明治天皇的接见，并得到天皇恩赐的银表。1903 年，他进入东京大学研究生院，师从夏目漱石，可是仅仅入学一个多月，就因为家里贫困而不得不退学，他曾因此痛苦万分。此事的打击使他切肤地感受到金钱对人的摧残。[2] 1904 年 9 月 22 日，他被任命为第五高等学校的教授，开始了教师的职业生涯，主要讲授英语。他讲课严肃认真，且治学严谨，学生们都很敬畏厨川白村。他还是一位勤奋努力的学者，一直坚持阅读西方的文学作品，撰写文章。1909 年他在《近代短篇小说》中阐述了自己的观点，他认为“作家的创作观念、人生观是诗文研究最后阶段才应该涉及的问题，忠实地阅读作品是文坛的当务之急”，并呼吁“将那些只是空谈作家的人生观而不对作品进行细读的人逐出文坛”[3]。由此，我们可以看出他的价值判断。为了让日本文坛了解西方真正的唯美主义，厨川白村于 1909 年发表了《奥斯卡·王尔德的警句》。经过八年的苦读与积累，其终于在 1912 年出版了他的第一部文学专著《近代文学十讲》。这本书获得了日本文坛的好评，自此他开始了文学批评的人生道路。1913 年，他发表了《年轻艺术家的群体》。1914 年，他又出版了《文艺思潮论》。他关注日本社会现实，抱着“理清流淌于西方文明根基下的东西”的写作目标，希望日本能出现描写大思潮的大文学。早期的厨川白村通过译介西方文艺，深受西方“现代性”的熏染。厨川白村的文学批评和社会、文明批评主要集中在 1917 至 1923 年，他在《改造》、《解放》等杂志上发表了 15 篇文章，如《文学者与预言家》、《从文艺到社会改造》等。其中，1920 年 3 月，他在《朝日新闻》上连载了 16 篇文章，后来结集出

① 阪仓笃太郎：《代跋》，《厨川白村全集》（第 3 卷），东京：改造社 1929 年版，第 501 页。

② 厨川白村：《再谈恋爱》，《厨川白村全集》（第 5 卷），东京：改造社 1929 年版，第 95 页。

③ 厨川白村：《近代短篇小说》，《帝国文学》1909 年第 15 卷第 4 号。

版，命名为《出了象牙之塔》。1923 年，他在遇难前编辑完《走向十字街头》，这本书收录了他关注和直面“社会问题”的批评文字。

鲁迅（1881—1936），中国现代文学最著名的作家之一。他的作品远播世界各地，他作品中的人物形象早已经成为中国人的集体无意识，他是名副其实的中国的民族魂。鲁迅的童年经历以及少年丧父，让他过早地承担起了家庭的责任。他在中国“五四”新文化运动以及中国近代文学的发展方面作出了不可磨灭的贡献。鲁迅的一生多姿多彩，他的思想来源丰富多样。在中国，鲁迅的文学成就与他的实际影响，是无人能与之比肩的。鲁迅一生写了 30 多篇短篇小说，他的写作个性鲜明、冷峻深刻。他曾经被奉为“现代中国的圣人”。即使剥离他身上的一切光环，将其还原为一个作家来进行审视，即使时过境迁，我们仍然可以看到鲁迅形象的高大，至少下面几个事实难以否认。第一，他于 1918 年 5 月发表在《新青年》杂志上的短篇小说《狂人日记》，将中国现代白话小说的艺术提高到了当时的国际水平。鲁迅写作这篇小说，受到了俄罗斯作家果戈理同名小说的影响。这篇小说思想深刻、犀利，故事结构层次丰富，语言凝练老到，刻画精神病人心理，模仿其口吻，生动形象。虽是模仿之作，但总体而言，其艺术成就不在这些外国作家同类作品之下，甚至可以说是青出于蓝而胜于蓝。鲁迅的这篇小说一经问世，就等于把中国现代文学的水准一下子提高到了与当时国际水平同等的高度。这部作品被认为是中国现代文学史上的第一篇白话小说。第二，鲁迅创造了一系列不朽的文学人物形象。例如，孔乙己、祥林嫂、阿 Q。其中的阿 Q，作为精神胜利法的典型，更是具有国际意义与世界影响。第三，鲁迅的语言精警峻拔，极具个人风格。这得益于他古文、外语、方言等多方面的修养。第四，鲁迅的创作手法多样，体现了他的探索、创新、实践精神。有研究者指出，举凡近现代世界文坛流行过的艺术手法与流派，比如白描、讽刺、纪实、传奇、乡土、意识流、荒诞、魔幻等，都能在鲁迅的中短篇小说中看到。第五，鲁迅的人格独立。鲁迅始终保持鲜明的性格与“特立独行”的思想，这也不是一般现当代作家所能达到的境界。第六，鲁迅对国人的影响是巨大的。他生前如春风化雨，帮助、培养和影响了大批青年人。即使在他逝世之后，将近百年后的今天，他的作品依旧影响着世界各国人民，依旧启迪着中国人的精神文化。

鉴于鲁迅在国内是一位家喻户晓的大文学家、思想家和翻译家，鲁学也是传播相当广泛的现当代思想文化潮流，笔者在本书中不拟展开描述鲁迅生平，只是在行文需要之处对其有关资料勾陈点评。作为比较文学的研究论文，尤其是作为专门就厨川白村与鲁迅围绕《苦闷的象征》所生发出的中日思想文化互动现象研究，本书的主线就是这两位学者兼作家共同的聚焦点及其思想共鸣的动静，阐发他们留给后人的丰厚的学术遗产，求索个中人文深旨。

第一节 缘 起

中国与日本一衣带水，隔海相望，毗邻而居，中日两国历史文化渊源深厚，在追溯二者的交往史中，不可避免地会想到玄奘（602—664）、鉴真（688—763）、晁衡（原名阿倍仲麻吕，698—770）、黄遵宪（1848—1905）、厨川白村、鲁迅、增田涉、大江健三郎等学者和作家。他们用手中的笔记录下了各自所处时代的中日交流状况。中日的文化、文学交流大致呈现出以下三个阶段。第一，日本向中国学习的阶段。日本曾长期受惠于中国文化，至少贯穿了从公元前3世纪（中国的秦朝）到18世纪中叶（兰学兴起）的整个历史过程。中国文化在日本影响深远，绵延漫长，呈现出中国文化由东亚大陆向日本列岛单方面流动的特点。第二，日本作为中国学习西方的桥梁的阶段。中国通过日本学习了许多西方思想文化和科学技术。具体讲，近代以来，大批中国留学生在日本求学，寻求富国强兵之道，西方文化通过日本源源不断地传入中土。鲁迅东渡日本，接触到了日本文化，而且以日本文化为中介，学习了西方文化特别是西方的文艺美学思想。第三，日本学界研究鲁迅的阶段。鲁迅作品作为世界文学中的杰出代表之一，影响了亚洲及世界许多国家。日本学者对鲁迅的研究从来就没有中断过。从最早介绍鲁迅的青木正儿（1887—1964）开始，经过了清水安三（1891—1988）、丸山幸一郎（笔名丸山昏迷，1895—1924）、山上正义（1896—1938）、增田涉（1903—1977）、内山完造（1885—1959）、小田岳夫（1900—1979）、竹内好（1908—1977）、横松宗（1913—2005）、伊藤虎丸（1927—2003）、尾崎秀树（1928—1999）、丸尾常喜（1937—2008）、丸山升（1931—）、木山英雄（1934—）、尾崎文昭（1947—）等许多学者坚持不懈的研究，给中日文学文化交流提供了许多珍贵的资料和有趣的话题。

日本作家大江健三郎十分敬重鲁迅，他从12岁开始就在母亲的影响下阅读鲁迅的作品并终身受益。2006年，他访问中国的三场公开演讲的题目分别是《始自于绝望的希望》、《走的人多了，也便成了路》和《鲁迅——中国——我》，主题全都和鲁迅有关，他曾经讲过“我作为一名步入老境的作家，从少年时代开始，六十多年来一直崇敬着一位中国的文学家，那就是思维最敏锐、民族危机感最强烈的鲁迅”，“阅读鲁迅已经伴随我的一生”①。《长江日报》2013年3月22日报道：“在村上春树新书首发式现场，日本著名学者、翻译家藤井省三分析了村上作品中隐藏的鲁迅‘影子’。”藤井省三介绍村上春树早在高中时代就爱读鲁迅的日译作品，而他所阅读的《阿Q正传》译本封面图片选自程十发的《阿Q正传一百零八图》，这与丰子恺所画风格差异很大，“程十发所画的阿Q也更接近村上春树对阿Q的理解”。藤井省三还指出，“村上春树的处女作《且听风吟》开头一句：‘不存在所谓完美无缺的文章，就像不存在完美无缺的绝望。’很容易让人想到鲁迅杂文集《野草》里的名句‘绝望之为虚妄，正与希望相同’。”② 从以上分析可知，对鲁迅的研究在日本学界持续发挥着不可替代的影响力，中日文学文化交流呈现出“循环往复、净化澄澈”的特点。

本书聚焦于鲁迅对厨川白村的译介和传播，深入开掘了二者在文艺思想及各自对国民性改造方面的多种成就。从更广泛的意义上讲，本书以厨川白村与鲁迅的文学思想为脉络，从文学作为苦闷象征的辩证关系切入，力求揭示中日文论和中西文论在汉文化急剧变化中所处的历史阶段及带来的重大变数。

厨川白村是日本大正文坛的一位著名的文艺思想家和批评家，他翻译并研究英美文学，一生著述400万字，主要著作有：《近代文学十讲》、

---

① 大江健三郎：《鲁迅伴随我的一生》，新华网2006年9月18日。

② 藤井省三：《村上春树作品中隐藏鲁迅影子》，《长江日报》2013年3月22日。

《文艺思潮论》、《出了象牙之塔》、《近代的恋爱观》、《走向十字街头》、《苦闷的象征》等。鲁迅从1902年3月至1909年8月留学日本。在日本留学期间，他并未与厨川白村会过面。1923年日本关东发生大地震，厨川白村不幸遇难。1924年，鲁迅读到《苦闷的象征》，深深为之震撼。厨川白村的文艺思想引发了鲁迅深度的共鸣。他立即翻译并推广厨川的文学思想学说。这些细节在其译著《苦闷的象征》引言部分也有说明。在研究鲁迅的思想渊源时，国内的许多学者都意识到了日本文化对鲁迅思想的影响作用，但是由于种种原因，一般介绍多，深入发掘少；涉及厨川与鲁迅的关系，也是资料罗列比较丰富，理论解析相对薄弱。此外，厨川白村在日本被读者受容的情况也缺乏深入考究。他翻译介绍英国文学理论，批判日本国民性，但是在日本军国主义甚嚣尘上的岁月，这是逆势而上的犯忌行为。他虽然曾经凭借《近代的恋爱观》一书与有岛武郎在日本的大正时代并驾齐驱，可是在日本的文坛却一直不能确立文学地位。而在中国现代文学研究领域里，厨川白村主要因其《苦闷的象征》一书，曾经名声大震，鲁迅对该书的译介，是其人其书在中国成功的重要原因。当然，厨川白村文艺思想的突出特点和适应了中国当时的社会需要，也是不可忽略的缘由。对于研究鲁迅、研究中国现当代文学和中日文学文化交流等方面，厨川白村及其《苦闷的象征》都是不能绕过的重要内容。值得庆幸的是，在研究日本文论时，中国学者们普遍意识到日本文坛对厨川白村忽视的偏颇。许多学者都纷纷著书立说，谈及此事。靳明权在《日本文论史要》一书中第三章单列一节论述厨川白村的学术思想。

本书是笔者对中日比较文学研究的反思。尝试挖掘鲁迅文学思想中所包含的日本文化元素，是本书的一个重要方面。鲁迅留学日本达七年之久，可以说他在日本度过了其性格与思想形成的关键时期。鲁迅的“日本体验”，是其在1907—1908年间所写的一系列文章的重要生活积累之一。日本文化在鲁迅思想和文学观的形成与发展过程中起到了不容忽视的重要作用。鲁迅的文学思想与日本文学有着紧密的内在关联，其中厨川白村与鲁迅的关系就是举足轻重的环节。这个问题虽然被学界讨论过很多次，但是坦率地讲，相关论述仍旧停留在资料搜集层面。为什么鲁迅看好厨川白村及其《苦闷的象征》？为什么鲁迅从1924—1927年积极翻译这部作品，并向自己的学生和朋友广泛地介绍、赠送此书？这些问题耐人寻味。鲁迅对《苦闷的象征》的态度很值得研究。他对厨川白村文艺思想的吸收、消化和超越，尤其需要深入求索。可以说厨川与鲁迅之间的关系是中日文学比较研究的一个重要课题，二者在苦闷文学方面的深度共鸣和高度重合，构成了中日文学思想研究和广义文艺学理论探索的典型范例。

这本书得益于栾栋先生三个论点的启发。其一是“厨川白村与鲁迅都是甘于和善于享受苦闷的人”。在栾栋先生看来，苦闷为常人之所厌，然而苦闷中蕴含着生命困厄，同时也酝酿着人文抗争。古来无闷不成材。成语“蚌病成珠”的思想内涵是痛苦使人升华、超越，任何不幸、失败与损失，都有可能成为对我们有利的因素。珍珠的来源最初不过是蚌本身的痛苦，正是因为有了痛苦之后，才有了价值连城的珍珠。这个成语启迪我们要正确面对人生的痛苦，只有这样，才能不断地增进自身，最终达到自己的目的。栾栋先生的这个论点将笔者的思路引导到“共享苦闷”的聚焦点。其二是“厨川白村与鲁迅都是将文艺视为悲苦情结的思想家”。厨川白村命运多舛，他从英美文学和精神分析思潮中汲取到了苦闷理念；鲁迅一生艰辛，他从东西方文化中提炼出了悲情智慧。二者于悲苦体验甚深，在苦闷处结缘，实在是顺理成章，由此加强了笔者对《苦闷的象征》的关注。其三是“厨川白村与鲁迅都是植根本土而又透解人文的大手笔”。“植根本土”道出了二者酷爱各自的民族及其文化的特点，“透解人文”切中了二者在人文肯綮处殊途同归的本质，而由之凸显出两位文化大手笔在世界文化史上所具有的普世性的亮点。上述三点，也正是笔者将本书题目拟定为“苦闷文学反思——以厨川白村与鲁迅为枢纽”的学术理据。

厨川白村与鲁迅都是深爱自己民族的杰出代表，同时也是积极向外民族学习的前驱。他们都对本民族的国民性进行了反思和批判。鲁迅毕生致力于沟通中日文学文化交流，其现实意义至今发人深省。这一历史过程需要我们认真地加以总结。对厨川白村与鲁迅在《苦闷的象征》思想文化方面同心同德的研究，有助于我们深化对各民族文化交流的多角度体认。改造国民性、塑造较高素质的世界性公民，不正是我们每个当代人必须面对的考题吗？当中国的国民生产总值跃居世界第二仅次美国时，我们不得不思考一个问题：中国下一步该如何持续发展经济和文化？厨川白村与鲁迅关于国民性问题的审思依然振聋发聩。当我们的大学在成批量地生产有知识的劳动者时，许多宝贵的因素悄然流失，类如高校中大楼林立，而大师却日见其少。梅贻琦先生曾说过："所谓大学者，非谓有大楼之谓也，有大师之谓也。"在这个物质日益丰富，而国人道德滑坡的时代，国民性该如何改造？大师该从哪里寻找？我们为之焦虑。苦闷的何止是文学，苦闷的还有文化，还有世界！重塑国民性，重塑大师，重塑学术精神，重塑社会道德风尚，这一切都不是"快乐文学"、"快乐文化"、"快乐社会"所能奏效的。"人生不满百，常怀千岁忧。"厨川白村与鲁迅的苦闷思想，留给我们的是一笔何其丰厚的宝贵财富。

简言之，厨川白村与鲁迅作品中的人文关怀，是超越了个人痛苦和家庭痛苦的高尚情操，其中有对民族、对国家、对世界的深度关切。他们的拳拳之心让读者感动，他们的责任意识引发我们思考。在今天，我们能够为社会、为国家做些什么？我们不能简单地停留在抱怨、观望中，应该从自己做起，做一些力所能及的、扎扎实实的基础性工作，通过我们的努力，去影响身边的学生、同事、朋友，把真、善、美播撒下去，这样我们就不会因为虚度了光阴而悔恨，我们就可以期待明天会更好。本书就是凝聚着笔者对如许现实关切的时代答卷。

第二节　中日厨川白村与鲁迅的比较研究述略

在中国，厨川白村与鲁迅的比较研究开始于20世纪70年代末。具体而言，首先在1978年，黎宗科发表了《鲁迅与厨川白村的文艺论著》一文，在文中探讨了鲁迅翻译介绍厨川白村文艺论著的意图及其影响。[①] 由于时代的缘故，作者在文中的观点颇为偏激，并有一些不当之处。他认为"厨川白村关于文艺的源泉问题，抹杀了文艺的阶级性……宣扬资产阶级人性论"。但毕竟这是中国厨川白村与鲁迅的比较研究现存的第一篇文章。1981年，温儒敏在《鲁迅前期美学思想与厨川白村》中，探讨了鲁迅前期美学思想的发展与厨川白村文艺思想的影响关系。温儒敏相对客观地评价了鲁迅与厨川白村之间的关系，他认为鲁迅既借鉴了厨川白村的文学观

---

① 黎宗科：《鲁迅与厨川白村的文艺论著》，《厦门大学学报》1978年第2～3期。

点，又扬弃了厨川白村的不合理成分。我们认为鲁迅的文艺思想是复杂、深刻的，他汲取了多家思想，而且鲁迅的文学创作从来都不是固定的，他的作品包罗万象，他在汲取的同时，也在超越。[①] 同年，刘再复在《鲁迅美学思想论稿》中认为："厨川白村把苦闷这种精神现象，作为艺术的终极根源，是唯心论，但他的理论中发散着一些合理的罕有辩证因素的美学思想。"[②] 这个观点是经颇有见地的。我们认为厨川白村的《苦闷的象征》是一部影响了中国近代文坛的著名文艺理论名著。1985 年，鲁枢元在《一部文艺心理学的早期译著——读鲁迅译〈苦闷的象征〉》一文中，客观分析了厨川白村对"新学说"的严肃态度。尽管文中说到鲁迅对厨川白村《苦闷的象征》的最终扬弃，作者还是比较真实地分析了具体的原因，这是一篇值得研读的文章。[③] 1986 年，程麻的《〈苦闷的象征〉和鲁迅的文艺心理学思想——论文学创作的心理动力问题》结尾处指出鲁迅对厨川白村的文艺心理学说主要着眼于"有用"和"有益"处，其宗旨是汲取现代文艺心理学的积极成果。为此，他多次向别人表示过自己对《苦闷的象征》的基本肯定的态度。[④] 同年，姚春树发表了《鲁迅与厨川白村及鹤见祐辅——关于鲁迅杂文理论主要渊源的探讨》[⑤] 和《鲁迅与厨川白村——关于鲁迅杂文理论主要渊源的探讨》[⑥]，他认为厨川白村的随笔对鲁迅和整个中国现代杂文的发展具有深远的影响。鲁迅杂文理论的渊源是多元的，日本的厨川白村思想是其主要渊源之一。通过对中国 20 世纪七八十年代厨川白村与鲁迅的比较研究的梳理，我们不难看出，当时中国政治与文学的关系纠缠在一起，中国文坛对厨川白村文学理论的认识深深地留下了时代的烙印，中国学者对厨川白村与鲁迅的比较研究也不得不打上意识形态的

---

① 温儒敏：《鲁迅前期美学思想与厨川白村》，《北京大学学报》1981 年第 5 期。

② 刘再复：《鲁迅美学思想论稿》，北京：中国社会科学出版社 1981 年版，第 54 页。

③ 鲁枢元：《一部文艺心理学的早期译著——读鲁迅译〈苦闷的象征〉》，《郑州大学学报》（哲学社会科学版）1985 年第 1 期。

④ 程麻：《〈苦闷的象征〉和鲁迅的文艺心理学思想——论文学创作的心理动力问题》，《福建论坛》（人文社会科学版）1986 年第 5 期。

⑤ 姚春树：《鲁迅与厨川白村及鹤见祐辅——关于鲁迅杂文理论主要渊源的探讨》，厦门：厦门大学出版社 1987 年版。

⑥ 姚春树：《鲁迅与厨川白村——关于鲁迅杂文理论主要渊源的探讨》，《杂文界》1988 年第 1 期。

印记。好在随着时代的变迁，中国学者逐渐摆脱了政治层面的束缚，能够比较客观地看待厨川白村对鲁迅的内在影响。如 2002 年，沈幼平的《从〈摩罗诗力说〉到〈苦闷的象征〉》①；2003 年，王文宏的《鲁迅与厨川白村》②；2004 年，周涛在《聚焦生命：鲁迅与厨川白村》的文章中指出："鲁迅与厨川白村都是本体论与认识论相结合的文艺观，他们在创作手法上体现为广义的象征主义，鲁迅与厨川白村在生命哲学维度，尽管做出了不同的抉择，却显现了大致相似的生命气象。"③ 2008 年，周涛在《在认识中阐释生命本体——鲁迅与厨川白村文艺观比较》一文中认为："文艺本体论和认识论文艺观代表了西方文艺美学发展史上两种不同甚至对立的知识体系和方法论，但在鲁迅和厨川白村的文艺思想中却出现了合流的趋势。这既是对二人文艺观的重新解读，揭示出鲁迅接受厨川白村的深层原因，也是对当代文艺学发展趋向的展望。"④ 由以上梳理可知，进入 21 世纪以来，中国学者们对厨川白村与鲁迅的比较研究已经能够跳出由来已久的藩篱，能够从生命哲学等理论层面把握其内在的关系，这实在是中日比较文学方面可喜的进步。

日本方面，厨川白村与鲁迅的比较研究呈现出了不同于中国学界的日本式的学术风格。日本学者大部分注重史料与考据的实证方法，他们深入地探讨了厨川白村与鲁迅的影响关系。

1958 年，丸山升在《鲁迅研究》上发表《魯迅と厨川白村》，这是日本最早的关于厨川白村与鲁迅的比较研究。一直到 1976 年，楠原俊代在《中国文学報》上登载了《魯迅と厨川白村》；1983 年，鹤田义郎在《海外事情研究》第 10 卷号上刊登《魯迅と厨川白村》，同年 12 月，相浦杲在《中国語学・文学論——伊地智善继・辻本春彦両教授退官記念》上发表了《魯迅と厨川白村》；1987 年，新岛淳良在《津》第 3 号上发表《魯迅と徐懋庸（三）厨川白村めぐって》；1990 年，藤田昌志在《中国学

① 沈幼平：《从〈摩罗诗力说〉到〈苦闷的象征〉》，安徽师范大学硕士学位论文，2002 年。

② 王文宏：《鲁迅与厨川白村》，《北京邮电大学学报》2003 年第 3 期。

③ 周涛：《聚焦生命：鲁迅与厨川白村》，安徽师范大学博士学位论文，2004 年。

④ 周涛：《在认识中阐释生命本体——鲁迅与厨川白村文艺观比较》，《晋阳学刊》2008 年第 4 期。

志》(第5号)上登载《鲁迅と厨川白村》;1995年,林业在《比較文学》第37卷上发表《鲁迅と白村、漱石》;1999年,后藤岩奈在《県立新潟女子短期大学研究紀要》第36集上发表《〈苦悶の象徴〉と鲁迅の文芸心理学思想——文学創作の原動力の問題を論ず(1)》(中国·程麻);2000年,裘怡然在《かほよとり》上发表《厨川白村〈苦悶の象徴〉が鲁迅へ与えた影響》;2001年,后藤岩奈在《県立新潟女子短期大学研究紀要》第38集上发表《〈苦悶の象徴〉と鲁迅の文芸心理学思想——文学創作の原動力の問題を論ず(2)》(中国·程麻)等。

通过以上罗列,我们可以了解到日本学者对厨川白村和鲁迅的比较研究大略。日本学者对厨川白村和鲁迅的比较研究具有很高的文献和史料价值。他们的实证分析极为细致,充分反映了日本学者对二者关系研究的实力。例如相浦杲的《鲁迅和厨川白村》指出了《苦闷的象征》对《野草》的影响关系。他收集了大量的材料,对其进行了细致入微的梳理。他的《鲁迅和厨川白村》和《从比较文学的角度考察鲁迅的散文诗集〈野草〉》这两篇文章被翻译成中文,在中国产生了巨大的反响。同时,笔者认为日本学者的研究大多停留在史料的查证和搜集层面,对厨川白村和鲁迅的比较研究中有什么内在的关联,其人文关怀、其文学本质探求、其命运思索等付之阙如。鉴于篇幅关系,其他日本学者的观点将在相关章节专题论述。鲁迅之所以关注到厨川白村,应该毫不夸张地讲是因为《苦闷的象征》,尽管鲁迅不是中国第一位介绍厨川白村的作家,但是厨川白村以及其《苦闷的象征》在中国被广泛接受,应该与鲁迅的译介有重要的关系。鲁迅不仅翻译了《苦闷的象征》,而且还将其赠送给朋友和学生,尤其是他从1925—1927年在北京大学、北京女子师范大学、中山大学等多所学校讲授《苦闷的象征》,对厨川白村以及《苦闷的象征》在中国知识分子阶层的推广起到了重要的作用。

第一章

《苦闷的象征》之滥觞

《苦闷的象征》日文版问世不久，鲁迅便购买了此书，并于1924年9月到10月间迅速将之翻译成中文。他还帮助丰子恺出版了《苦闷的象征》的另一个译本。经鲁迅等人对这本书的宣讲与推广，厨川白村的文学思想很快在中国的大江南北传播。可以说从1924年起，中国的文艺界和学术界刮起了“厨川风”，文学思想为之一新。毋庸置疑，风从白村来。然而，这种风的内涵和缘起又有哪些哲理因素值得我们关注呢？让我们从《苦闷的象征》的源头体察其青萍之末。

《苦闷的象征》由四个部分组成，分别是创作论、鉴赏论、关于文艺的根本问题的考察和文学的起源。创作论由六个小节组成：两种力、创造生活的欲求、强制压抑之力、精神分析学、人间苦与文艺、苦闷的象征。鉴赏论阐述了六个方面的内容：生命的共感、自己发见的欢喜、悲剧的净化作用、有限中的无限、文艺鉴赏的四阶段、共鸣的创作。关于文艺的根本问题的考察也由六个小节组成：预言者的诗人、理想主义与现实主义、短篇“项链”、白日的梦、文艺与道德、酒与女人与歌。在文学的起源部分，作者主要从两个方面展开：祈祷与劳动、原人的梦。[①] 探讨上述四个部分的思想渊源，是一件艰苦的工作，但也是一项有价值的回溯性学术考察。

第一节　《苦闷的象征》的显形源头

谈到厨川白村文艺哲理的显形源头，首要的聚焦点当在精神分析学。厨川白村本人在《苦闷的象征》一书中，对此有明确的指陈：“我在先前所说过那样的从压抑而来的苦闷和懊恼，和这绝对创造的文艺，究竟有着怎样的关系？并且不但从创作家那一面，还是从鉴赏那些作品的读者这一面说起来，人间苦和文艺，应该怎样看待？我对于这些问题，当陈述自己的管见之前，想要作为准备，先在这里引用的，是在最近的思想界上得了

① 厨川白村著，鲁迅译：《苦闷的象征》，南京：江苏文艺出版社2008年版，第74页。

很大的势力的一个心理学说。”[①] 现在，让我们先来看看他是如何运用这种心理学说的。

（一）厨川白村对弗洛伊德学说的汲取

厨川白村对弗洛伊德学说在西方世界传播态势的评介，一点也没有夸张。弗洛伊德创立的精神分析学是具有划时代意义的理论。它刚一问世，便不胫而走，不仅在西方世界引起轰动，而且在东方世界迅速传播。厨川白村就是弗洛伊德精神分析学在东方最早的引介者之一。他不但广泛阅读了弗洛伊德的许多著作，而且还浏览了许多西方学者对精神分析学的引用性文章。需要说明的是，他在美国留学之时，恰恰也是弗洛伊德学说在欧美蓬勃发展的重要阶段。早在20世纪初叶，他就将弗洛伊德的思想用之于文艺问题的解析中。我们不应该忘记，这个时期，弗洛伊德本人的理论也处在边创边演的拓展过程中。在这一点上，他可谓得风气之先。他受该学说影响之深，在《苦闷的象征》一书中集中地表现出来。他认为：“两种力是人生活、存在和根本上的意义。人生有苦闷，有战的苦痛，人生才有生的功效。”[②] 人不要凡事服从权威，束缚于因袭，如果人像羊一样听话，整日忙于利益的算计，被物欲所指使，是无法体会人的深刻兴趣的。厨川白村认为文艺的基础就是两种力的冲突。1914年，他在《文艺思潮论》中提出“两种力的冲突”的理论。他认为两种力的冲突是造成世界上一切苦闷烦恼的根源。要摆脱苦闷和烦恼，唯一的办法就是灵肉的调和与一致。厨川白村认为：“生命力是人间生活的根本，这与许多近代的思想家是一致的。”柏格森的“创造的进化”、叔本华的“意志说”、尼采的“本能论超人说”、萧伯纳的戏曲《人与超人》的“生力”、卡彭特承认人间生命的永远不灭的创造性的“宇宙的自我”说、罗素在《社会改造的根本义》的“冲动”说，岂不是都可以看到“生命力”的意义？当我们阅读了厨川

---

① 厨川白村著，鲁迅译：《苦闷的象征》，南京：江苏文艺出版社2008年版，第9页。

② 厨川白村著，鲁迅译：《苦闷的象征》，南京：江苏文艺出版社2008年版，第3页。

白村关于生命力的论述之后，我们就会明白他在阐述文学与生命力的关系。他汲取了当时最新的理论，把哲学的生命力问题引入文学的创作中来，这一点，在21世纪的今天也许不足为奇，但在一百年前，厨川白村就已经预见到了文学与哲学的交融问题，这是弥足珍贵的。文学与哲学、历史的关系在中国古代典籍中就无法分割清楚。然而，随着近代西方学科体系的引入，无论是日本还是中国，都已经把三者生生分开，难得的是厨川白村的文学著作，却能够水乳交融地把文学和哲学融为一体。

生命是天地万象间的普遍现象。但是经了人而显现，就会因为个性而活跃。生命的表现就是个性的表现，个性的表现，便是创造创作的生活。人类的“活着”是生的欢喜，如果人失去了个性，就如同排列着的、造成的泥人一样。个人只有充分地发挥个性，才能成就真正的文化生活。生命力的显现是超脱了利害及善恶的评价、道德的批评和因袭的束缚。人内在的个性表现的欲望，却被外在的社会生活所束缚和强制不绝地压迫着。在这两种力之间，苦恼的挣扎的状态，就是人类的生活。人因为生活难的威胁，先舍掉了像人样的个性生活，以劳动为享乐的人们几乎全没有，又怎能寻出“生的欢喜”。“人唯有在游玩的时候才是完全的人。”人们任由自己内心的需求而动，不受外在的强制的自由的创造活动影响。人，能有比自己表现的创造生活还要高贵的生活吗？没有创造的地方就没有进化，凡事只被动于外在要求，反复、妥协和被生活降服，而忘却了个性表现的高贵，这如同禽兽。自此，我们可以了解到厨川白村对于创造的认同。他积极地思考人的个性问题以及人的苦闷问题。

人在一方面有自由，从而使自己的本能得到满足；另一方面还有一种欲求，就是要将这种本能压抑。人有兽性和恶魔性，也有神性；有利己主义的欲求，也有爱他主义的思想；精神与物质、灵与肉、理想与现实之间，有着不绝的不调和，不断的冲突和纠葛。生命力越旺盛，这种冲突和纠葛就越激烈。这样两种力的冲突和纠葛，无论在内还是在外，都是古往今来所有人都曾经体验过的苦痛。因此，便有了这“人生不如意”和“不从心的是人间事”。人间苦、社会苦、劳动苦，如何摆脱这苦境，文艺应运而生。在厨川白村看来，消解劳苦的活动便是文艺的创作。压抑带来的苦闷和懊恼与文艺是怎样的关系？弗洛伊德的精神分析学确实开拓了一个新境界，他对梦、传说、文艺创作的解释是有其独特性的，但也难以让厨川白村无条件地接受。他认为弗洛伊德的精神分析学要成为学界的定说，大约总得经过许多的修正，还需要不少的时间。活着就有战斗的苦恼。生命力越强，苦恼越强烈。一面经历着苦闷，一面参与着悲惨的战斗，这发出的声音就是文艺。文艺就是朝着真善美的理想，追赶一路向上的生命的进行曲。文艺绝不是俗众的玩弄物，乃是该严肃且沉痛的人间苦的象征。

克罗奇认为："表现是艺术的一切。"文艺怎么成了人类的苦闷的象征？艺术的最大要件是在具象性。某个思想或内容，经过具象化的处理，不论是人物、事件或景色，都如同梦境中"改装"过的一样。此类改造，就是艺术。而赋予这具象性者，就称为象征。象征的一切文艺，都是象征主义的表现法。在象征、内容和外形之间，总常有价值之差。象征本身和"仗了象征而表现"的内容之间，有轻重之差，这同梦的转移作用完全一样。借简单的具象的外形，而在心中表现着复杂的精神的东西、理想的东西。象征的外形稍微复杂的表现，便是讽喻、寓言、比喻之类。这些都是将真理或教训，照样极浅显地嵌在动物或人物故事上而表现的。从民族心理角度看，古代的神话、传说的一切，都归到民族的美梦。在内心燃烧着的欲望，被压抑这个监督所阻止，由此发生的冲突和纠葛，就成了人间苦。如果说这欲望的力免去了监督的压抑，以绝对的自由而表现的唯一的时候就是梦。人从内的和外的强制压抑解放，以绝对的自由创作纯粹创造的唯一的生活就是艺术。

（二）厨川白村对弗洛伊德学说的扬弃

长期以来，厨川白村一直思考着"什么是文艺的本质"这一问题。他借鉴和汲取了西方哲学、文学的最新理论，认为生命力是人生的根本。厨川白村的《苦闷的象征》熔铸多家学说，其中包括了弗洛伊德的观点。他认为："人一生中，会不断地产生'苦闷'和体验'苦闷'，这种'苦闷'隐藏在我们的潜意识里。"他的观点是有一定的道理的。人在痛苦中学会思考、反省，经历了痛苦和磨难之后，才会有把自身遭遇诉诸笔端的冲动。1916 年，厨川白村留学美国，正是弗洛伊德的思想在美国流行之际。1921 年 1 月，厨川白村发表了长篇论文《苦闷的象征》。生命力受了压抑而生的苦闷懊恼乃是文艺的根底，而其表现法乃是广义的象征主义，也就是人间苦与文艺的关系。他认为："从作家心里的无意识心理的底里涌出来的东西，在凭了想象作用，成为一个心象，这又经感觉和理知的构成作用，具了象征的外形而表现出来的，就是文艺作品。"曾根博义认为："《苦闷的象征》与其说是对弗洛伊德的介绍，不如说是对弗洛伊德的学说的一种'为己所用'的援用。"[①] 我们觉得厨川白村对弗洛伊德学说的学习和借鉴，实际上是一种富于理性的采撷和颇为智慧的应用。厨川白村认为弗洛伊德的部分观点存有偏见。他指出："我所最觉得不满意的是他那将一切都归在性的渴望。"[②] 他认为弗洛伊德的某些观点应用于文学作品的说明与解释会显得牵强附会，特别是把人的本性归于生物性，认为人类一切行为的动因都在于"力比多"是值得商榷的。他还称弗洛伊德的泛性论是明显的"我所最觉得不满意……的偏见"，是"单从一面来看事物的科学家的癖"[③]。再深一层，厨川白村是一位极力主张"改造"现实社会的思想家，是一位对革命思想和造反精神情有独钟的普罗米修斯式的人物，由此注定了他不能满意弗洛伊德学说的底色。而要弄清这一点，有必要把我们的研究触角继续向厨川白村思想的深层推进。

第二节 《苦闷的象征》的隐形源头

厨川白村的文学哲理思想具有非常丰富的人文结晶，同时也是非常有文学批评目标的学术设计。如上所述，厨川白村的这本论著主要是从弗洛伊德的学说出发，借精神分析学的基本理论，阐述他自己对文学艺术的看法。与之同时，我们也注意到厨川白村著述中的其他学术资源，很关注显性言辞后面的深层内涵，诸如马克思学说对厨川白村的影响。在这里我们

---

① 曾根博义：《弗洛伊德的介绍与影响——新心理主义成立的背景》，昭和文学研究会编：《昭和文学的诸问题》，东京：笠间书院 1979 年版，第 84 页。

② 厨川白村著，鲁迅译：《苦闷的象征》，南京：江苏文艺出版社 2008 年版，第 16 页。

③ 厨川白村著，鲁迅译：《苦闷的象征》，南京：江苏文艺出版社 2008 年版，第 16 页。

就来看看厨川白村文本中的马克思思想印痕。

（一）与劳苦者共鸣

厨川白村思想中积聚着不少马克思主义的思想。这是迄今为止还无人问津的一个空白点。我们这么讲，并非说厨川白村是一个马克思主义者，也不是说他是一个马克思的专题研究者。厨川白村生于1880年，那时马克思（1818—1883）还在世。厨川白村从少年、青年乃至罹难前的整整43个年头，正是马克思主义风靡欧洲且传向全世界的重要时段。值得关注的是日本共产党和日本学界对马克思著作的翻译传播，在这个阶段有相当广泛的发展。其间苏联和东欧社会主义国家的建立也是一个划时代的历史事件。由于家道中落，迫使一个自小就被家族和学校非常看好的“天才”，竟然在研究生入学刚刚一个月，因为无力提供学资而中途辍学。生活拮据，因病膑足，诸如此类家族的和个人的不幸，在厨川白村有生之年纷至沓来。厨川白村自称是一个穷苦人并非虚言，饱受世态炎凉和人生煎熬的多种磨难，不仅加深了他对社会不公正和民生疾苦非同一般的了解，而且也增加了他对劳苦大众的深切同情。这样一位杰出的、有正义感的、有才华的知识分子，对马克思思想有其心领神会的汲取，应该是情理之中的事情。厨川白村很关注俄国爆发的十月革命。他对布尔什维克运动赞美有加：“波尔雪维主义已使世界战栗，叫改造求自由的声音，连地球的两隅也遍及了。”[①] 他一再呼吁“改造社会”，期盼世界上出现更多的普罗米修斯那样的“伟大的呆子”及其“危险的恶党”。[②] 这些事实都说明，他受马克思主义的影响甚深，至少其激进的思想倾向不可小视。在厨川白村的各种著作中，屡屡都能见到其直接提及马克思主义相关观点的内容。熟悉马克思学说的读者，更是可以在厨川文字中随处可见马克思思想的痕迹。在进步知识阶层中，“异化劳动”的理论如马克思主义是很具感召力的。

---

① 厨川白村著，鲁迅译：《苦闷的象征》，南京：江苏文艺出版社2008年版，第60页。

② 厨川白村著，鲁迅译：《苦闷的象征》，南京：江苏文艺出版社2008年版，第104页。

厨川白村的经历和生活状况，是他受马克思主义感染的重要原因。他与马克思学说之间共鸣的基础正源于此。厨川白村“家道中落”，从小遭人白眼的鲁迅也是如此。鲁迅之所以积极翻译推广厨川白村的著作，在很大程度上也是由于他从后者的文字中读出了使他们之间的进步思想产生共鸣的内容。这种倾向促使他对普列汉诺夫著作进行译介，到后来慢慢靠拢，加入中国共产党及参与其活动，并引为同道。

在《从灵向肉和从肉向灵》一文中，厨川白村直接表达了对苦力劳动者的赞美。他很欣赏美国富裕人家子弟在暑假勤工俭学，憎恶日本公子哥儿养尊处优，好逸恶劳。他感慨地说：“对于劳动，尤其是筋肉劳动的神圣，谁都是十分懂得的缘故吧。”① 看到他对“劳动的神圣”的称道，人们自然会想到马克思关于劳动的论述。马克思的早期著作《1844 年经济学—哲学手稿》中对劳动有过很大的关注。19 世纪 60 ~ 70 年代，他在其《政治经济学》和《资本论》以及《剩余价值学说史》等著作中，都对劳动问题作了精辟的论述。马克思一生的学术事业都与劳动问题密切相关。在这种意义上可以说，马克思的思想就是一种贯穿人类文明史的伟大的劳动学说。在《苦闷的象征》一书中，厨川白村有多次直接提到马克思的思想观点。与此同时，鲁迅的思想与之一样闪射出惊人的亮点。鲁迅赞美劳动者，认为出臭汗的苦力未必就没有出香汗的贵族们干净。他还在《一件小事》中对照替自己拉洋车的脚夫而自觉相形见绌，认为后者比自己高大，并深刻地揭露自己棉袍下的“渺小的我”。扩而大之，鲁迅对于祥林嫂、润土、阿 Q 等可怜可悲的“下等人”，都寄予极大的同情，“哀其不幸”、“怒其不争”，力求用自己的笔作为唤醒民众的武器。因而，《苦闷的象征》中对“劳动的神圣”的礼赞，又一次让鲁迅感到“先得吾心”。可以说他们两位虽然无缘分谋得一面，但有幸深度契合。这种契合，在厨川白村是期待视野，在鲁迅则是心领神会。诚所谓未能同坐席而交流，却可隔时空而共鸣。

厨川白村认为劳动与游戏有着内在的联系。他说：“劳动与游戏之间，

---

① 厨川白村著，鲁迅译：《苦闷的象征》，南京：江苏文艺出版社 2008 年版，第 153 页。

本来没有本质上的差异的。"[1] 这种自由的创造性被"社会的……压制和强制"所破坏。由之造成的"生活难"使劳动丧失了游戏的快乐。[2] 于是，"从今日的实际生活来说，则劳动就是苦患。从个人夺去了自由的创造创作的欲望，使他在压迫强制之下，过那不能转动的生活就是劳动"[3]。他的这种审美观，与马克思对剥削制度下劳动异化的解析不无相似。马克思说："整个所谓世界史，不外是人通过人的劳动而形成的过程。"[4] 伟大的人类劳动，原本是美的活动，但是分工、等级化和残酷的阶级剥削与压迫，使劳动的本质完全变味："劳动为富人生产了奇迹般的东西，但是为工人生产了赤贫。劳动创造了宫殿，但是为工人创造了贫民窟。劳动创造了美，但是使工人变成了畸形。"[5] 不难看出，厨川白村对劳动的看法与马克思的劳动审美观有很多相通之处。在劳动原本有愉悦、劳动奠定审美的人文基础，以及劳动被扭曲、被异化等方面，厨川白村与马克思的思想相近甚至相连，但是在更深一层的分析方面，就见出了区别。马克思的劳动学说之博大精深，远非厨川白村一般性的论述所能与之媲美的。

（二）局限与遐思

通过上面对厨川白村与马克思的劳动观的扼要对比，二者的相似和相通点也让我们产生了有关差异性的遐思。厨川白村对劳动有很深的理解，但是他把自己的思考局限在苦闷的焦点上，还没有完全推进到唯物史观的基本理论方面。他在自己的著作中提到了唯物史观，却没有把自己的理论与之沟通和融会。《苦闷的象征》涉及劳动异化的现象，可是思想的触角在制度的不合理面前停止不前。其文本没有对马克思相关理论作进一步的

---

① 厨川白村著，鲁迅译：《苦闷的象征》，南京：江苏文艺出版社 2008 年版，第 179 页。

② 厨川白村著，鲁迅译：《苦闷的象征》，南京：江苏文艺出版社 2008 年版，第 4 页。

③ 厨川白村著，鲁迅译：《苦闷的象征》，南京：江苏文艺出版社 2008 年版，第 5 页。

④ 马克思：《马克思恩格斯全集》（第 42 卷），北京：人民出版社 1979 年版，第 131 页。

⑤ 马克思：《马克思恩格斯全集》（第 42 卷），北京：人民出版社 1979 年版，第 93 页。

引证。众所周知，马克思从这个点走向了寻求解放全人类的学术探索，并且最终通向了追求共产主义理想的伟大实践。厨川白村主要是一个文艺理论家和社会批评家，在文论方面，他颇有创见，但是还没有像马克思那样提出“劳动创造美”那样深刻的哲学、美学命题。他有审美对象化的思绪，但是其学术参照主要是立普斯的“移情说”和克罗奇的“表现说”，尚未达到黑格尔和马克思对象化思想的透彻而深刻的辩证理论水平。他曾经做过深一层的努力，专门撰写过《描写劳动问题的文学》，其中将劳动专列为一个重大“问题”，并从英吉利文学、近代文学特别是小说和罢工戏剧方面，梳理了西方作家们对劳工生存问题的关注。这些研究虽然还停留在资料介绍的水平，但是厨川白村的思想和价值取向是十分明显的。在《艺术的表现》与《游戏论》两篇文章中，他还对劳动与自由精神的问题做过阐发。在《从灵向肉和从肉向灵》一文中，他呼吁“不管马克思是旧是新都不妨。日本人总该首先倾听唯物史观，因为倘不是先行筑好根柢，是不能达到大的理想主义、深的精神生活的。沙面上，不是造不成大厦高楼的么?”[①] 这段话清楚地表明，他对马克思主义相当有好感，甚至希望日本人用唯物史观构建精神大厦。我们完全可以设想，假如厨川白村没有因地震而英年早逝，他的成长轨迹和发展逻辑必然会指向唯物史观的标的。遗憾的是天妒其才，不假其年，原本会有更加辉煌前景的这样一位哲人，就这么昙花一现。

第三节 《苦闷的象征》在中国的传播

《苦闷的象征》的前两章，在作者生前已经发表。后半部分手稿是在厨川白村因地震罹难后，他的学生山本修二在老师居所的废墟中找到的。厨川白村的夫人和山本修二将找到的遗稿与已发表的前半部分编辑在一起，于 1924 年由日本的改造社出版。这部书早先发表的两章，当时就被中

① 厨川白村著，鲁迅译：《苦闷的象征》，南京：江苏文艺出版社 2008 年版，第 163 页。

国学者明权翻译了，并连载于《时事新报》副刊《学灯》上。1924 年樊仲云翻译了《苦闷的象征》的第一章，在《文学周报》上连载。此后，在《东方杂志》上又发表了他翻译的第三章。《苦闷的象征》的完整版由鲁迅和丰子恺相继翻译完成。由于鲁迅等人的翻译与介绍，厨川白村早在20 世纪 20 年代，就已经被中国学界广泛关注。

众所周知，鲁迅对《苦闷的象征》是情有独钟的。这本书的完整版在日本甫一问世，他就立即予以关注，并且非常欣赏厨川白村的思想及其文风。他称厨川是一个“辣手的文明批评家”，对本国（日本）的缺失有特别多痛切的攻击，又有“天马行空似的大精神”，这将有助于针砭“萎靡锢蔽”的中国，于中国读者亦有启发振奋的功用。他认为厨川在文艺理论上有独到的见地与深切的会心。在鲁迅看来，厨川白村对文艺的论述令人耳目为之一新。他赞赏厨川的文艺本源说：“生命力受了压抑而生的苦闷懊恼乃是文艺的根柢，而其表现法乃是广义的象征主义。”[①] 鲁迅的赞美不无道理。这种主张对于当时的中国文艺界，无异于清风送爽。

鲁迅在厨川白村遇难后不到两年的时间里，很快收齐了后者的所有著作。继《苦闷的象征》中译本出版之后，鲁迅于 1925 年又选译了厨川白村的《出了象牙之塔》。这本书一如《苦闷的象征》，销路极好。1927 年，鲁迅南下广州，曾以此书作为教材授课于中山大学。这一年夏天，他在广州知用中学讲演时，再次把厨川的书推荐给青年学生。于此前后，鲁迅曾写下了十多篇直接介绍厨川白村的文章，其他著作中提到厨川白村的地方不下三十处。[②] 他每次提到厨川白村及其著述，总是充满了认同的感情。在《关于苦闷的象征》一文中，鲁迅说道：“我看见厨川氏关于文学的著作的时候，已在地震之后，《苦闷的象征》是第一部，以前竟没有留心他。”[③] 鲁迅向共产主义思想的转折，从某种意义上说，是与厨川白村对马克思唯物史观的崇尚有一定关系的。1928 年以后，鲁迅的注意力开始转移，很少提到厨川白村，但是这不等于他抛弃了从后者那里汲取到的有益

---

① 厨川白村著，鲁迅译：《苦闷的象征》，南京：江苏文艺出版社 2008 年版，第 19 页。

② 温儒敏：《鲁迅前期美学思想与厨川白村》，《北京大学学报》1981 年第 5 期。

③ 鲁迅：《关于苦闷的象征》，《鲁迅全集》（第 7 卷），北京：人民文学出版社 2005 年版，第 253 页。

成分。事实上在他后来的所有著述中，“厨川思想”仍然是他的一个组成部分。他的杂文、小说、文艺论述、社会批判、国民性改造……无不让人再次想起厨川白村。他们的人格、秉性、脾气、风格，都让人觉得二者是灵犀相通的挚友。与其说他们很相似，不如说他们本来就是人类苦闷命运选中的两个代言人。对这两位哲人而言，重要的是天生其才必有用，二人的生命长短、著述活动先后还在其次。这也是为什么在有人批评厨川白村的某些观点甚至嘲讽其不幸而早死时，鲁迅会毫不犹豫地挺身而出，为之辩护。不只是惺惺相惜，而且是因为同是苦闷人类的象征，故而有着彼此神通心通的共在与共鸣。

当然，厨川白村毕竟在文艺思想的发展上比鲁迅早一步。就拿精神分析学的影响来说，鲁迅对于弗洛伊德理论的文学实践，首次尝试是在《不周山》的创作中，但因为觉得与“为人生”的文学观不吻合，故而未能继续贯彻。而《苦闷的象征》的翻译，为鲁迅提供了一个新的契机，可以进一步思考弗洛伊德学说。在翻译《苦闷的象征》期间，鲁迅还创作了《肥皂》与《兄弟》这两篇小说，通过对潜意识与梦的刻画，分别揭露了“四铭”在道学先生的外表掩盖下的肮脏灵魂，以及某些知识分子在金钱势力下所表现出来的伪善。不但如此，鲁迅先生还把这种潜意识的理论，应用于杂文的写作，去揭穿陈西没等人的“公允”。鲁迅十分在意一种学说的现实作用或经世功能，并在斗争中淋漓尽致地加以发挥。

《苦闷的象征》对鲁迅创作的另一个重大影响就在于象征主义手法的运用。这一点集中表现于他的作品《野草》中，主要体现在以下几个方面：①他注意写作的主观感受以及写人的直觉形象。例如对于“梦境”的描写，大量散见于《影的告别》、《死火》、《狗的驳洁》、《好的故事》、《失掉的地狱》、《墓碣文》、《颓败线的颇动》、《立论》、《死后》等篇。鲁迅强调自由联想。这是一种打乱了时空观念的心灵的自由想象，如《秋夜》。另外，在《好的故事》、《死后》、《一觉》、《颓败线的颤动》等篇中也都从不同角度采用了意识流的表现手法。暗示性和隐喻性，也即是“思想知觉化”，通过生动的、具体的形象实体，曲折隐含地来表达抽象的思想观念，寄托作者的情感理想，如作品《雪》。②语言形式。多采用新鲜的比喻和夸张，生动巧妙的拟人手法和峭拔奇警的句法结构，尤其是奇特古怪的语词搭配，将具体词与抽象词并置起来，使意象摆脱了平面感，虚实结合，丰富了创作的内涵。需要特别指出的是，《野草》表现了一个艺术家的苦闷。但这种苦闷，并非只是厨川白村的苦恼，乃是因为生命力受压所致，是一种孤军奋战的悲苦，它是鲁迅彷徨、探索的一种忧烦。这一点，更多地源于鲁迅对现实生活的感受，对“人间苦”更为深刻的体悟。这种精神的压抑和阴暗，是当时时代的痛苦。在这种痛苦的磨炼中，鲁迅执着地进击，所以《野草》的苦闷忧郁，也区别于象征派诗人的颓废感伤。《苦闷的象征》因为切合了当时的时代情绪，暗合了鲁迅个人的心境，故而风行一时。留日的文学青年，如田汉等人多为感染而倾服，并登门拜会过厨川白村。而鲁迅翻译的这本书，作为我国最早翻译过来的一部较为系统的文艺心理学专著，更因译者的特殊地位，在中国文学界产生了深远的影响，我们可以从下述资料想见一斑。

老舍曾经高度评价鲁迅的创作是“前无古人，恐怕也是后无来者的文艺建设”[①]。老舍的文艺创作也受到了鲁迅翻译的厨川白村《苦闷的象征》的影响。老舍小说中反映的人物心理冲突、文学创作的心态以及小说的文本形式选择等方面，都具有受《苦闷的象征》传播影响的影子。老舍编写的《文学概论讲义》多方面汲取了厨川白村《苦闷的象征》的养分。他运用此理论，在文学创作中注意分析人物的内心世界，通过人物心理冲突的表现来刻画各种形象。可以说老舍笔下的骆驼祥子正是运用厨川白村《苦闷的象征》来创作的一个成功的范例。[②]

郭沫若在1936年与蒲风谈到自己的诗作时说，《瓶》可以用“苦闷的象征”来解释，“那时住在环龙路，正苦得要命”。徐懋庸在1972年回顾说：“说起来又很奇怪，在那时候，鲁迅的书里面，对我影响最大的，倒是他翻译的日本作家厨川白村的两本东西，《苦闷的象征》和《出了象牙之塔》。”臧克家在1981年曾回忆说：“‘文艺是苦闷的象征。’今天看来，这个定义已经不正确了。可是半个世纪之前，我开始读鲁迅先生的译作《苦闷的象征》的时候，却非常喜爱。厨川好似把我们心里想说的话替我们说出来了。”这部译作对于胡风的影响似乎更强烈一些。他在《文艺笔

---

① 老舍：《鲁迅先生逝世两周年纪念》，《老舍全集》（第16卷），北京：人民文学出版社1999年版，第585页。

② 吴钧：《鲁迅翻译文学研究》，济南：齐鲁书社2009年版，第252页。

谈》中说道："在N城的两年多时间的生活里面，我更多地知道了，更关切地触碰到了社会，但同时对于文学的气息也更敏感、更加迷恋了。这时候我读了两本没头没脑地把我淹没了的书——托尔斯泰的《复活》和厨川白村的《苦闷的象征》。"在这部译作出版前后，鲁迅曾用它作为在北京大学和北京女子师范大学讲授文学理论的讲义。学生的反应之好超乎预料。冯至后来回忆说，鲁迅先生"藉这书做桥梁，发表了许多珍贵的文艺理论"。直到20世纪40年代末，当时革命的青年文学评论家王元化也还说"厨川白村是我向来尊敬的作家"。

回头看当时的中日文化教育界，厨川白村及其《苦闷的象征》遭逢着日中两重天的不同际遇。在日本，他的这本书出版了，也就是书店里增加了一本新著，反响不甚了了。而在中国，这本书连同其作者却获得了很大的成功。应该说《苦闷的象征》传入中国，赶上了天时、地利、人和的好机会。20世纪20～30年代的中国文坛，正处于思想巨变的历史过程。"五四"运动为新思想新风气的介入准备了氛围。鲁迅这样的文豪对此书的激赏，自然也是一个非常重要的原因。在这里，我们想指出的是厨川白村及其《苦闷的象征》本身的价值。该价值虽然在当时的日本不受重视，即便在今天的日本也没有得到应有的关注，但其重要的学术意义是埋没不了的。是金子总会发光，被人赏识是迟早的事情。一部日本思想著作如《苦闷的象征》是否能在中国迅速传播，根本上还要看这部书自身的内容是否有学术含金量，是否适应中国的时代精神和社会需求。厨川白村的《苦闷的象征》之所以能够在中国生根开花，就在于该书具备了上述必备的因素。

厨川白村及其著作在中国文坛掀起了一股"苦闷文学"之风。在日本，厨川影响非常有限，作者也很快被人们淡忘。这种现象很值得探究，其中原因我们将在后面相关部分加以阐述。而在中国，鲁迅等著名人士和文学青年迅速传扬厨川的思想，并在创作中播撒"苦闷文学"的种子。我们在本章的第一部分探讨了厨川白村文艺哲理与弗洛伊德精神分析学的关系，在第二部分揭示了厨川白村审美思想与马克思劳动哲学的异同，在第三部分概略地回溯了厨川白村及其《苦闷的象征》对中国文坛的影响。厨川白村文艺思想的哲理源泉不仅仅是弗洛伊德学说和马克思主义，作者在行文中还约略地提及叔本华、尼采、立普斯、克罗齐等西方思想家，他对弥尔顿、狄更斯、雨果、易卜生等作家作品中的生命冲力也有所涉猎。由于他的写作风格一向是大气磅礴式的提点，因而凡涉及上述作家作品的地方，往往是蜻蜓点水，一掠而过，很少切入细节，更少展开论述，所以笔者也只在上述行文中略有牵带，没有对这些信息专题评说。关于日本传统文学和中国传统文学对厨川白村的影响，笔者将在后面专章介绍。

小 结

本章以《苦闷的象征》文艺思想中的哲理为切入点，抓住了“苦闷文学”思想命脉。精神分析学给厨川白村“苦闷文学”论提供了大尺度切换的灵肉沉浮的视角，马克思主义给“苦闷象征”贡献了提挈文史和变革社会的参照。虽然无法预料的天灾夺走了厨川白村正在蓬勃风发的理论创造的大好年华，但是他毕竟留下了“日本人总该首先倾听唯物史观”的呼声，留下了用唯物史观“先行筑好根柢”并由此建造“大的理想主义，深的精神生活”的美好憧憬。不论今天的读者是否愿意接受厨川百村临终前的呐喊，但是对于日本民族而言，能产生像他这样博大胸怀和开放视野的思想家，无疑是一个很大的进步。他使一个实用性很强的民族，有了哲学和文学思想这么一颗大脑，而这颗大脑也是人类的大脑，是从全人类角度看待文学问题的大脑。可以毫不夸张地说，日本民族因他而长高一寸。他的声音是振聋发聩的，至少对于当时的鲁迅有很大的触动。我们看到，高喊“救救孩子”的鲁迅从此加快了走向唯物史观的步伐。在鲁迅思想演进的过程中，厨川白村及其《苦闷的象征》是一个重要的给力点。在后来的岁月中，在鲁迅的文学创作、理论建树以及文化活动中，都能看到厨川白村对他的影响。

第二章

厨川白村文学思想的渊源

在文学思想方面，厨川白村主要是受到恩师小泉八云、夏目漱石以及英国文学的影响。本章着重从这几个方面出发，探讨厨川白村文学的思想源头。

第一节　恩师对厨川白村的影响

（一）小泉八云与厨川白村的师生情缘

小泉八云（1850—1904）是厨川白村在东京大学读书时英国文学课的老师。大学一、二年级他全面地接受了小泉八云老师每周 3 学时的专题讲座。厨川白村曾在《小泉先生》一文中回忆："先生无与伦比的天赋与别人断难模仿的独创性得到了充分的发挥，在学生面前披沥了其带有独特鉴赏趣味的批评。"① 小泉老师给厨川白村留下了难忘的印象。小泉老师上课的特点是"情绪本位的文学教授法"。什么是"情绪本位的文学教授法"？用小泉老师自己的话来说就是："我教文学，看重的是情绪的表现和对人生的描写。在解说某个诗人时，我试图努力说明他能给人带来的情绪的力量。换言之，激发学生的想象力和情绪是我教授法的基础。"了解了小泉老师的讲课方法，我们就不难理解厨川白村的文学风格了。甚至我们可以毫不夸张地说，小泉老师的课将厨川白村带进了西方文学的世界，培养了他对文学的浓厚兴趣，为他日后的英国文学的研究以及传播发挥了重要的作用。

小泉八云是一位具有诗人气质的教师。他向学生讲授作品不是通过分析和讲解，而是将自己对作品的感受与感动传递给学生，就像拨动琴弦一样，打动学生的心，激发学生用自己的情绪去理解。同样是多情善感、同样具有诗人气质的厨川白村被小泉老师深深地吸引了。他在小泉八云去世

---

① 厨川白村：《小泉先生》，《厨川白村全集》（第 4 卷），东京：改造社 1929 年版，第 14 页。

后，先后发表了6篇缅怀恩师的纪念文章。在厨川白村的心目中，小泉老师是在近代英国文学史上，能与史蒂文森和吉卜林比肩的散文巨擘。此外，小泉八云的女性观直接影响了厨川白村，他在《西方文学研究的难关》的讲演中说："在日本想要研究英国文学，或其他任何西方文学的人必须面对一个最大的难关，那就是西方文学中作为传统而流淌着的女性崇拜精神，以及女性在反映西方社会的文学中所占有的绝对地位。"他的话就像一颗思想的种子播撒到了厨川白村的心中，可以说正是他的引导，间接催生了厨川白村的《近代的恋爱观》的问世。

小泉八云为什么会采用"情绪本位的文学教授法"讲授英国文学，又为什么会有如此的女性观，通过对小泉八云人生轨迹的梳理，我们了解到了一位命运坎坷的文学精英——小泉八云。

小泉八云，原名拉夫卡迪奥·赫恩（Lafcadio Hearn），生于希腊伊奥尼亚群岛中的桑塔莫拉岛。他的父亲是爱尔兰籍的军医，母亲是希腊人。5岁时父母离婚，他被姑姑收养。少年时，在一次游戏中被误伤左眼，以至于失明。后来，他又被送到外国，曾经在英国和法国念书，1870年，他去了美国，当过新闻记者。1890年，他作为美国纽约哈帕出版公司的特约撰稿人赴日本收集素材，经过张伯伦教授的推荐，在岛根县松江市普通中学和师范学校得到了一个英语教师的工作。在此期间，他结识小泉节子并与其结婚，婚后加入日本籍，从妻姓小泉，名八云。1896年8月28日，又经张伯伦的再次推荐，应聘到东京大学文科大学任讲师，讲授西洋文学。1903年3月，离开东京大学。1904年应聘到早稻田大学，讲授英国文学史。同年9月26日因心脏病去世。

小泉八云精通英、法、希腊、西班牙、拉丁、希伯来等多种语言，学识极为渊博，为当世少见。他的文学创作主要可以分为美国与日本两个时期。在美国，他做报馆新闻记者，期间写下了大量报导、特写、随笔、人物素描、社会短评、讽刺杂文以及有关法国当代文学的翻译、批评文字。在他去世以后，阿尔伯特·莫德尔收集整理其中的一部分文字，结集出版了《东西文学评论》（1923）、《美国杂录》（1924）、《西洋落穗集》（1925）。小泉八云生前在美国出版的著作主要有：《奇异文学落叶》（1884）、《中国灵怪故事》（1887）、《法属西印度的两年》（1890）。小泉八云在日本时期主要作品有：《陌生日本的一瞥》（1894）、《来自东方》

（1895）、《心》（1896）、《佛田的落穗》（1897）、《异国风物及回想》（1898）、《灵的日本》（1899）、《阴影》（1900）、《日本杂记》（1901）、《骨董》（1902）、《怪谈》（1904）、《日本：一个解释的尝试》（1904）。小泉八云去世后，他在东京大学的英国文学讲义经学生整理在纽约出版，即为哥伦比亚大学阿斯金（John Erskine）教授编纂的两卷本《文学的解释》（I，II）。此书中的不少章节曾在20世纪30年代被译介到中国。

《怪谈》是小泉八云的代表作之一，是他搜集日本民间故事创作的一部作品。该书透视了日本人的灵魂，传递了阴翳、纤细、哀婉的日本式的美。《怪谈》是日本灵异文学的代表作，它是小泉八云在领悟了日本文化的精髓后，创作出的作品。全书刻画了数十个在黑暗中品味孤独、寂寞的人物形象。其中的故事大多带有日本浓厚的乡土气息，还有一部分故事则源自中国的古典小说。他将日本的山、海、自然、神话和传说融为一体，这些篇章精彩奇妙、奇诡可怖，令读者在神秘、幽玄中感慨世态炎凉，叹息人间的无常与无奈。从某种意义上说，《怪谈》就是日本历史的间接体现，同时也承载着东方共有的文化美感。全书所呈现出的东西方文明交融的美学境界，具有极高的欣赏价值和认识价值。《怪谈》收录了小泉八云的50篇故事，读罢令人恍若身临其境，回味无穷。

小泉八云作为外国人，与日本人小泉节子结婚并长期生活在日本，他身处日本社会，就像一个“局外人”，或者说是日本文化、日本文学的“他者”。这样的身份与处境使得小泉八云对日本有多一层的比较与鉴赏，也使得他能够观察到日本文化和社会中的许多不为日本人所觉察到的细微和独特的问题。学识广博的他在研究日本文化时，能够体悟到别人无法企及的深度。亲身的观察与思考，引发了他对日本文化的多维透视，可以说他是名副其实的日本通。除了《怪谈》，他还发表了《日本与日本人》等作品。该书的价值就在于此书是从心理学、哲学层面剖析日本人的内心生活，从内在的和外表的、历史的和社会的各方面，描摹出日本人的国民特性，是一部难得的关于日本民族的作品。通过对小泉八云的研究，我们似乎明白了厨川白村后来创作的许多成果最初的思想萌芽。例如日本人的性格、日本社会的弊端等问题。厨川白村曾说，小泉八云是给他留下深刻印象的老师。小泉八云是以情绪为本位教授文学的高手，其选题和讲解，充满了匪夷所思的特点，神话传说、精灵古怪、神秘幽玄、恐怖诡异、凄婉奇谲，诸如此类的情景，激发了厨川白村丰富的想象力。厨川白村的文风波诡云谲，笔调变幻莫测，行文不落俗套，观点常常出人意表，这些方面都能让人联想起他那位才情不凡的小泉先生。

（二）夏目漱石与厨川白村的师生情缘

1902 年夏目漱石从英国留学归来，在东京大学英国文学专业任讲师。他主要讲授“英国文学形式论”、“英国文学概论”、“18 世纪英国文学”等课程。1904 年，厨川白村进入东京大学研究生院，师从夏目漱石，他选定的研究方向是“诗文中恋爱研究”。厨川白村很敬佩夏目漱石，他经常去夏目漱石家请教问题，因为观点不同，他常常会与老师发生争论。有一个小插曲记录在了《夏目漱石全集》中，厨川白村曾因为《罗密欧和朱丽叶》的“恋爱”，顶撞了夏目漱石，为此，夏目漱石斥责了他：“现在的年轻人根本就不懂封建道德。”厨川白村多年后回忆求学中的往事，对恩师的感念之情，溢于言表。

遗憾的是仅仅入学一个多月，厨川白村因为家庭经济原因，不得不终止学业。后来，他被任命为第五高等学校英语教授。尽管有过上述的小故事，夏日濑石和厨川白村还是很投缘的师生，断断续续地保持着联系。夏目漱石的课程讲义后来被整理成《文学论》（1907）和《文学评论》(1909)。厨川白村深受夏目漱石《文学论》的启发，于 1909 年发表了《近代短篇小说》，这部作品是在模仿《文学论》的基础上完成的。

第二节　厨川白村的另一种爱

行文至此，我们还得提到一个问题：厨川白村对日本文学的严肃态度。他从小喜爱文学，当然也钟爱日本文学。通过留学，他加深了对日本文学的理解，看到了日本文学中若干薄弱环节，于是便多了一些对日本文学的审慎。他对日本文学的挑剔很多，指责也不少，以至于给人造成一种印象，似乎他一向不看好日本文学。确实，他认为日本的古代文学有不少缺陷，在介绍西方文学的著作中，他很少做日本文学与西方文学的比较论述。这也许是为了集中讲解欧美的作家作品，但是在阐发文艺理论的著作中也不多提日本文学作品，这就很有隐情。读过《苦闷的象征》、《出了象牙之塔》等著作，就会明白，他认为真正称得上文学作品的东西，应该是生命力蓬勃向上的象征，是生命之火如普罗米修斯那样燃烧的光照。而在日本古典文献中，小说乏善可陈，几乎无物可入厨川白村的法眼。就拿许多日本人引以为自豪且非常陶醉的各种物语来说，在他看来也是不能与欧美经典小说同日而语的。在自叙传记文学方面，他认为新井白石的《折焚柴之记》只不过是“自家广告”①。只有右大将道纲母亲的《蜻蛉日记》“可以作东西才女的日记的双璧观”②。在诗歌方面，他的批评颇为尖锐，“也如日本的三弦和琴，极为简单一样，因为日本人的对于乐声的耳的感觉，没有发达的缘故罢，日本的诗歌是欠缺着在严密的意义上的押韵的”。他认为虽然也有例外，但是总体上缺乏“声调之美”③。在散文方面，厨川白村重视 Essey，日本文学史上的文本只有一些体裁类似，“清少纳言的《枕草纸》稍稍近之”，兼好法师的《徒然草》亦然。“德川时代的俳文中，Hototogis 派的写生文中，这样的写法的东西也不少。”④ 然而，“在日本人，第一就全不懂所谓 humor 这东西的真价值。从古以来，日本的文学中，虽然有戏言，有机锋（wit），而类乎 humor 的却很少”⑤。

在文艺思想方面，他的批评更尖刻：“日本人总想到处肩了历史摆架子，然而在日本，不是向来就没有真的宗教么？不是也没有真的哲学么？其似乎宗教，似乎哲学的东西，都不过是从印度人和支那人得来的佛教和儒教的外来思想。其实，是借贷，是改本。要发出彻底地解决的努力来，

---

① 厨川白村著，鲁迅译：《苦闷的象征》，南京：江苏文艺出版社 2008 年版，第 85 页。

② 厨川白村著，鲁迅译：《苦闷的象征》，南京：江苏文艺出版社 2008 年版，第 85 页。

③ 厨川白村著，鲁迅译：《苦闷的象征》，南京：江苏文艺出版社 2008 年版，第 48 页。

④ 厨川白村著，鲁迅译：《苦闷的象征》，南京：江苏文艺出版社 2008 年版，第 88 页。

⑤ 厨川白村著，鲁迅译：《苦闷的象征》，南京：江苏文艺出版社 2008 年版，第 89 页。

则相当的生命力和呆气力都不够，只好小伶俐地小能干地半生半杀了就算完，在这样的国民里，怎么能产生那震动世界的大思想，哲学，宗教呵！又怎么会有给予人类永远的幸福的大发明，大发见呵！”“在生命力的贫弱者，所以就没有深的思想生活。”厨川白村进一步把日本文学及文学思想孱弱的原因归之于日本文化的浅薄。他说：“仅盛着一二分深的泥土的花盆里，不是不会有开出又大又美的花的道理么？”[①] 与之相关的还有日本国民性的弊端，我们暂且不在这个部分展开论述。

也许，厨川白村的这种态度，是因为他研读过丰富的世界各国文学作品，从而在他的眼中，日本的文学实在有相形见绌的地方。这就是“曾经沧海难为水，除却巫山不是云”。也许，就像鲁迅对中国历史，指责多于珍视，批判多过赞美，厨川白村也一样，他更多地从日本传统文化中看到了浅薄粗俗的陋习。但有一点是可以肯定的，那就是在他所生活的那个年代，日本民族的劣根性暴露得日益明显，以至于这位具有人类良知的大师不得不愤慨地呼喊：“先进的日本，是可怕的国度。”[②] 但有一点也是肯定的，那就是厨川白村既爱日本，他的祖国；也爱世界，人类的共同体。这就使他在看待任何一个问题上，总会立足于更高的基点上。应该说他是对的，1923 年以来的历史，已经充分证实了厨川白村的警觉。爱国，如果不是爱之以德，那是危险的；恨国，如果恨之以理，那是脱俗的。爱与恨的辩证法在厨川白村身上放射出了真理的色彩，至今光芒四射。

第三节　英美文学对厨川白村的熏陶

明治维新之后，英美文学在日本得到了广泛的传播，厨川白村对英美文学产生了浓厚的兴趣，他生前关于文学的评论作品主要集中在英国文学

---

① 厨川白村著，鲁迅译：《苦闷的象征》，南京：江苏文艺出版社 2008 年版，第 114 页。

② 厨川白村著，鲁迅译：《苦闷的象征》，南京：江苏文艺出版社 2008 年版，第 102 页。

方面。他身后，被日本文坛称为英国文学研究者。[1] 由此可见，英美文学对他的文学创作产生过巨大的影响。他的《近代文学十讲》、《文艺思潮论》、《苦闷的象征》都是他潜心研究西方文学理论的杰作。分析厨川白村的文学渊源，英美文学应该说是他文学研究的切入点。本节从他的作品入手，运用细读法阐述他思想渊源的核心——英国文学。户川秋骨（1870—1939）认为厨川白村的《近代文学十讲》"用浅显易懂的语言系统介绍西方文艺理论与文学作品"[2]。早稻田大学教授、俄罗斯文学研究者片上伸（1884—1928）却认为"厨川白村动辄用近似主观的方法加以思考，缺少致密的严谨的做学问的态度和方法"[3]。在日本学界对厨川白村的评价可谓是毁誉参半，他在日本的文坛始终没有得到相对公平的评价，但是他在中国现代文坛产生了巨大的影响，厨川白村是在中国被译介、被言说最多，而且影响最大的一个日本文艺理论家。[4] 厨川白村的文艺理论始于英国文学，可以说英国文学是他文艺思想的主要渊源之一。本节将关注他对英国文学的翻译介绍。

（一）英美文学在日本的传播

明治维新之后，日本文坛出现了一阵阵翻译西方欧美各国文学的潮流，西方的文艺作品、理论批评思潮被大量引进日本，客观上促进了日本文学的快速发展。西方文学的各种文学思潮，诸如浪漫主义、现实主义、自然主义、唯美主义等都走马灯似地在日本先后流行过。据日本文艺评论家高田半峰（1860—1938）介绍，日本是从明治十年开始通过原著或英译本阅读外国小说的。[5] 吉武好孝在《明治的翻译文学》中记录，从1888—1912年的24年间，日本翻译了英美文学作品多达243部，俄国文学作品

---

① 李强：《厨川白村文艺思想研究》，北京：昆仑出版社2008年版，第56页。
② 户川秋骨：《新刊通读》，《国民新闻·国民文学栏》，1912年6月19日。
③ 片上伸：《厨川白村氏の〈近代文学十讲〉》，《文章世界》，1912年6月第7卷第8号。
④ 李强：《厨川白村文艺思想研究》，北京：昆仑出版社2008年版，第2页。
⑤ 高田半峰：《半峰昔话》，东京：早稻田大学出版社1927年版，第8页。

295部，法国文学作品209部，德国文学作品125部。[1] 近代日本有关西方文艺理论的译介、输入，约始于明治十年前后。最初翻译、介绍西洋修辞学的西周（1829—1887），在传播输入西方文学理论的术语及构成形式上功不可没，他所撰写的《知说》[2] 于普通学术大类中细分文、数、史、地四科。所谓的“文”，包含语学、文学以及诗学，其中的“文学”相当于今日的修辞学，包括说术、说辞与以研究文法为主的“语学”，属散文研究，而“诗学”则属韵文研究。另外，1887年，日本的《国民之友》、《早稻田文学》、《文学界》、《帝国文学》、《太阳》、《明星》等期刊系统地译介了英美文学。比较著名的日本译介者有坪内逍遥、夏目漱石等学者。

坪内逍遥吸收了近代西方的文学理论，尤其是英国小说和评论，写成了著名的文艺理论书《小说神髓》（1885）。它是日本近代第一部系统论述小说理论和写作技巧的文学专著，这部作品在当时的日本起到了振聋发聩的历史作用，也是公认的日本近代文艺批评建立的标志。就文学论而言，在该著作出版之前，尚有东京大学出身的有贺长雄的《文学论》（1885），然而据本间久雄说，该著作其实反对西洋的文学理论，坪内逍遥认为旧有的劝善惩恶的理论具有合理性，不过是企图通过译述西洋文学的思想、观念，将两者调和起来。艺术论的翻译则有二叶亭四迷（1864—1909）所译的《别林斯基的艺术论》（1885）。又据丰田实《日本英学史研究》（1887）介绍，吉田直太郎翻译的《批评之镜——弥尔顿论》是关于麦考莱《弥尔顿论》的批评论著。坪内逍遥的《小说神髓》正是在这样一种文学论趋于独立发展的背景下诞生的，而该书中体现的思想，是以西洋文学理论为骨架的。坪内逍遥作为日本新文艺的领袖，他在金子马治、岛村抱月共同协助下，创建了早稻田大学文学科，并以此为阵地，采取调和研究及汉洋文学形式与精神的方法，振兴日本的文学教育，使之成为日本近代文学史上改变传统文学观的策源地。

明治24年（1891），坪内逍遥以《早稻田文学》杂志为据点，建立了英国式的实证批评。英国学者鲍桑葵的著作《美学史》，其中的一部分在明治26年（1893）由金子马治译出，题名“希腊美学”刊行。坪内逍遥

① 吉武好孝：《明治大正的翻译史》，研究社选书，1959年。
② 西周：《知说》，《明六杂志》1874年第7期第25号。

对于日本近代文学观念的更新、确立起到了十分重要的作用。从在东京大学学习期间开始接触司各特、狄更斯等人的名著起，他始终致力于英国文学，因而可以说，他的新文学观念与理论的主要资源正是近代英国文学批评。面对明治文坛充斥戏作文学、报载小说、受自由民权运动强烈影响的政治小说、翻译小说以至汉诗文及古文复兴等现象，他以强硬的批判姿态，竭力提倡正体文学，即欲通过树立西方的文学标尺来振兴日本的纯文学，显示其方法论的正是《小说神髓》。

首先，就文学的目的与功能而言，坪内逍遥针对流行的小说稗史中根深蒂固的“义发劝惩”的旧观念以及滑稽、消闲等低级趣味，明确指出，“小说者，美术之一也”，其“直接之利益”在于“使观听之人，为之兴感怡悦”，“间接之利益”才能使人“气格高尚”。那也就是说，作为一种艺术的小说当以“娱人文心”为目的，所谓“文心”，即“美妙之情绪是也”，激发人的高尚情操为其所当务，但应通过怡悦人心的情感涵养而非劝善惩恶的功用手段来实现。其次，文学的表现当以人情、世态为主要对象，所谓“小说之主脑，人情也，世态风俗次之”。这里的“人情”，是指自然、真实的“人之情欲”。“世态风俗”是指人类的现实生活，小说家的职责应当依据心理学的合理认识，通过对“活世界之人”感情及生活的客观描摹，达成“善穷人情之奥，得世态之真”的目标。那意味着他所秉持的是以揭示社会、人生实相为宗旨的写实主义文学观，因此，他以约翰·穆勒引述先哲所说的“文学之主旨目的，唯为进行人生之评骘”为信条。马修·阿诺德的《批评论集》于1888年在日本刊行后，“诗为人生评骘”的思想更随之深入人心。他视小说为人生的“评判记”。1885年8月，坪内逍遥于《自由灯》发表《论小说及〈书生气质〉之主意》一文，再次强调：“小说之主髓在写人情世态。若以劝惩为主髓，或以政治上之寓意为眼目，则违背真小说之旨。小说者，美术也；诚可暗寓有裨风教之意，然若误解寓意之寓字，以寓意为主意，则大谬。”确然界定小说在通过描写人情世态评骘人生与直接施诸教训之职用上的区别。[①] 应该说，这样的

---

① 坪内逍遥著，王晓平译：《小说神髓》，《近代中日文学交流史稿》，长沙：湖南文艺出版社1987年版，第247～263页；亀井秀雄：《小説論〈小説神髄〉と近代》，东京：岩波书店1999年版。

思想已经体现了维多利亚时代英国文学批评的核心观念。正是在坪内逍遥的推动下，明治时代日本的文学论获得了较大的发展。我们通过以上日本文学理论的梳理过程，可以看出日本文学功能的价值取向，我们将在之后的章节论述日本的文学观。

1886 年，得到坪内逍遥帮助的二叶亭四迷撰写了《小说总论》，继续倡导写实主义创作方法。曾入东京专门学校英语科、东京大学预备学校学习的内田鲁庵（1868—1929），则于 1892 年发表了论著《文学一斑》，以黑格尔的美学理论评述近代日本文学，要求文学家切实担负起对社会批评的责任，反映时代精神。1893 年考入东京大学哲学科的高山樗牛（1871—1902），在学期间担任《帝国文学》编委，发表了《人生的价值及厌世主义》等论文；毕业后任博文馆《太阳》杂志文艺栏主编，于 1901 年、1904 年又先后发表《作为文明批评家的文学家》和《论美的生活》等论文，引发了有关尼采美学思想的论战，他推崇“本能主义者”的尼采形象，是明治时期极端的个人浪漫主义文学论的代表①。岛村抱月（1871—1918），1894 年在东京专门学校毕业后即留校任教，1902 年起赴英、德攻读心理学、美学，有《新修辞学》问世；1905 年回国后，相继发表《被囚禁的文艺》、《文艺上的自然主义》等著名文论②，为日本自然主义文学运动的发展奠定了理论基础。同在东京专门学校学习英语与文学的后藤宙外（1866—1938），早年的毕业论文《论散文诗的精髓及美妙、红叶、露伴三作家》得到坪内逍遥的赏识，后半部被推荐在《早稻田文学》上发表；曾于 1897 年与岛村抱月、小杉天外等结成“丁酉文社”，共同创办《新著月刊》并撰写评论。

1908 年，正当自然主义运动方兴未艾之际，坪内逍遥发表了《自然主义比较论》，与岛村等人展开论战，主张非自然主义。从明治末年到大正时期，值得重视的还有夏目漱石（1867—1916），1893 年毕业于东京大学英文系，作为日本文部省第一个官费留学生赴英国留学两年三个月（1900 年 9 月至 1902 年 12 月）。回国之后，他在东京大学英国文学专业任讲师，

---

① 高山樗牛著，刘仁航译，蒋维乔、黄忏华校订：《近世美学》，北京：商务印书馆 1920 年版。

② 岛村抱月著，陈望道译：《文艺上的自然主义》，原载《民国日报》，1921 年 12 月 12 日至 15 日。

讲授“英国文学概论”、“18 世纪英国文学”等课程，系统介绍西方近代文学理论，英国文学中的启蒙主义思想对他的影响尤其深刻，后来，他又分别出版了《文学论》（1907）、《文学评论》（1909）。川端康成说：“《文学论》的见识出类拔萃，夏目漱石是日本近代最杰出的文学理论家。”[①] 他与森鸥外也都加入了反自然主义的行列，论争不但涉及文学的创作方法，而且拓展至对人生、社会的看法，因而对日本近代文学论又有进一步的推进。在他门下，不仅如小宫丰隆、芥川龙之介等十一个弟子直接受其沾溉，而且如于 1904、1905 年由东京大学英文系毕业的厨川白村、太田善男，也受到过他的影响。夏目漱石的《文学论》、《文学评论》也是对厨川白村产生过重大影响的作品。

（二）英美文学给厨川白村的启发

日本近代文学是从译介英美文学发端的，但是自欧洲自然主义传入日本以后，明治时代的日本作家们很快就抛弃了英国文学，而且把英国文学疏远到了文坛的边缘。许多学者纷纷放弃英国文学，转向法国文学或者俄罗斯文学[②]，厨川白村的老师上田敏以及文艺评论家片上伸都由英国文学转到了法国文学和俄罗斯文学，并且凭借法国文学和俄罗斯文学而成名。

为什么英国文学会被抛弃？日本学者户川秋骨在《英国文学为什么在日本兴不通》[③] 一文中指出了四点理由：第一，英译的欧洲文学比英国文学的语言易读易懂；第二，英国保守，其文学不适合当时日本对外来新思想的吸收；第三，英国文学历史悠久，日本的年轻作家不易对其进行鉴别；第四，英国的国民性让人难以理解。虽然英国文学不被日本文坛所看好，夏目漱石却始终以英国文学为研究对象，厨川白村也是日本当时为数不多的英国文学研究者，他一直以英国文学研究者自居。[④] 由此可见，厨川白村在学术追求上的坚持与执着。他的文学创作就是从《近代文学十

---

① 川端康成著，叶谓渠译：《文学论者》，《川端康成散文 · 下》，北京：中国广播电视出版社 1999 年版，第 235 页。

② 舟山平藏：《大正年间的英国文学研究》，《英文学研究》，1927 年第 7 卷第 1 期。

③ 户川秋骨：《英国文学为什么在日本兴不通》，《新潮》1907 年 7 月号。

④ 厨川白村著，黄乔生译：《论英语之研究》，《鲁迅研究月刊》2006 年第 4 期。

讲》开始的。在撰写此节时，笔者调研了诸多资料，深究英国文学在日本文坛淡出的本质原因，除了户川秋骨的论点外，还有以下三点：其一，这是由日本当时的时代背景决定的，20世纪初叶，日本资本主义迅速发展，日本社会的各种矛盾层出不穷，日本需要世界最新的、可以快速消化的文学，以满足不断增长的文化需求，而英国文学需要长久地研修，不能满足日本人急功近利的需求。其二，日本民族的经济崛起，膨胀的虚荣心与自我意识，让日本民众急进盲动，他们在提高自身与快速致富方面，更侧重于掠夺式的发展，不论是经济还是文化。日本人企图最大范围内抢占世界资源，无暇沉潜、内修。其三，中国的衰落，使日本对道德修为、国民性之类的问题，弃置不顾。日本社会、日本人需要的是强烈的崛起感以及对日本自我的认可，而不是自我改造。

厨川白村作为日本文坛的精英，他认识到了日本民族的诸多可待改造的特性，预见到日本民族的危机存亡，他及时提出了改造日本国民性的倡议。然而，1923年9月1日上午11时58分，日本爆发了8.2级关东大地震，厨川白村不幸遇难。这次地震给日本造成了空前的损失，14万人死亡，无数房屋倒塌，日本大批难民流离失所。日本受灾民众对政府的救援不力产生了极大的怨恨，地震以及地震引发的火灾，再加上暴乱，使日本国内各种利益集团的矛盾此起彼伏，混乱不堪。日本皇族为了缓解民众与国家、政府的矛盾，向日本国民发出了错误的引导，指出日本自然灾害频繁、资源匮乏，要想彻底摆脱不幸，就要向中国移民。因为日本国内当时局势错综复杂，加之世界格局的变化多端以及种种综合的其他因素，导致了日本在20世纪三四十年代，把侵略的魔爪伸向了中国，把中国千千万万无辜的百姓拖入了水深火热的战争深渊。

（三）厨川白村的英美文学情结

还是中学生的厨川白村，通过《国民之友》了解了摩理斯（莫理斯）①。通过这一点，我们可以知道他自中学时代就开始关注英国文学。

---

① 厨川白村著，鲁迅译：《苦闷的象征》，南京：江苏文艺出版社2008年版，第212页。

1901年，厨川白村就读于东京大学英国文学专业。1907年，他撰写了《异教思潮的胜利》[①]。1909年5月，他以“奥斯卡·王尔德的警句”为题，向日本读者介绍英国唯美主义代表作家王尔德。1912年，他出版了《近代文学十讲》，并通过此书获得了日本社会的好评，自此跻身文坛，开始从事文学批评的工作。《近代文学十讲》是厨川白村出版的第一本专著，是一部类似教科书的欧洲文学概论，从历史的角度系统地介绍了19世纪中叶至20世纪初叶五六十年代欧洲文艺思潮的发展历程。该书重点介绍了自然主义文学思潮兴起的时代背景，概括了其主要的创作特征，也对新浪漫派、象征主义、唯美派的文学思潮作了介绍。该书用500多页的篇幅，分10讲、33节，主要介绍了近50年英、美、德、法、意、澳等国的文艺作品，以及欧洲评论家对此的评论，并对文艺思潮的发展及哲学、科学等展开了论述。该书以文艺为中心，在背景的介绍上详尽周到，对19世纪末的颓废思潮、怀疑思想与个人主义、近代人的悲哀、物质文明与肉欲的文艺及自然主义以后的象征主义、神秘主义、唯美派，进行了极其扼要的解答。[②]《近代文学十讲》以启蒙性、知识性和明快的风格受到出版界和知识界，特别是青年学生的欢迎，被誉为“大正元年的金字塔”。此书出版后不久就多次再版，至1924年5月10日已经刊行79版。鹏心生指出：“《近代文学十讲》与夏目漱石的《文学评论》极其相似，所不同的是，夏目漱石的《文学评论》论述的是18世纪的英国文学，而厨川白村的《近代文学十讲》介绍的则是19世纪的欧洲文学。在时代性上，厨川白村的《近代文学十讲》要优于夏目漱石的《文学评论》。”[③] 与此相对，片上伸则认为：“厨川白村的著作动辄以主观想象的方法思考问题，缺少严谨缜密的做学问的方法。”[④] 夏目漱石曾高度评价说：“厨川君在此书中倾注了自己的全部心血，谈出了自己对西洋文学的理解。”[⑤] 厨川白村在《近代文学十

---

① 厨川白村：《异教思潮的胜利》，《中央公论》1914年1月号。

② 厨川白村：《近代文学十讲》，《帝国文学》1912年第18卷第5号。

③ 鹏心生：《读〈近代文学十讲〉及其他》，《读卖新闻》1912年4月20日。

④ 片上伸：《厨川白村氏的〈近代文学十讲〉》，《文章世界》1912年6月1日第7卷第8号。

⑤ 矢野峰人：《厨川白村》，辰野隆编：《近代日本的教养人》，东京：实业之日本社1950年版，第116~117页。

讲》中对自然主义文学思潮作了一番“寻根溯源的阐述与批判”。他考察和研究了西方文艺思潮发展的历史，认为：“文艺思潮的变迁，正如不断流淌的河水，出自山谷，横断旷野，激于岩石，分剖草木，虽时变其形姿，仍不失其为一连续的潮流。现在要划出一时期来论说，势不得不回顾过去的上流，来观察一下。”① 他认为要评价自然主义文学思潮，就必须从浪漫主义谈起，只有将二者进行比较之后才能找出近代文学的特点。通过比较，他指出：“欧洲文艺思潮的变迁与人的思想发展极其相似，如同人生的成长过程一样。”他用了一个生动的例子说明他的观点。浪漫主义好像人的20岁前后，是热情时代；自然主义好像人的30岁前后，是消沉、寂寞时代；新浪漫主义好像人的40岁前后，是人的圆熟期。他认为新浪漫主义是经历了古典主义、浪漫主义、自然主义之后的文学进化过程中最完美、最完满的文学。厨川白村在《近代文学十讲》中指出：“自觉的生活与顺应的生活、主我的生活与没我的生活、彻底的态度与妥协的态度，无时无刻不在发生着冲突和矛盾，成为人苦闷和烦恼的根源。”②

1913年1月，厨川白村撰写了《年轻艺术家的群体》，主要是介绍英国杂志《黄面志》的作家群。他通过撰写这些文章欲让日本读者接触到西方真正的唯美主义。厨川白村受到夏目漱石的启发，模仿他的理论，发表了《近代短篇小说》③。厨川白村深受英国文艺思想家罗斯金和莫理斯的影响，走向了既承认文学艺术是精神活动，又试图用文学来改造人生和社会的文艺批评的道路。他一方面重视文学影响社会、教化人生的功能，另一方面又重视文学艺术的独立特质。日本学者野村八良在《影响明治大正学界的西方文学论》④ 中认为，夏目漱石的《文学论》在结构上参考了美国温彻斯的《文学批评之原理》；厨川白村的《文艺思潮论》则受到美国韩德的《文学概论》第二部分的第十一章，希伯来思潮与希腊思潮论述的启发。

---

① 厨川白村著，罗迪先译：《近代文学十讲》，上海：学术研究会丛书部1921年版，第177页。

② 厨川白村：《近代文学十讲》，《厨川白村全集》（第1卷），东京：改造社1929年版，第134～135页。

③ 厨川白村：《近代短篇小说》，《帝国文学》，1909年4月第15卷第4号。

④ 野村八良：《影响明治大正学界的西方文学论》，《学苑》1951年2月。

1914年4月，厨川白村撰写了《文艺思潮论》，它是继《近代文学十讲》之后的第二部文学专著。在这部书中，他以希伯来思潮（基督教思潮）和希腊思潮（异教思潮）的争斗史为线索，结合具体的文学作品，回顾了古代、中世、近世西方文艺思潮发展演变的过程。他认为西方文艺思潮的起伏更替源于人性中“灵与肉”，两种力的冲突与调和。《文艺思潮论》论述的核心问题有两个方面：一是“两种力的冲突”是造成一切苦闷烦恼的根源；二是如何摆脱苦闷烦恼，以求得灵肉的调和与一致。他通过对拜伦的《曼弗莱特》、丁尼生的《国王牧歌》和陀思妥耶夫斯基的《罪与罚》的分析，得出“两种力的冲突”是人生中一切悲剧的结论。理想与现实、个人与社会、理性与感性、智识与信仰、灵与肉，在这些二元对立的冲突与分裂上，便发生了人生最惨淡的悲剧。而人生的意义便在这悲剧当中。[①] 厨川白村认为古希腊人的“人性”是“灵肉一致”的，因而是理想的人性，并认为现代的西方人也是“灵肉一致”的，所以他们的人性也是理想的。古希腊人具有“节制之德”，而罗马人缺乏节制，一经求肉的欢乐，任着情热奔放，直达于颓废糜烂的极度，“所以会走向崩溃”[②]。

正是因为希腊思潮的核心是“灵肉一致”的，所以厨川白村极力赞扬希腊思潮。他特别赞赏美国诗人惠特曼，他认为：“惠特曼的思想如同古代原始的希腊人，在灵肉浑然一致的境地，以求真的生之充实，这是现代的特征。”英国诗人、评论家阿诺德在《评论一集》（1865）率先使用灵与肉的概念，来区分希伯来和希腊两种文学精神的对立以及对后世的不同影响。他把希伯来思潮和希腊思潮的特质归纳为“良心的峻严”、“意识的自发性”，并称其为英国文学的源泉，是英国文学的“两大创造传统”。1906年，美国评论家韩德在《文学概论》第二部分的第十一章中论述了希伯来思潮与希腊思潮。日本批评家岛村抱月在《被囚禁的文艺》（1906）和《欧洲文艺思潮史讲话》中沿用这个观点。厨川白村吸收并发展了此观点，他将这两种文学的不同特点归纳为人性中的两种基本因素，并且用这种灵肉对立而又最终统一的趋势来概括整个西方文学的历史走向。

---

① 厨川白村著，樊从予译：《文艺思潮论》，北京：商务印书馆1924年版，第6~7页。

② 厨川白村著，樊从予译：《文艺思潮论》，北京：商务印书馆1924年版，第13页。

1917 年 7 月，厨川白村从美国留学回国。1920 年 3 月 5 日至 23 日，他在《朝日新闻》上连载了 16 篇文章，用《出了象牙之塔》一名结集出版。他公开表示自己愿意像英国文艺思想家罗斯金和莫理斯一样暂时离开象牙之塔，将笔触伸向社会，由文艺批评向社会文明批评延伸和倾斜。

英美文学在日本的广泛传播，深刻地影响了厨川白村。他矢志不渝地坚守着自己的文学选择，在日本文坛发出了自己的声音，树立了自己的理论。厨川白村在《近代文学十讲》一书中，把“情绪主观”和“时代精神”视为自己研究文学的两大出发点。在《文艺思潮论》中，厨川白村用历史发展的必然性来解释非理性想象的合理性，这是他的文学特色之一，这本书也是他著名的文艺理论专著《苦闷的象征》的奠基之作。

第四节 霭理斯对厨川白村的启迪

李强教授在《厨川白村文艺思想研究》一书中指出霭理斯（1859—1939）对厨川白村的影响是一个新的成果。[①] 霭理斯是英国著名的性心理学家、思想家、作家和文艺评论家。他作为具有划时代意义的科学家，终身从事人类性科学和性心理学研究，致力于探究性和人类精神世界之间的关系，是性心理学研究的先驱。他是具有开拓意义的思想家，他在哲学、宗教、社会学、美学和文学批评上的著述同样令读者钦佩，他的作品为冲破和摆脱宗教、道德、习俗对人类思想的禁锢发挥了重要的作用。

笔者认为李强教授的这个提法是有一定的根据的。厨川白村在 1903 年读研究生期间，便阅读过霭理斯的作品《新精神》、《性心理》与《男女论》等书。[②] 厨川白村选定《诗文中的恋爱研究》为自己的研究生学习的选题，应该说与小泉八云和霭理斯有着密切的关系。尽管他因为家庭的败落无法再继续学业，但是这颗种子正是在那个时候埋下的。厨川白村阅读

---

① 李强：《厨川白村文艺思想研究》，北京：昆仑出版社 2008 年版，第 107 页。

② 厨川白村著，夏丏尊译：《近代的恋爱观》，上海：开明书店 1928 年版，第 71 ~ 72 页。

过这些作品之后，他在分析英国文学时自然会运用心理学和精神分析学。他把文艺的创作和欣赏都当作内在的行为去研究也是有他的相关背景的。霭理斯文艺观的一个核心概念就是“自我表现说”。霭理斯在《新精神》、《断言》（1898）等著作中运用自我表现说分析西方作家，他特别强调“艺术是个性的表现”，并认为“文学是情绪的产品，而著作者最迫切地感到的又只是自己的情绪，那么文学以个人为本位，正是当然的事”。[①] 这些观点与小泉八云的“情绪本位的文学教授法”不谋而合，再一次印证了主观、情绪这些心理因素与文学的内在关联。厨川白村阅读霭理斯的作品，以及以后研究弗洛伊德的作品，都对他的创作产生了重大的影响。霭理斯和弗洛伊德都是著名的现代性学学者，厨川白村阅读霭理斯的作品早于弗洛伊德。霭理斯《断言》中的性欲一说比弗洛伊德的《梦的解释》（1900）早了两年，但他们两人在对人的性进行深入研究之后，得出的结论惊人的相似。他们都认为“性欲”是一切文学创作的推动力，被压抑的性欲能够转移到为社会所接受的事物上去，成为可供人们欣赏的形象。

霭理斯从科学的角度提供了文学研究的人性基础，他在作品中谈到性心理，许多问题都是与文学艺术有关的。他认为“性是人性中的一个基本问题，既然文学艺术是表现人生的，那么性就是无法完全回避的问题”。他关注性观念的健康与否，认为“人从社会的存在还原为自然的存在”，除了人的动物性的“求生”意志之外，还有高于动物的“天赋之性灵”的自由发展的要求；文学艺术是一种“生命的颤动”，或者说是“生命之舞”。厨川白村在《苦闷的象征》中谈到了弗洛伊德的部分观点，就给许多研究者一个信号，以为弗洛伊德的理论是厨川白村的影响源之一，而忽略了霭理斯的影响。李强教授的观点让我们了解到厨川白村早在弗洛伊德广为人知之前，就已经阅读过霭理斯的心理学，只是后者的名气远远大于前者，前者被后者遮蔽了。

---

① 罗钢：《历史汇流中的抉择》，北京：中国社会科学出版社2000年版，第54页。

小 结

早在18、19世纪，日本"一面倒"学中国的风气就发生了重大的改变，"兰学"日益兴盛，"汉学"渐趋式微。自明治维新以来，日本的国门被迫打开，西方科学技术、文学作品和学术思想像潮水一样涌入日本。到厨川白村进入东京大学求学之时，西方文学已经在日本有了广泛的传播。小泉八云、夏目漱石等一代名师，都给厨川白村以重要的影响。在厨川白村的思想基础和学问兴趣当中，占主导倾向的是英美文学所给予他的知识结构。作为一个慧根深植的天纵奇才，厨川白村对日本思想文化的造诣相当精湛，但我们发现，他对日本文学的评价并不很高。造成这一现象的原因比较复杂，总体上讲，不外以下几点：一是他从小受西学影响；二是其个性率直，爱好思辨且富于批判精神；三是他的学术旨趣在于突破性和创造性的终极追求方面。这三个倾向注定了他对日本文化和文学保留多于赞美，批判大于继承。厨川白村不是那种狂热偏激的文化人，他没有也不会喊出"丑陋的日本人"之类的口号，但是在如何学西方和如何对待自己民族文化的问题上，他是一个很有头脑的思想家。他有选择地学习西方的思想文化，如理性、良知、正义、自由、博爱、文艺、科技等扶正祛邪的东西，而没有堕入崇洋媚外的陷阱当中。虽然他批判地研究本国思想和传统习俗，不遗余力地批判日本的国民性，但是他始终深爱日本，那种爱是正气之爱、大气之爱，是有人类普世性价值判断的爱，而不是日本军国主义分子的恶性之爱，不是右翼社会势力的偏悖之爱。因而，他的文学思想乃至文化精神，是超群拔俗的大眼光，是超越了褊狭自私欲念的光明磊落的人文智慧。这几点，恰恰是至今很少有人认真钻研和开发的厨川思想的价值所在。

第三章

日本文学对鲁迅的影响

周作人、日本学者增田涉以及鲁迅本人都曾发表过大致相同的观点，那就是鲁迅对日本文学不甚关注的言说，这种观点曾一度影响了学界对鲁迅思想渊源的探讨和研究。直到近年，随着国内学者们的研究日渐深入，以及日本鲁迅研究新成果的传入，对鲁迅与日本文学的关系问题出现了多种声音，究竟日本文学对鲁迅有没有直接或间接地产生过影响，成为一个引人注目的问题。本章试从鲁迅对厨川白村的学术反响为枢纽，回溯性地解析日本文学对鲁迅的影响。

第一节　鲁迅与日本文学的关系

鲁迅与日本文学的关系究竟应该如何定位，在研读先行学者的文章时，这个问题一直困扰着笔者。有学者明确指出鲁迅作品中的日本因素，也有专家认为鲁迅对日本文学不屑一顾。经过查阅大量文献，笔者认为："鲁迅与日本文学有着一种若即若离的内在关联。"这个现象颇耐人寻味。周作人曾说："鲁迅对日本文学，当时殊不注意。"此论并不恰当，应该说鲁迅对日本文学有所保留。换句话说，他对日本文学在意，但是又有自己的看法。他在 1923 年翻译了一批日本文学作品，其翻译的日本文学作品占到了其翻译作品总数的三分之一。这又能反映出他的哪些学术见解？从广泛的意义上看，关于日本文学对鲁迅的影响问题，需要从鲁迅与日本文学关系的一些重要节点谈起。

（一）鲁迅对日本文学及其思想的汲取

笔者赞同一种看法，即日本文学是鲁迅文学创作的一个重要元素。但是必须看到，鲁迅对日本文学的汲取是有保留的"拿来"，而非大包大揽的照收。当今学界，有不少学者或放大了日本文学对鲁迅的浸润，或潜意识地遮蔽了日本文学在鲁迅创作中的渗透，这两种态度都是不可取的。有一点需要肯定：鲁迅无论是在日本留学期间，还是在回国后的文学创作阶段，从其文学活动中都看得出受日本文学影响的痕迹。1901 年 12 月，鲁迅从矿路学堂毕业，怀着寻找出路的信念决定去日本留学，自此开始了他的留学经历。鲁迅留学日本达 7 年之久，可以说他在日本度过了其性格与思想形成的关键时期。

鲁迅是 1902 年 3 月东渡日本的，与当时中国的先进知识分子一样，他是通过日本去学习西方的。面对日本复杂的文化现象，鲁迅自有主见，从不盲从。他的文学思想可以说是在日本时期，或受日本间接影响产生和形成的。关于鲁迅与日本文学的关系，本书从鲁迅翻译的日本文学理论及作品，推崇日本文化汲取他国思想和知识的态度，提倡文学中的悲剧意识，重视人的精神、塑造人的理念这四个方面展开阐述。鲁迅翻译外国文学作品，都是经过了慎重的筛选之后决定的，日本文学也不例外，以下是鲁迅在 1923 年前后集中翻译的日本文学著作。

武者小路实笃	《一个青年的梦》	（原作「ある青年の夢」1922 年訳）
芥川龙之介	《鼻子》	（原作「鼻」1923 年訳）
芥川龙之介	《罗生门》	（原作「羅生門」1923 年訳）
有岛武郎	《与幼少者》	（原作「小さき者へ」1923 年訳）
有岛武郎	《阿末的死》	（原作「お末の死」1923 年訳）
江口涣	《峡谷的夜》	（原作「谷の夜」1923 年訳）
夏目漱石	《挂物》	（原作「懸物」1923 年訳）
夏目漱石	《克莱喀先生》	（原作「クレイグ先生」1923 年訳）
森鸥外	《遊》	（原作「あそび」1923 年訳）
森鸥外	《沉默之塔》	（原作「沉默の塔」1923 年訳）
菊池宽	《三浦右卫门的最后》	（原作「三浦右衛門の最後」1923 年訳）
菊池宽	《复仇的話》	（原作「ある敵討の話」1923 年訳）
厨川白村	《苦闷的象征》	（原作「苦悶の象徴」1924 年訳）
厨川白村	《出了象牙之塔》	（原作「象牙の塔を出て」1925 年訳）
鹤见祐辅	《思想·山水·人物》	（原作「思想·山水·人物」1923 年訳）
片上伸	《现代新文学的各种问题》	（原作「現代新興文学的諸問題」1923 年訳）①

---

① 康东元：《日本近现代文学翻译研究》，上海：上海交通大学出版社 2009 年版，第 27 页。

从上述翻译情况可以看出，鲁迅对日本文学及其思想的引入和介绍是非常慎重和严肃的。有些小说家，鲁迅是取其文学修养颇为丰厚的优点，如夏目漱石、鹤见祐辅的作品；有些则是取其情愫的深沉与郁闷，如武者小路实笃、有岛武郎的小说；有些是取其诡谲与不安，如芥川龙之介、菊池宽的著作；有些是取其古色与悲情，如有岛五郎、森鸥外的作品。在这些作家作品中，最让鲁迅动情动心而且深度认同的是厨川白村及其著述。厨川白村对日本文学的看法中，隐藏着鲁迅对日本文学的深层看法。解析厨川白村对日本文学的态度，有助于我们弄清鲁迅对日本文学的态度。

我们在前一章已经论述过，厨川白村一向不看好日本文学。究其原因，他认为日本文学及其文学思想的孱弱，首先在于日本文化的浅薄。用他的话说，就是仅盛着一二分深的泥土的花盆里是“不会开出又大又美的花的”①。其次在于日本国民性的弊端。日本民族没有出现像普罗米修斯、孔子、孟子、释迦牟尼、耶稣、托尔斯泰等具有伟大献身精神的“大呆子”②。在他看来，日本人太精明，在金钱方面极其计较，在技术方面工于“借贷”③。历史上的日本人是“小聪明”、“小伶俐”④。“想起来，现今的日本，是可怕的国度。真是当祸祟的时代，生在祸祟的国度里了。”⑤ 显而易见，厨川白村看到了日本国民的劣根性，看到了日本浅薄的文化、工于算计的国民、国家的军国主义本质，这一切让他得出了一个结论，日本进入了“祸祟的时代”，已经成为“祸祟的国度”。其后果让人望而生畏，甚至不寒而栗。厨川白村是伟大的思想家，他开出的药方是改造国民性、改造日本文化、改造日本现状。厨川白村关于改造文学、改造国民的重大观点，让鲁迅触动很深。鲁迅为什么要快速地译介和推广厨川白村的著作，

---

① 厨川白村著，鲁迅译：《苦闷的象征》，南京：江苏文艺出版社 2008 年版，第 114 页。

② 厨川白村著，鲁迅译：《苦闷的象征》，南京：江苏文艺出版社 2008 年版，第 102～105 页。

③ 厨川白村著，鲁迅译：《苦闷的象征》，南京：江苏文艺出版社 2008 年版，第 113、116 页。

④ 厨川白村著，鲁迅译：《苦闷的象征》，南京：江苏文艺出版社 2008 年版，第 110 页。

⑤ 厨川白村著，鲁迅译：《苦闷的象征》，南京：江苏文艺出版社 2008 年版，第 102～103 页。

为什么自己也大力倡导中国的国民性批判，为什么不遗余力地实施改造中国文学和中国社会的工作，为什么终于从优秀的中国共产党人那里看到了中国的脊梁和中国的希望，这些问题都可以从厨川白村那里找得到可资深思的材料。他和厨川白村是一对堪称神交的脱俗的“大呆子”，同属于爱自己民族、也爱全人类的大思想家！

鲁迅从厨川白村那里找到了知音。他们在日本文学方面的见解也非常相似，他们都对日本文学持批判性眼光，但这并不意味着两人不喜欢日本文学，也不是说他们认为日本文化乏善可陈。恰恰相反，他们对日本文学和文化都钻研得很深，对日本民族的长处相当在乎。尤其是鲁迅，他深知日本当局正在向军国主义和侵略战争的道路上快速滑行，尽管如此，他对日本文学的译介也毫不懈怠。关于这一点是有充分的史料证明的。在 1923 年前后，鲁迅一鼓作气，翻译了几十篇日本文学作品和理论著作，加上以前和 20 世纪 30 年代后的散篇文章，有 65 篇左右，占鲁迅翻译的外国作品总量的 28%。不论是作为文学创作的参考资源，还是批判性思考的对象，日本文学都是鲁迅文学创作的重要思想渊源之一，这一点是肯定无疑的。他和厨川白村一样，都是目光如炬、思力超群的伟大智者，对于日本文学的高下精粗，两位大师都是有着自己的看法的。鲁迅是不轻易挑剔邻国的弊端的，尤其是对于自己留学多年而且师友颇多的日本。他们对日本文化的透视和批判，正好说明二人对日本及其文化有着不同寻常的感情。爱之深，责之切。大胆的批判从厨川白村那里启发了出来，厨川白村对日本的总体看法正中鲁迅下怀。厨川白村所秉持的批判武器和批判方法，也让鲁迅有先得吾心的快慰，这一点与周作人等的浅薄和局促是判若云泥的。这也是为什么周作人身为鲁迅的同胞弟弟，竟然说鲁迅“不在意日本文学”。

（二）“拿来主义”

《拿来主义》是鲁迅于 1934 年 6 月 4 日发表在《中华日报》上的一篇杂文。后来作者将之收入《且介亭文集》。“拿来主义”四字之中，包含着鲁迅汲取外来文化的学人立场和思想方法。

从历史长河来看，中华民族是一个开放的包容的民族，中华文化是开放的海纳百川的文化。但是并非每个时段都如此，比如在清朝晚期和 20 世纪初期，中国的状况就属于闭关自守。否则，中国不会落后到任人宰割的地步，也不会沦落成半殖民地半封建的国家。当时留学日本的中国学生，都感于日本的强大，同时在思索中国如何崛起的振兴之路。比如周作人，他在《日本近三十年小说之发达》中说："我们要想救这弊病，须得摆脱历史的因袭思想，真心的先去模仿别人。随后自能从模仿中蜕化出独创的文学来，日本就是一个榜样。中国现时小说情形，仿佛明治十七八年时的样子，所以眼下重要的办法，也便是提倡翻译及研究外国著作。"① 鲁迅也在为中国文学寻求出路，周作人看到的日本的开放性，鲁迅自然也看到了。但是他与乃弟不同的是，不仅看到要学习日本文坛的开放性模仿与蜕化性独创，而且要提倡开放性的拿来与批判性的独创。这一变化集中地体现在他倡导的"拿来主义"中。

鲁迅既反对盲目地接受，也反对盲目地送去。一厢情愿地讲送去，别人会说你拍马屁，会说你媚洋，会说你炫耀自己的国粹，想以此同化别人。一揽子地讲接受，那也会受骗上当。"我们被'送来'的东西吓怕了。先有英国的鸦片、德国的废枪炮，后有法国的香粉、美国的电影、日本的印着'完全国货'的各种小东西。于是连清醒的青年们，也对于洋货发生了恐惧。其实，这正是因为那是'送来'的，而不是'拿来'的缘故。"鲁迅的概括是："所以我们要运用脑髓，放出眼光，自己来拿！"②"拿来主义"是要规范自己的行为的。"譬如罢，我们之中的一个穷青年得了一所大宅子，首先当然是不管三七二十一，'拿来'！"但是，如果怕旧主人的东西染污，"徘徊不敢走进门，是孱头；勃然大怒，放一把火烧光，算是保存自己的清白，则是昏蛋"。反过来，因为羡慕这宅子旧主人的风光，从而"接受一切，欣欣然的蹩进卧室，大吸剩下的鸦片，那当然更是废物"③。"拿来主义"者是全不这样的。正确的态度是："他占有，挑选。看见鱼翅，并不就抛在路上以显其'平民化'，只要有养料，也和朋友们

① 周作人：《周作人自编文集》，石家庄：河北教育出版社 2002 年版，第 147～148 页。

② 鲁迅：《拿来主义》，《鲁迅全集》（第 6 卷），北京：人民文学出版社 2005 年版，第 40 页。

③ 鲁迅：《拿来主义》，《鲁迅全集》（第 6 卷），北京：人民文学出版社 2005 年版，第 40 页。

像萝卜白菜一样的吃掉，只不用它来宴大宾；看见鸦片，也不当众摔在茅厕里，以见其彻底革命，只送到药房里去，以供治病之用，却不弄‘出售存膏，售完即止’的玄虚。”其中的烟枪和烟灯，“除了送一点进博物馆之外，其余的是大可以毁掉的了。那一群姨太太，也大以请她们各自走散为是，要不然，‘拿来主义’怕未免有些危机”①。总之，我们要拿来。我们要么使用，要么存放，要么毁灭，关键是头脑要清楚，要检点自己的行为。

“拿来主义”有一个重要的前提，拿来的主体，即施动者，必须是改造过的新人。鲁迅是这么说的：“主人是新主人，宅子也就会成为新宅子。然而首先要这人沉着、勇猛、有辨别、不自私。没有拿来的，人不能自成为新人；没有拿来的，文艺不能自成为新文艺。”这里，我们又一次看到鲁迅与厨川白村的交汇点：改造主体，即改造施动者自己。在这篇文章中，鲁迅主要讲“拿来”问题，“送去”不是主题。但是可以看得出来，他是不排除送去的，而且特别要人们注意交流和出新。与当时学界的全盘洋化，或全盘复古的主张相比，鲁迅的“拿来主义”中有批判。他不喜欢模仿加蜕变，而是主张直接实施有批判眼光的拿来，有批判眼光，才会拿得准、改得好、用得妙。从他所翻译的那么多日本文学著作中可以看出，他不封闭、不傲慢、重交流，落脚点则是在创新。不论是对于中国古代的传统，抑或东洋或西洋的文化，“拿来”、交流、改造，这是非常重要的系列工程，这个工程说起来复杂，实际上简洁明了。鲁迅把很艰深的问题用一篇短文讲得很清楚，其风格与厨川白村很相似，但是说理比厨川白村更透辟。

“冰冻三尺，非一日之寒。”鲁迅“拿来主义”的形成，应该说是有一个漫长的过程的。通过《苦闷的象征》的翻译与厨川白村结缘，只是其中的一个环节。更早的思绪可以追溯到他青少年时期看到的中国积贫积弱、任列强宰割的悲惨状况。他看到1905年日俄战争纪录片中中国同胞被日本军人砍头的惨痛情景；他在日本聆听解剖学课程时，了解到中日两国医学界在学习西方医学方面曾经相距不远，甚至中国领先过。鲁迅在《藤野先

---

① 鲁迅：《拿来主义》，《鲁迅全集》（第6卷），北京：人民文学出版社2005年版，第41页。

生》一文中描述："……他接着便讲述解剖学在日本发达的历史，那些大大小小的书，便是从最初到现今关于这一门学问的著作。起初有几本是线装的，还有翻刻中国译本的，他们的翻译和研究新的医学，并不比中国早。"这是一段描述性的文字，最后一句隐含着鲁迅对日本民族性和中国民族性的不同评价，因而特别值得注意。原来日本近代的解剖学，起先翻刻中国的译本，可见中国当初还走在前面。但中国那时不善于学习外国新事物，结果被日本赶超，中国远远地落到了后边。同一个起点上的赛跑，就此分出了输赢。鲁迅在这里所补的一句是："他们的翻译和研究新的医学，并不比中国早。"表面上看似乎只是顺便说出的一句话，实际上却含有深意，是对日本民族性的赞扬和对中国不善于学习而落后的一种深深地感慨。

今天当我们回顾"拿来主义"产生的背景和缘起之时，应该看到鲁迅在日本的留学和向日本文化的学习是一个重要因素。"人要沉着、勇猛、有辨别、不自私。没有拿来的，人不能自成为新人；没有拿来的，文艺不能自成为新文艺。"[①]"五四"过去快一百年了，改革开放也三十多年了，今天重温这段话，仍然是那么新颖，那么震撼，可以说这已经成为我们对待他国文化的重要方略。

（三）悲剧意识

鲁迅在日本留学，耳濡目染到日本文化是很正常的，许多人学习外语，都会陷入其所学的外国文化之中，不辨优劣。然而鲁迅是清醒的，他通过与日本文化、文学的比较，了解到中国文学的一些不足。比如说，中国传统文学中的大团圆模式的虚假。日本自然灾害频繁，日本文学中的"哀"元素，经过漫长的历史演变逐渐形成后来的"物哀"理论。具体讲，就是"日本人觉得樱花盛开时是美的；一场春雨过后，一夜间满树的花瓣像花瓣雨一样飘落，樱花凋零的时候更美。在日本古典文学中，这种'死亡'的美学是到处可见的"。日本人认为生命无常，死比生更美，在文学

---

① 鲁迅：《拿来主义》，《鲁迅全集》（第6卷），北京：人民文学出版社2005年版，第41页。

中也推崇“无常观”。日本的“物哀”作为一种文化氛围，不仅影响了鲁迅的审美取舍，使他钟情于悲剧艺术，而且有意无意间形成了他的文学悲剧美。日本文学中，凄美是日本作家心灵陶醉的意境，鲁迅则是在文学真实地表现现实悲剧的意义上去阐释悲剧，悲剧的意义落实在“真实”上。他通过译介日本现代小说以图改变中国小说与现实的审美关系。如果说日本作家是由美的角度去认识、欣赏哀寂与凄美，日本的“物哀”、凄美往往具有一种超越社会政治的特色，那么鲁迅的悲剧意识从本质上看则是社会性的。换言之，日本纯文学性的凄美、哀寂在鲁迅这里被转化成“为人生”的启蒙主义文学的一个特征。

鲁迅在《论睁了眼看》中，论述了中国文学的一个弊端——“不真实”。“向来就多没有正视的勇气”；“万事闭眼睛，聊以自欺，而且欺人”，那方法是“瞒和骗”，以至于“生出瞒和骗的文艺来”。这种文艺的一种具体表现就是追求虚假的大团圆结局，正如鲁迅在《中国小说的历史的变迁》里所概括的：“凡是历史上不团圆的，在小说里往往给他团圆；没有报应的，给他报应，互相骗骗。”① 鲁迅对“真实”的追寻，对大团圆的批判，其实就是为中国文学引入悲剧意识。他是在日本开始思索文学问题的，日本文学中的文艺理念“真”对鲁迅文学产生了不容忽视的影响。在《论睁了眼看》结尾处，他大声疾呼：“我们的作家取下假面，真诚地、深入地、大胆地看取人生并且写出他的血和肉来的时候早到了；早就应该有一片崭新的文场，早就应该有几个凶猛的闯将！”② 他猛烈地抨击大团圆模式，呼吁开辟真实的文场。在《无声的中国》中，他写道：“只有真的声音，才能感动中国的人和世界的人；必须有了真的声音，才能和世界的人同在世界上生活。”

（四）重精神、塑造人

日本国民有一种凡事很认真、不马虎的习性。鲁迅认为这种习性也是

---

① 鲁迅：《中国小说的历史的变迁》，《鲁迅全集》（第 9 卷），北京：人民文学出版社 2005 年版，第 326 页。

② 鲁迅：《论睁了眼看》，《鲁迅全集》（第 1 卷），北京：人民文学出版社 2005 年版，第 255 页。

很好的。如果同近代中国人常常敷衍苟且、自欺欺人的毛病相比，更是值得学习。鲁迅在《思想·山水·人物》的译者题记中，曾把“将事情不当事”，即“不认真”当作“中国祖传的”老病，痛加批判。到晚年同内山完造谈话时，鲁迅更明确地说：“中国四万万的民众，害着一种毛病，病源就是那个马马虎虎，就是那随它怎么都行的不认真的态度。……于是我又想到日本的八千万人民。日本人的长处，是不拘何事，对付一件事，真是照字面直解的‘拼命’来干的那一种认真的态度。”又说：“那认真是应该承认的。我把两国的人民比较了一下。中国把日本全部排斥都行，可是只有那认真却断乎排斥不得。无论有什么事，那一点是非学习不可的。”① 鲁迅正是深受日本人的认真态度所感染，一生都在不知疲倦地翻译外国文学作品和进行自己的创作。老舍先生评价说：“看看鲁迅全集的目录，大概就没人敢说这不是个渊博的人。可是渊博二字还不是对鲁迅先生的恰好赞同。”鲁迅的认真与勤奋，正视现实，进行民族自我反省、自我批评的勇气是非常令人钦佩的。鲁迅认为，日本文化的一些代表人物具有正视现实，进行民族自我反省、自我批评的勇气，这种反省推动着日本民族的进步，很为宝贵，同样值得中国人学习。鲁迅关于厨川白村《出了象牙之塔》的论述将在专题中阐述。

鲁迅也注意到了日本文化有它的问题，有它的消极面，这就是军国主义思想。军国主义的特点是通过崇拜武力和鼓吹奴隶性，对内强制地欺压本国人民，对外侵略、欺侮弱国。这种军国主义成分一直渗透到日本的文化教育领域，使国民思想也受到它的影响，鲁迅在仙台时就感受到了这一点。鲁迅对日本文化中的军国主义成分很注意、很警惕。他认为，军国主义不但使被侵略的民族遭受深重苦难，而且也会给本国人民带来巨大的痛苦，“大逆事件”的发生，就是一个例证。联系到1931年“九一八”事变后鲁迅对日本帝国主义侵略行径的尖锐揭露，他对军国主义思想的憎恶，是再清楚不过的了。

鲁迅在日本接触了西方学说，考察了西方国家文化的偏颇，包括向西方学习日本文化的偏颇之后提出重精神、塑造人的理念。“在东京的留学

---

① 内山完造：《鲁迅先生》，鲁迅先生纪念委员会编：《鲁迅先生纪念集》，上海：上海书店1937年版。

生中，有学法政理化以至警察工业的，但是没有人学文学和美术”的事实，使鲁迅认识到中国日本学习西方的偏颇，进而开始研究西方文化，写了《文化偏至论》，以理论的形式提出了“掊物质，张灵明”的主张，作为那个时期他和他的朋友们从事思想启蒙的指导。鲁迅从他所经历的事实出发，提出了一个与洋务派、维新派“实业救国”不同的救治贫弱中国的新药方。欲用这一方剂振作中国人民的精神，促进革命，则是鲁迅解决中国问题的终极办法。据许寿裳回忆，早在1902年鲁迅就认为，对于中国，“唯一的救济方法是革命”①，而且事实上鲁迅在日本就是当时民主革命队伍中的一分子，从事着实际的革命活动。鲁迅的“日本体验”，是其在此后的1907—1908年间所写一系列文章的重要基础之一。日本文化在鲁迅思想和文学观的形成和发展过程中起到了不容忽视的重要作用。鲁迅的文学思想与日本文学有着紧密的内在联系，其中厨川白村与鲁迅的关系就是举足轻重的环节。日本文学、文化对青年鲁迅的影响是显性与隐性俱存的，他的这段留学经历对他的文学不可能无影响。他直到晚年都在致力于中日文学、文化的交流与沟通，这充分说明了他对两国友好、和平共处的期盼。

第二节　日本作家与鲁迅的比较研究

说到日本作家与鲁迅的比较研究，可以论述的作家大致有十余位，鉴于篇幅缘故，本节主要围绕夏目漱石、森鸥外、芥川龙之介和鲁迅的个案进行分析。

日本的鲁迅研究成果传入国内，对中国的鲁迅研究产生了不容忽视的影响，如何准确把握日本作家与鲁迅的比较研究成为学界的一个热点问题。本节将深入探讨鲁迅对日本作家及其作品的选择尺度。鲁迅译介外国文学的主要目的是“转移性情，改造社会”，促进国家独立和民族解放。因此，他在创作的初期把目光多投向俄国和东、北欧被压迫的民族的文

---

① 许寿裳：《我所认识的鲁迅·回忆鲁迅》，北京：人民文学出版社1978年版。

学。周作人曾回忆说："鲁迅对于日本文学，当时殊不注意。对森鸥外、上田敏、长谷川如是闲、二叶亭四迷等人，差不多只看重其批评或译文，唯夏目漱石作诙谐小说《我是猫》有名，各卷印本出即陆续买读。又曾热心读其每天在《朝日新闻》上所载的《虞美人草》，至于岛崎藤村等的作品则始终未尝过问。自然主义盛行时，亦只取田山花袋的小说《棉被》一读，似不甚感兴趣。"① 日本学者增田涉在《鲁迅与日本》一文中，也作了同样的论述。鲁迅自己的译介活动，也证明周作人等学者的话并非妄言。鲁迅青年时期对日本文学兴趣不大。关于鲁迅对日本文学兴趣不大的观点，应该怎样准确把握？笔者认为，这是一个相对的说法。鲁迅早年留学日本，决定走上文学道路，日本文学的影响不能说是巨大的，但是无视其影响，确实是研究鲁迅思想渊源的一个漏洞。笔者既无意放大日本文学对鲁迅的影响，也不回避日本文学的作用，旨在真实展示二者的关系。

如果说夏目漱石是日本最杰出的资产阶级作家之一，被日本人尊为"国民作家"。他的小说反映了日本社会的黑暗，揭示了小资产阶级知识分子内心的苦闷。鲁迅早年在日本留学期间就非常喜欢阅读夏目漱石的名作《我是猫》、《虞美人草》等，对其小说的揭露性和批判性极为欣赏。步入中年之后，鲁迅对夏目漱石小说的感受就更加深刻了。周启明②曾明确谈到夏目漱石对鲁迅的影响，主要有两个方面：一是夏目漱石笔下的日本知识分子形象与鲁迅小说中的中国文人有不少相近之处。夏目漱石在作品中塑造了一系列知识分子的形象，他们大都具有可怜而又可悲的特征，这一点深深地感染了鲁迅。诸如夏目漱石的名作《我是猫》中的主人公教师苦沙弥和鲁迅作品《孔乙己》中的主人公孔乙己。二是夏目漱石的小说《克莱喀先生》是夏目漱石在英国留学生活的感悟，它深深地启发了鲁迅对留学日本的追忆，《藤野先生》就是深受其影响而作的一篇著名的作品，并被收录于我国中学生课本当中，影响了几代青年学生。"鲁迅生前也曾经说过，受到夏目漱石的影响"③。

夏目漱石给了鲁迅幽默、灰暗的力量的冲击，而蕗谷虹儿则是灿烂的

---

① 周作人：《关于鲁迅之二》，《宇宙风》1936 年第 30 期。

② 周启明：《鲁迅的青年时代·关于鲁迅之二》，北京：中国青年出版社 1957 年版。

③ 周作人：《鲁迅的青年时代》，乌鲁木齐：新疆人民出版社 1998 年版，第 505 页。

童话般的美意。夏目漱石是谙于世故又超于世故，蕗谷虹儿是清风白水之妙，是纯美的静观。用鲁迅自己的话说就是："我的思想，则不可不如深夜之暗黑，清水之澄明。"① 好作家，大都不是坐在传统的船上起锚的，他们的生命路径，大概都经历了对传统新的发现和对陌生的自我发现。鲁迅的小说写绍兴比较多，可多是微词，批判的语调较多，表现其性格刚烈的色彩颇多。鲁迅的作品呈现出与传统完全有别的世界，日本的存在让鲁迅有了反观自己的机会。日本人并不满意于本国的精神状态，遂有了突奔的热流在。森鸥外的作品《沉默之塔》很有冲击波的力量，其艺术价值是在破坏因袭这一点。在因袭的圈子里彷徨的作品，是平凡的作品。用因袭的眼睛来看艺术，所有艺术便都见得危险。② 不做顺民，走穿越极限的路，向着不可知的世界挺进，在日本作家眼里是一种高贵的精神。鲁迅也认同这样的观点，他喜欢的夏目漱石、芥川龙之介、有岛武郎等都是如此的人，他们让鲁迅明白作家应用何种态度面对世界。进步的日本人并不都认可自己的生活，敢于批评自己的民族，这个民族是有希望的。翻译外国文学作品，开阔了鲁迅的眼光和强化了其内省的意识，对他是很好的参考。有了域外文学的参照，鲁迅的思想拓宽了。鲁迅过滤了外来文化对他的影响与尘封于他记忆里的存在，汇成了他独特的文字。鲁迅的创作和翻译都远远地走在别人的前面，他有着常人少见的视野，一生一共翻译了一百多位作家的作品。这些风格不同的作品都是他喜欢的、精心挑选的，从中可以看出他的审美意识。我们可以通过这些作品把握到鲁迅的精神特点，也可以说，这些作品是他丰富多彩的表达方式的源头。

鲁迅对士大夫语言的厌恶，是从留学日本开始的，自从他接触了章太炎的观点以后，便对清朝以来的流行文章有了鄙视的态度。他通过日语的阅读，才知道语言表达的丰富性是可以做到的。他坚持翻译域外小说，就是为了摆脱中国旧文章的气息，输入新文风。日本文学中的文字让他看到中国精神自新的一种可能。因为鲁迅的存在，我们才穿越了那个精神黑洞，阳光也因为这样的穿越而照在我们的世界上，说鲁迅是借来光的人，

---

① 鲁迅：《〈蕗谷虹儿画选〉小引》，《鲁迅全集》（第7卷），北京：人民文学出版社2005年版，第343页。

② 王世家、止庵：《鲁迅著译编年全集》（第4卷），北京：人民出版社2009年版，第32～33页。

也未尝不可。他翻译介绍了域外的灵光，这对于国人的阅读是非常重要的。他认为要有新的文艺，没有别的路，只能“拿来”域外的艺术。汉语在奴性的文字中浸泡太久，现代理念下的个体化的文字或许可以疗救这样的病态之语，鲁迅甚至认为，废除汉字，走拉丁化的路，也并非不是一个选择。鲁迅的创作呈现出矛盾的多色调的特点，也可以称之为复杂性。正是他广泛地汲取各国文学的有益成分，才导致了他的多向度的倾向。在各国文学这些林林总总的文字中，他深受“斗士们”的影响，日益欣赏个人的自觉的精神。

一个人行走，总不能摆脱故土的影子。对鲁迅而言，还有东洋日本的流彩。那不是他的故乡，而有他思想的巢穴。① 鲁迅是从日本人对自己的批判中吸取日本文化的，他对日本文化的评价不高，是他对日本的社会问题的警觉。他的这种态度与有些人要么说洋人好，要么觉得其一无是处的观点是不一样的。鲁迅对日本的感情是复杂的。他到仙台读书，日本人对他还是不错的，可是在上课期间，发生了一系列不愉快的事件。尽管如此，他的老师藤野严九郎先生对他的指导依然令人感动，这些都是无法简单用好与不好诉说清楚的。

菊池宽、芥川龙之介是新思潮派的代表人物。此派作家强调题材的多样性，并且十分讲求写作技巧，注重艺术形式的完美。他们认真地审视人生，把握现实，在反映现实的同时，赋予自己笔下的一切以新的意义，并理智地加以诠释。鲁迅译介他们的小说，主要不在引进他们的技巧和方法，而是赞赏他们作品中对传统道德观念的挞伐以及对社会的讽刺。1921年，鲁迅翻译了菊池宽的《三浦右卫门的最后》、《复仇的话》和芥川龙之介的《鼻子》、《罗生门》等。在鲁迅看来，菊池宽的创作“是竭力地要挖掘出人性的真实”，正如南部修太郎氏所说，菊池宽笔下的人物“都有最像人样的人间相，愿意活在最像人样的人间界”②。这种对“人”的重视引起了鲁迅的共鸣。与此同时，菊池宽、芥川龙之介作品的重要主题是“希望已达之后的不安，或者正不安时的心情”③。鲁迅的“立人”思想在

---

① 孙郁：《鲁迅忧思录》，北京：中国人民大学出版社 2012 年版，第 46 页。

② 鲁迅：《鲁迅译文集》（第 1 卷），北京：人民文学出版社 1958 年版，第 584 页。

③ 鲁迅：《鲁迅译文集》（第 1 卷），北京：人民文学出版社 1958 年版，第 576 页。

他们那里获得了支持。同样是鲁迅当时关注的重要内容，如《阿 Q 正传》写道："有人说：有些胜利者，愿意敌手如虎、如鹰，他才感到胜利的欢喜；假使如羊、如小鸡，他便反觉得胜利的无聊。"这种胜利者的悲哀，也是菊池宽《复仇的话》等作品的主题所在。也就是说，从复仇角度对人的情感体验的相似性，同样成为鲁迅选择这两位新思潮派作家的原因。这种相似、共鸣使鲁迅接触到芥川龙之介等人关于文学与历史关系的观念，获取了处理文学与历史关系的参考范式。对这种范式，鲁迅曾作如此概括："多用旧材料，有时近于故事的翻译。他的复述故事并不专是好奇，还有他更深的根据。他想从包含在这些材料里的古人的生活当中，寻出与自己的心情能够贴切的人或物，因此那些古代的故事经他改作之后，都注进新的生命，便与现代人发生关系。"① 在另一处，他作了类似表述："取古代的事实，注进新的生命，便与现代人发生关系。"②

芥川龙之介和鲁迅的比较研究，一直是国内外学术界研究的热点。日本的鲁迅研究专家藤井省三对芥川与鲁迅的关系有过深入研究，他将研究对象置于具体的历史背景下，结合作品，探讨两位作家之间的联系。国内学者如李元亮、王向远等也从各自角度对芥川与鲁迅作了细致的对比研究。目前在比较研究领域，我国对于鲁迅和芥川龙之介古典题材小说的研究较少，主要著作有北京师范大学王向远教授的《鲁迅与芥川龙之介、菊池宽的古典题材小说》。它较为系统地分析了鲁迅与芥川龙之介在古典题材小说创作中的异同，以及鲁迅受芥川龙之介古典题材小说创作手法的影响。在这篇文章中，作者首先指出了鲁迅在古典题材小说创作上曾受到芥川影响的现实可能性。随后，作者从"古典题材小说"与"历史的小说"、"现实性与超现实性"、"具体性与抽象性"、"国民性与人间性"四个角度详细阐述了鲁迅与芥川龙之介在古典题材小说创作中的相同点与相异点。

鲁迅的小说《不周山》讲述的是女娲炼石补天的神话，旨在解释"人"和"文学"的缘起。在其创作过程中，因受反对者攻击汪静之爱情诗集《蕙的风》的刺激，于愤慨之下，给女娲的两腿间增添了一个古衣冠

---

① 鲁迅：《鲁迅译文集》（第 1 卷），北京：人民文学出版社 1958 年版，第 576 页。

② 鲁迅：《〈罗生门〉译者附记》，《鲁迅全集》（第 10 卷），北京：人民文学出版社 1981 年版，第 227 页。

的小丈夫，借此讽刺自己的对手，历史神话随之获得了全新的生命，并且与现代人发生了联系。该作品书写历史的方式与芥川手法极为相似，比较鲁迅此前对芥川作品的译介情况，二者之间存在一定的互文关系。鲁迅还写过另外7篇历史题材的作品，以《故事新编》为名结集出版，他在《序言》中说："大多数作品叙事有时也有一点旧书上的根据，有时却不过信口开河。而且因为自己对于古人，不及对于今人的诚敬，所以仍不免时有油滑之处。过了13年，依然并无长进，看起来也是'无非《不周山》之流'。不过并没有将古人写得更死，却也许暂时还有存在的余地的罢。"[①] 这表明他描写历史的方式，仍是芥川式的。

鲁迅翻译森鸥外的《沉默之塔》这篇小说，很明显有以此抨击北洋军阀专制统治的作用。另外，当时日本文坛最重要的历史题材小说家并非芥川龙之介和菊池宽，而是森鸥外。鲁迅留学日本时颇爱读森鸥外的作品。一是森鸥外的一些历史题材作品表现了武士道自我牺牲的思想，封建色彩较浓，而芥川龙之介、菊池宽的前期作品，则充满着对现存社会秩序及武士道的质疑与否定，富于现代意味；二是描写历史生活的方式不同，森鸥外曾在《尊重历史和脱离历史》中写道："我查看史料的时候，对从它所反映的'自然'，产生了尊重的心情。我不愿意胡乱改变它。这是其一。其次，看到现今的人如实地描写自家的生活，我就想到既然可以如实地描写现在，那么也就应该可以如实地描写过去了。"[②] 这是一种如实描写历史的写实主义，其负面作用是束缚了主体的想象力，所以无法满足鲁迅想象与重建中国形象的需要。而芥川等人以现代意识取舍历史的浪漫精神，则有助于鲁迅驰骋想象，给历史注入现代性，使之实现现代转换。菊池宽和芥川龙之介描写历史的态度和方式支持了鲁迅，使其在认同中完成了对文学与历史的融合。

武者小路实笃、有岛武郎都属于"白桦派"作家。他们在创作上注重表现追求个性解放的自我扩张、自我昂扬的情绪和深厚的人道主义精神。武者小路实笃的剧本《一个青年的梦》是一部促进人性觉醒的为了反战呐

---

① 鲁迅：《故事新编·序言》，《鲁迅全集》（第2卷），北京：人民文学出版社2005年版，第354页。

② 西乡信纲等编，佩珊译：《日本文学史——日本文学的传统和创造》，北京：人民文学出版社1978年版，第313页。

喊的作品，作家谴责第一次世界大战给人民带来的灾难，向世界发出和平的呼吁。鲁迅读了这部剧本很受感动，觉得作者的“思想很透彻，信心很强固，声音也很真”[①]。他认为这剧本也很可以医许多中国旧思想上的痼疾，因此也很有翻成中文的意义。[②] 正是出于这样的考虑，他翻译了这部作品。有岛武郎的作品同样深得鲁迅的喜爱。他的创作要求与态度共有四点：第一，“我因为寂寞，所以创作”；第二，“我因为爱着，所以创作”；第三，“我因为欲爱，所以创作”；第四，“我又因为欲鞭策自己的生活，所以创作”。鲁迅在《现代日本小说集》附录《关于作者的说明》一文中，引录了有岛武郎对上述四点所作的阐释，表示出了他本人对这些观点的认同。

有岛武郎的《与幼小者》是鲁迅喜爱的一部作品，它引发了鲁迅的创作灵感，鲁迅曾写下《随感录之十三〈与幼者〉》和《我们现在怎样做父亲》，发表了著名的观点：“自己背着因袭的重担，肩住了黑暗的闸门，放他们到宽阔光明的地方去；此后幸福的度日，合理的做人。”鲁迅在文章中指出长者应该爱护幼者，因为未来是幼者的，幼者永远是人类的希望，社会的本位应是幼者，而非长者。为了社会的进步，做父亲的首先应该解放自己的子女，这些观点与有岛武郎的思想不无相通之处。

鲁迅翻译了青野季吉、片上伸等人的文章，他格外推崇片上伸，称赞其“主张坚实而热烈”。片上伸的《现代新兴文学的诸问题》讨论了无产阶级文艺的“性质和方向，以及和时代的交涉等”。鲁迅译介该文，就是希望中国的文艺家们，“借这一篇，看看理论和事实，知道势所必至，平平常常，空嚷力禁，两皆无用，必先使外国的新兴文学在中国脱离‘符咒’气味，而跟着的中国文学才有新兴的希望——如此而已”[③]。这些译著对促进革命文艺运动的发展起到了积极的作用，有助于澄清文艺界的一些错误认识，提高革命文艺队伍的理论水平。这即使对于鲁迅本人也不无裨益，使他“明白了先前的文学史家说了一大堆，还是纠缠不清的疑问”，

① 鲁迅：《〈一个青年的梦〉译者序》，《鲁迅全集》（第10卷），北京：人民文学出版社2005年版，第209页。

② 鲁迅：《〈一个青年的梦〉译者序》，《鲁迅全集》（第10卷），北京：人民文学出版社2005年版，第212页。

③ 鲁迅：《鲁迅全集》（第10卷），北京：人民文学出版社2005年版，第322页。

并纠正了他“只信进化论的偏颇”。毋庸讳言，苏联和日本的无产阶级文艺论著，由于历史条件的制约，“左”的东西也不少。不过从总体上看，这些著作介绍到中国后，毕竟还是利大于弊的。鲁迅始终很关心日本的无产阶级文学运动。他曾购买了著名作家小林多喜二的几乎全部作品，甚至包括日记和书信。1933 年，小林多喜二被日本反动政府杀害，鲁迅悲愤地写下了《闻小林同志之死》一文，发表于日本《无产阶级文学》杂志，向日本政府发出了强烈抗议，并与其他中国作家发起为小林多喜二家属募捐的活动。他与鹿地亘等人交往密切，对 20 世纪 30 年代日本无产阶级作家的“转向”也作过尖锐的批评。

鲁迅对日本作家及其作品的选择，具有较强的目的性，只要是对中国文学有益的元素，都“拿来”，融入小说创作或文艺理论建设中。从鲁迅选择的这些日本作品来看，作品的有益性是鲁迅的一贯标准。鲁迅的翻译作品是改良社会的工具，他要借翻译文学的“他山之石”来促进中国社会的进步。孙郁认为：“没有与外国文艺的碰撞，就没有鲁迅的诞生。”① 鲁迅的审美意识不是嫁接在西方艺术大师的躯体上的，而是来自普通的、无名的、有个性的作家的暗示。鲁迅翻译外国文学，用他自己的话说就是“盗来火种煮自己的肉”。鲁迅对外部的了解，大多是通过留学日本这个渠道进行的。

第三节　厨川白村对鲁迅的影响

康德认为天才有两个重要特征：一是独创性。天才的作品都是其自身灵感的客观体现，都是天才们将自身的一股生气灌注到艺术作品中的结果，所以从这种角度来说，天才们的创作都是很难被复制的，具有极大的独创性。二是典范性。一方面，天才所创作出来的作品能够成为一种标准，成为后人欣赏或创作类似作品时的准绳；另一方面，一个天才的作品能够唤醒其他天才心中的灵感，引发新的创作，厨川白村的作品《苦闷的

---

① 孙郁：《鲁迅忧思录》，北京：中国人民大学出版社 2012 年版，第 207 页。

象征》、《出了象牙之塔》唤醒了鲁迅心中的希望。

（一）厨川白村对鲁迅的启迪

厨川白村的视野广阔，他的《出了象牙之塔》对鲁迅的吸引力是显而易见的，鲁迅对日本的这位精英表示出很大的兴趣。鲁迅翻译厨川白村的《苦闷的象征》、《出了象牙之塔》，是对日本国民性的解析，他认为这些也同样适用于中国，甚至像是为中国人而写的。鲁迅直面中国人的劣根性时，从日本人的自我批判中找到了共鸣，彼此的镜借意义非同小可。孙郁认为："厨川白村的著作对鲁迅意义重大。"[①] 1924 年鲁迅翻译他的作品时，正是鲁迅精神最为困顿、迷惘的时期，厨川白村的著作在许多方面满足了鲁迅内心的需求。鲁迅在谈魏晋文人时用的"药"、"女人"等提法，其实是从《苦闷的象征》那里借来的；他的痛打落水狗的观念，则取自《出了象牙之塔》。厨川白村在学习借鉴西方学术时，发现了日本的弊端，对日本的国民性进行了有力的批评，并找到了对类似问题的解答。厨川白村对知识分子的目标和选择的提法与鲁迅不谋而合。厨川白村对日本人性格中的微温、中道、妥协、虚假、小气、自大、保守等世态，一一加以辛辣的攻击和无所假借的批评。从鲁迅的眼睛看，也往往觉得有"快刀断乱麻"似的爽利，至于禁不住称快。厨川白村对日本国民性的批评完全出自胸臆，"无所假借"于人，远胜于二十年前鲁迅在日本留学时日本论坛关于国民性的议论，而且由于它对于中国国民性研究多有可假借之处，于是鲁迅就把《出了象牙之塔》译介给中国的读者，促使反省，或"作为从外国药房贩来的一贴泻药"，以攻中国国民的痼疾。

鲁迅在研究中国国民性时，特别留意中、日两国国民性的比较，以及日本对本国及中国国民性的观察。《鲁迅译文集》提供的资料表明，在日本对鲁迅研究"国民性"问题影响较大的是厨川白村。鲁迅特别钦佩厨川白村"敢于这样地自己省察、攻击、鞭策"，以为这样的批评家在中国是不容易存在的，还说"当我旁观他鞭责自己时，仿佛痛楚到了我的身上了，后来却又霍然，宛如服了一贴凉药"。为什么旁观他人"鞭责自己"，

---

① 孙郁：《鲁迅忧思录》，北京：中国人民大学出版社 2012 年版，第 202 页。

而“痛楚”却又仿佛“到了我的身上了”呢？因为著者所指摘的微温、中道、妥协、虚假、小气、自大、保守等世态，简直可以疑心是说中国。鲁迅在《出了象牙之塔·后记》中解释了译介《出了象牙之塔》的原因之一就是要借它“先将那肿痛提醒……分给同病的人们”。厨川白村影响了鲁迅或者说鲁迅与他产生了共鸣。除了前面提到的厨川白村对本国国民性缺陷的指责促使鲁迅对中国国民性进行省察以外，还在于厨川白村明确地提出了改造国民性的理想，说对于国民性竭力加以大改造，正是生活于新时代的人们的任务。艺术乃现实的折射，离开人间苦乐的文本乃是一种假象。在鲁迅看来，社会问题多的时候，空喊于象牙塔的快慰，是一种欺人之举。所以他说，陶渊明未必一直能“悠然见南山”，也有金刚怒目的一面，哪有什么真的静穆呢？鲁迅的作品，充满了人间烟火气与执着于当下的偏向，带来的是一种认知的力量和思想的情怀。他着意于从现实的状况考虑文化的趋向，警惕在古典的情调中忘记自我的责任。鲁迅认为西方的大文豪和中国的优秀诗人都关心现实，艺术如果被学术化和雅化，离真和美就远了。中国人讲过去和未来，都夸夸其谈，颇有气势，唯独对当下交了白卷。未来的一切需建立在当下的实践里，没有了现在，也就没有了未来。

（二）二者对国民性的批判差异

厨川白村对日本国民性的批判主要体现在他的社会文明批评方面。1917 年以后，他的作品对日本社会的种种弊端进行了揭露和严厉的抨击，创作风格也由最初的“述而不作”转向了注重“个性的创造和表现”。他通过进行“文明批评”和“社会批评”表现自己的心声，他的作品《出了象牙之塔》（1920）、《走向十字街头》（1923）是他对日本国民性批判的探索和实践。鲁迅对中国国民性的思考，主要体现在他的小说创作和杂文当中。许多学者都曾对厨川白村与鲁迅的国民性批判进行过分析和研究，本书的核心是苦闷文学反思，为集中论述其理论性，仅就在此对其差异略作指陈。

首先，二者的深刻性有差异。《出了象牙之塔·后记》中，鲁迅对“国民性”问题的探究比厨川白村深刻得多。厨川白村对本国国民缺点的攻击，多半是观察的结果，是感性的印象；鲁迅对中国国民性的研究，一开始就从中国人民在历史上的奴隶地位去寻找根源。其次，厨川白村认为日本国民性缺点的原因应从社会与经济的方面去寻找。他将这一切归纳为“生命力”的不强，并用柏格森的哲学来考察和解释社会历史现象。再次，厨川白村认为国民性改造实际上只是改良。他很重视国民性的改造，认为这是一切改造之本，他说：“喊着改造社会问题、妇女问题，却没有对日本社会进行革命性的改造，岂不是本末倒置？”鲁迅在 1902 年就看到造成中国“国民性”缺陷的重要根源是中国人民沦为奴隶的历史，因而根本的解决办法也只有“革命”这一条路。鲁迅很希望中国能有“辣手”的批评家像厨川白村批评日本国民性的缺陷那样，切中中国国民性的要害。

厨川白村在《出了象牙之塔》第一篇第四节《缺陷之美》里说：“人类假想了毫无这样缺陷的圆满具足之境，试造出天国与极乐世界来。但是这样的东西，在这地上，是没有的。”① 以行路为例，“因为路上有失策，有为难，所以旅行才有趣。”正在不如意这处所，有着称“人生，这长旅的兴味的”。第五节《诗人勃朗宁》说：“必须有不安于现在的缺陷与不完全，而不住地神往的心，希求的心，在人生才始有意义。”《出了象牙之塔》第二篇《观照享乐的生活》各节提倡对生活取一种超功利的鉴赏态度，要爱“人生”，观照“人生的全圆”，进而鉴赏、享受生活。读厨川白村的这些话，我们便会感到鲁迅的“为人生”的文艺观，以及由于“为人生”而执着于“现在”，勇往直前的奋斗精神，都在某种程度上有着厨川白村的影响。所谓“某种程度的影响”，是说从本质上讲，厨川白村的“人生”是指生命力的活跃，生命在其发展过程中，有缺陷、不完全，因而便有冲突、斗争和发展，“人生”的缺陷、冲突、斗争和发展只是“生命力”活跃的反映。所以厨川白村讲的“爱人生”，只是爱他认为的人生的本源，跃动的“生命力”。所以他说深味人生的一切姿态，要在制作中捉住这“动的生命”的内核，那便是文艺的出发点。厨川白村的这种文艺观，是为艺术而艺术的观点，所以他在《出了象牙之塔》第一篇第六节《近代文艺》里以欣赏的态度赞美了自然主义，以及陶醉于“罪和恶和丑”

---

① 厨川白村著，鲁迅译：《苦闷的象征》，南京：江苏文艺出版社 2008 年版，第 92 页。

之中，说“倘不能赏鉴罪恶和缺陷那样的有臭味的东西，即不足与之共语人间”。

鲁迅说的“人生”是社会历史现象，鲁迅“为人生”是反映被压迫者的人生，是为被压迫者呐喊，为被压迫者斗争，是为改造现在的不合理的人生，争取光明的人生。由于社会的不合理，人生中有着种种的缺陷、罪恶和丑陋，鲁迅不回避这些东西，而且还要人们“睁了眼睛看”，他在自己的作品里反映这些东西，目的是为了批判它、消灭它，争取一种健康的、合理的人生。鲁迅作品中的罪、恶、丑之所以能有审美价值，是因为它体现了作者的否定的美学评价，从这些否定形象中读者接受了作者健康的、高尚的美学理想。作者创造这些否定形象的过程，也是对这些形象所代表的那种“人生”的否定和这种“人生”斗争的过程。在这过程中当然作者也领略了走“人生”长途的乐趣，但绝不是因为“人生”中的“罪、恶、丑”本身有什么美学价值。所以鲁迅的“为人生”的文艺观和厨川白村的“爱人生”，不回避人生的缺陷，虽有某种相通之处，但本质上是完全不同的。

（三）鲁迅文学中的日本元素

本书从鲁迅的“国民性”的研究出发，探讨鲁迅文学中的日本元素。鲁迅的文化交流思想和日本有着紧密的联系，由于日本没有独创的文化，所以它很善于吸取别人的长处。这一点，给鲁迅留下了深刻的印象。1935年11月，日本已经侵略中国，全面抗战将要开始而尚未开始的时候，鲁迅点明写作的意图是为了告诉中日两国人民，日本军国主义分子是中日两国人民的共同敌人，而两国人民则应该是朋友。鲁迅从事的中日文化交流的全部实践都是立足于国际主义这个基点之上的。鲁迅认为日本人眼睛里的中国常有偏差，他们看到的都不是现代的、活的，带着几千年的精神奴隶创伤，为挣脱历史的负担和现实的奴隶地位而斗争着、反抗着的中国。他感到了中日人民之间的隔膜，他期望于将来的“互相了解”。内山完造的作品《活中国的姿态》是向日本读者介绍中国的“漫文”。他批评这部作品具有“多说中国优点的倾向”[①]，即使只是中国的一部分真像，也总受鲁迅的欢迎。因为鲁迅希望中日之间能够纠正错误，结束互害，促进了解，消除隔膜，这是符合两国人民利益的国际主义的立场。

鲁迅的“掊物质，张灵明”的思想，或者说物质与精神的问题也是在日本接触了西方学说，考察了西方国家文化偏颇，包括向西方学习的日本文化的偏颇之后提出的。“幻灯片事件”和其他几件事情的刺激，在东京的中国留学生令人失望的表现，因为是弱国人民便在异国被视为“低能儿”等改变了鲁迅的志向，使他认识到“学医并非第一件紧要事”，“我们的第一要著，是改变中国人民的精神”。“在东京的留学生中，有学法政理化以至警察工业的，但是没有人学文学和美术”的事实，使鲁迅认识到中国通过日本学习西方的偏颇，他进而研究西方文化，写了《文化偏至论》，以理论的形式提出了“掊物质，张灵明”的主张，作为那个时期他和他的年轻朋友们从事思想启蒙的指导。

鲁迅从他所经历的事实出发，研究了西方文化偏颇以后，提出了一个与洋务派、维新派“实业救国”不同的救治贫弱中国的新药方。“掊物质，张灵明”是当时鲁迅的革命启蒙主张。关于鲁迅的革命主张与厨川白村《出了象牙之塔》中“从灵向肉和从肉向灵”的讨论，无论从理论性、现实性还是革命性来说，都深刻得无法比拟。但这个深刻的思想，鲁迅却用了尼采的个人主义的表述，在一定程度上不如“幻灯片”的事例更触动人心。

鲁迅终生执着的“国民性”的研究是从留日时期开始的。许寿裳的《我所认识的鲁迅》一书中，《怀亡友鲁迅》及《回忆鲁迅》都重复回忆了他们研讨“国民性”时的最初情景。“我们常常谈着三个相关联的问题：一是怎样才是理想的人性；二是中华民族中最缺乏的是什么；三是它的病根何在。对于第一个问题，因为古今中外哲人所孜孜追求的，其说浩瀚，我们尽善而从，并不多说。对于第二个问题的探索，当时我们觉得我们民族最缺乏的东西是诚和爱，换句话说便是深中了诈伪无耻和猜疑相贼的毛病。口号只管很好听，标语和宣言只管很好看，书本上只管说得冠冕堂

---

① 鲁迅：《内山完造作〈活中国的姿态〉·序》，《鲁迅全集》（第6卷），北京：人民文学出版社 2005 年版，第 275 页。

皇、天花乱坠，但按之实际，却完全不是这回事。至于第三个问题的症结，当然从历史上去探究，因缘虽多，而两次奴于异族，认为这是最大最深的病根。做奴隶的人还有什么地方可以说诚说爱呢？唯一的救济方法是革命。我们俩聚谈每每忘了时刻。”

“国民性”研究，也是日本一些学者关注的事。鲁迅在译作《苦闷的象征》的引言里说作者厨川白村“对于本国的缺失，特多痛切的攻难”。收载在《鲁迅译文集》里的《出了象牙之塔》是厨川白村原著的前三篇。第一篇是《出了象牙之塔》，第二篇是《观照享乐的生活》，第三篇是《从灵向肉和从肉向灵》。以第一篇而论，其中第七至十四节以及第十六节都是对日本国民缺陷的攻击。鲁迅称赞它说，“于本国的微温、中道、妥协、虚假、小气、自大、保守等世态，一一加以辛辣的攻击和无所假借的批评。就是从我们外国人的眼睛看，也往往觉得有‘快刀断乱麻’似的爽利，以至于禁不住称快”。

除厨川白村外，鹤见祐辅的杂文集《思想·山水·人物》也因其对“国民性的观察”多有“明快切中的地方”而受到鲁迅赞赏。鲁迅到日本时，“国民性”已成了学界、政界议论的话题，只不过或许这些议论不中肯綮，鲁迅在讨论时不屑提及，而撇开他们，径自与友人研究中国的国民性。对于因为两国人民间的隔膜而将中国国民中的弱点当作优点加以赞扬和介绍给日本人民的事，鲁迅总是加以辨正，力求把活的中国国民的灵魂呈现于国际友人和本国人民面前，使国内外人民都知道，在中国国民精神中，哪些是应该发扬的，哪些是应该克服、改正的。鲁迅在《而已集·略论中国人的脸》中对日本长谷川如是闲的一篇杂感的意见表示了相反的意见。长谷川如是闲在这篇杂感里说西洋人的脸上有兽性的东西，而这是中国人所没有的，因此，中国人是人，而西洋人则等于“人”加“兽性”。鲁迅提醒说“兽性”的消除也许对于中国人来说并非福音，如果“兽性”变而为“家畜性”，形成下列算式：人＋家畜性＝某一种人，实在不是有趣的事。鲁迅并没有说“人＋家畜性”便是中国的国民性，但中国确实存在着合于这种算式的某一种人。如果以此为典范来改造中国的国民性，则只有对主人是有趣的事。即使以主子或优等民族自居，加于中国人民的攻击，如果说的是自己的毛病，鲁迅总是用以自警；如果是中伤、诬蔑，则严正地给予驳斥。

鲁迅7月2日和7月4日的日记中，都对安冈秀夫的《从小说看来的支那民族性》作了评论。[①] 但是这两篇文章存在截然不同的两种态度，读者如果认真阅读，便可以了解到鲁迅的思想本质。在7月2日的日记中，他尽管指出安冈氏的著作不过是拾取了二十年前在日本就有了译本的美国传教士斯密司的《中国人的气质》的牙慧，然而却肯定了安冈秀夫关于支那人是颇有点做戏气味的民族的评论，并认为"我们试来博观和内省便可以知道这话并不过于刻毒"，而且鲁迅在日记中对"正人君子"之类的中国国民的这个弱点，进行了比安冈秀夫更为刻毒的、不留情面的讥弹。然而在7月4日的日记中鲁迅却猛烈地反驳了安冈氏引据另一美国传教士威廉的《中国》中论中国菜的一段话，他说："我自己想，我对于外国人的指摘本国的缺失，是不很发生反感的，但看到这里却不能不失笑。筵席上的中国菜诚然大抵浓厚，然而非国民的常食；中国的阔人诚然很多淫昏，但还不至于将肴撰和壮阳药并合。研究中国的外国人想得太深、太敏感，便常常得到这样比'支那人'更有性底敏感的结果。"[②] 尽管如此，鲁迅还是从"博观和内省"的角度出发，指出"中国人总不肯研究自己"，他肯定安冈秀夫的"从小说来看民族性"，是"一个好题目"，并由此列举了许多"可以研究的新方面"，以期国人反省自励。在观察、分析中国国民性的缺陷时，鲁迅常与日本比较，一则是为了吸取对方的长处，二则也是为了进一步研究中国国民性的一些缺陷是如何造成的，而不是把国民性的缺陷看作是先天的、固定的、不可改变的。

鲁迅在《且介亭杂文·从孩子的照相说起》里讲到了他的孩子因为健康和活泼而被同胞误认作是日本孩子。由于照相师的不同，同一孩子在日本照相馆照的相满脸顽皮；在中国照相馆照的相拘谨、驯良，"是一个道地的中国孩子了"[③]。由此鲁迅悟了："其实，由我看来，所谓'洋气'之中，有不少的优点，也是中国人性质中所本有的，但因了历朝的压抑，已

---

① 鲁迅：《华盖集续编·马上支日记》，《鲁迅全集》（第3卷），北京：人民文学出版社2005年版，第339页。

② 鲁迅：《华盖集续编·马上支日记》，《鲁迅全集》（第3卷），北京：人民文学出版社2005年版，第348页。

③ 鲁迅：《且介亭杂文·从孩子的照相说起》，《鲁迅全集》（第6卷），北京：人民文学出版社2005年版，第83页。

经萎缩了下去，现在就连自己也莫名其妙，统统送给洋人了。这是必须拿回来，必须恢复过来的，自然还得加一番慎重的选择。”① 中国国民性中的保守、驯良、不知或不敢进取的毛病，其实不能责怪中国人本身，而该归咎于“历朝”统治者的统治，归咎于政府的政策。《准风月谈·禁用和自造》以中日对待铅笔和墨水笔的不同态度的比较，作出结论说：“优良而非国货的时候，中国禁用，日本仿造，这是中日两国不同的地方。”②

中国人民并非事事不如人，并非没有创造力。1904 年鲁迅给蒋抑卮的信说：“近数日间，深入彼学生社会间，略一相度，敢决言其思想行为决不居我震旦青年之上……以乐观思之，黄帝之灵或当不馁钦。”此外，在《花边文学·玩具》里，鲁迅不是称赞“江北人却是制造玩具的天才”③吗？这样，鲁迅比较出中日国民性格的不同是自政治、文化、经济背景不同造成的，要改造中国“国民性”，先要改造中国社会，以此激励人民克服缺失的自信与改造社会的自觉。在文艺思想上鲁迅曾受过厨川白村的影响。但所谓“影响”，不过是经过消化吸取了他心以为然的东西罢了，并非从体系上作全盘的无批判、无选择的接受。20 世纪初叶以后，中国留日学生渐成规模。从 1901 年到 1911 年，每年的留日学生人数都高于留学其他国家留日学生人数的总和。郭沫若曾经自豪地说：“中国文坛大半是日本留学生建筑成的。”④ 当时的日本汇聚着各种西洋文明，发明和传播着“汉文词汇”，让来自中国的青年人目不暇接，耳目一新。经过了黄遵宪新派诗的传播、梁启超的文学革命，到鲁迅在日本留学时，已不再将主要目光专注于日本文坛，以至于在周作人看来，鲁迅“对于日本文学，当时殊不注意”⑤。也就是说，随着中国作家文学视野的拓展，日本作为世界各国

① 鲁迅：《且介亭杂文·从孩子的照相说起》，《鲁迅全集》（第 6 卷），北京：人民文学出版社 2005 年版，第 84 页。

② 鲁迅：《准风月谈·禁用和自造》，《鲁迅全集》（第 6 卷），北京：人民文学出版社 2005 年版，第 334 页。

③ 鲁迅：《花边文学·玩具》，《鲁迅全集》（第 5 卷），北京：人民文学出版社 2005 年版，第 524 页。

④ 郭沫若：《桌子的跳舞》，《郭沫若全集（文学编）》（第 16 卷），北京：人民文学出版社 1989 年版，第 53 页

⑤ 周作人：《关于鲁迅之二》，《鲁迅的青年时代》，石家庄：河北教育出版社 2002 年版，第 130 页。

文化汇集地的意义明显要大于它作为直接的文学输出国的价值。鲁迅之所以能够博览各国的书籍，这与日本的社会环境和开放性不无关系。日本社会的文化特点是独具魅力的，它的包容性、学习意识以及它的勤奋、敬业精神都是弥足珍贵的，青年鲁迅在日本文化的熏陶下，体会到了不同于中国的思维方式和人生态度，有了不同的情感体验。

鲁迅来到日本，体会到日本的独特文化。郁达夫曾说："人生的变化，往往是从不可预测的地方开展开来的。"留学国外，脱离了中国固有的、熟悉的环境，在陌生的国度生活学习，耳闻目睹的新鲜感受是非常强烈的，尤其是别人异样或者不屑的眼光，能够让身处其中的人切身体会到自身的问题。如果仅仅是在国内，当然也明白国与国的不同、文化的差异，但是这样的认识是肤浅的，如同隔靴搔痒。郁达夫说："只在小安逸里醉生梦死，小圈子里争权夺利的黄帝之子孙，若要教他领悟一下国家的观念，最好是叫他到中国领土以外的无论哪一个国家去住上两三年。""是在日本，我开始明白我们中国在世界竞争场里所处的地位。"[①] 来自中国的留学生，在日本自由地接受来自世界范围内的各种新思想，摆脱了传统礼教的束缚，个性得到了充分的张扬，逐渐有了追求自身幸福的欲望。从恋爱自由的角度讲，留学国外使人体会到了不同的文化对自身的冲击和改变。西奥多·M. 米尔斯认为："在人的一生中，个人靠与他人的关系而得以维持，思想因之而稳定，目标方向由此而确定。"[②] 鲁迅在日本留学期间，他的个人经验与周遭的环境时时发生着各种各样的对话。另外，日本文化注重的团队意识也在留学日本的中国青年心中潜移默化。鲁迅同周作人、许寿裳参加了浙江留学生关系圈，与钱玄同等人去章太炎住处听国学讲座，这些志同道合的朋友在一起探讨、交流，彼此鼓励，互相配合，逐渐形成了他们对事物的认识。许寿裳编辑《浙江潮》，向鲁迅约稿，鲁迅给他送来了《斯巴达之魂》。鲁迅在 1907、1908 年集中发表的几篇文章《人之历史》、《魔罗诗力说》、《文化偏至论》等，深入探讨了文章的革新和人的精神进步问题。这些文章的问世与鲁迅和周作人、许寿裳的相互交流有着

---

① 郁达夫：《雪夜》，《郁达夫文集》（第 4 卷），广州、香港：花城出版社、生活·读书·新知三联书店香港分店 1982 年版，第 93 页。

② 西奥多·M. 米尔斯著，温凤龙译：《小群体社会学》，昆明：云南人民出版社 1988 年版，第 3 页。

一定的关系。

郭沫若说："我们在日本留学，读的是西洋书，受的是东洋气。"[①]"西洋书"可以理解为世界范围内的文化知识，而这"东洋气"则可以理解为日本的留学体验。外在的影响会产生怎样结果，最终取决于个体的认知和选择。鲁迅留学日本，并不是日本文学自身对鲁迅产生了独立的影响，而是鲁迅在日本的人生经历与中国文化需要这两者之间的"关系"赋予了中国文学新的内容与形式。中国文学现代化的动机是中国本土的需求。数千年来，沿着中国古典文学的路径前行，已经出现了积重难返的尴尬。如何激活文学，是中国文学内在的迫切要求。鲁迅认为："国民精神的发扬与世界见识的广博有着密切的关系。"[②] 这正是鲁迅广泛翻译各国文学的理由，他深深地意识到，国人阅读的局限性导致了中国人思想的封闭。鲁迅把他的异域体验的最终成效回归到中国本土上来加以"验证"，也可以理解为学以致用。他早年介绍西方自然科学知识的目的就是将异域的见识"拉回"到"中国"的现实，体验"日本"与反思"中国"是相继发生的。日本国民性问题的启迪是鲁迅探讨中国国民性的契机。

小 结

日本体验是鲁迅每每在行文中的一个参照，他在 1934 年给海婴照相时，就下意识地想到了中日两国人在教育孩子方面的差别。"温文尔雅，不大言笑，不大动弹的，是中国孩子；健壮活泼，不怕生人，大叫大跳的是日本孩子"、"驯良之类并不是恶德。但发展开去，对一切事无不驯良，却决不是美德"。[③] 鲁迅的日本体验很少有整篇整章的论述，但是他在论述

---

① 郭沫若：《三叶集·郭沫若致宗白华》，《郭沫若全集（文学编）》（第 15 卷），北京：人民文学出版社 1990 年版，第 140 页。

② 鲁迅：《魔罗诗力说》，《鲁迅全集》（第 1 卷），北京：人民文学出版社 2005 年版，第 67 页。

③ 鲁迅：《且介亭杂文·从孩子的照相说起》，《鲁迅全集》（第 6 卷），北京：人民文学出版社 2005 年版，第 83 页。

中国社会和中国人的种种问题时，都会不由自主地从日本反观中国。这样的观点散落在《鲁迅全集》之中，就像夜空里的星星，晶莹璀璨。鲁迅为什么会成为中国社会中下层的代言人？这是由他回国之后的人生际遇决定的。他的社会地位决定了他的文学定位，他回国后在地方学校教书，包括以后在教育部任职，都是处于社会的中下层。他的艰难求生，在一定程度上拉近了他与普通民众的距离，决定了他的文学思想和文学观带有明显的社会性、大众性。他之所以接受并积极推广《苦闷的象征》，就是因为他视文学创作为现实人生的“苦闷象征”，中国的国情决定了他将以异域弱小民族的反抗意志当作现实批判的动力。

第四章

析苦闷

解析苦闷是本书的关键章节。笔者通过厨川白村与鲁迅的比较研究作为行文的枢纽，这两位哲人在苦闷问题上的前呼后应，自然有他们在精神底层的深度契合。在人类历史上，最体贴苦闷精神的莫过于具有善根思想的宗教文化。对于东方文化孕育的厨川白村和鲁迅而言，长达千百年浸润出的佛教思想，是他们母体文化中不可忽视的背景与底色。本章从佛解苦谛切入，以期反观厨川白村与鲁迅苦闷思想的东方宗教背景。

对于"苦"的态度，宗教总是既不逃避也不厌恶，而是力求化解或转化。譬如，佛教发现众生皆苦，追究苦的因由，是为欲望与无明。因此若能除去欲望、摆脱无明，则可化解痛苦。又如，基督教也发现痛苦来自欲望，但是欲望有好有坏：坏的是"自我中心的"，应该超越和克服；好的是"自我牺牲的"，亦即愿意为爱而受苦，效法耶稣，体会大爱。与基督教将爱的源泉和动力以及监督权交付上帝不同，佛教强调万物皆染佛光，凡人自有佛性，放下屠刀，即可修行，脱却苦海，回头是岸。只要参禅修性，都可摆脱痛苦而求得正果。从话语权力的角度看，基督教否定的是世俗恶欲和世俗权力，这种否定给自身留下了神权位置。由谁来证明最高神权的合理性和合法性，除了上帝还是上帝。鉴于此，费尔巴哈、马克思、尼采等人都一再质疑上帝的合理合法问题，他们从不同角度，提出了基督教是人的异化问题。也就是说，基督教是用神万能或者说上帝至善的名义，取代了世俗中的所有权力，包括每个人本应有的觉悟能力，哪怕这种觉悟可能是自善本根和求善本能。在某种意义上，可以说基督教是文明世界的翻版。佛教扬弃了世俗欲望和世俗权力，在净化人间之恶的同时，并没有用新的权利取代既在权利，因而佛学是劳苦大众的智慧之学，启发本善之学，消解文明戾气之学。

正是出于这种原因，厨川白村和鲁迅这样两位激进而且深刻的人文巨擘，对待佛教以及佛学都是非常敬重的。厨川白村因为从小受基督教环境感染，对耶稣自是敬仰，但是对佛祖也十分推崇，称释迦牟尼是伟大的"呆子"，认为日本人有必要学习这种"呆子精神"[①]。他说"佛家以为狗有佛性，都是因为认得了生命的普遍性的缘故"。所以，他坚信人是可以

---

① 厨川白村著，鲁迅译：《苦闷的象征》，南京：江苏文艺出版社 2008 年版，第 103 页。

改造的，并为此而执着地奋斗到生命的最后一息。[①] 鲁迅对佛学也非常服膺，他的继祖母信佛，他的老师章太炎也是一位佛学造诣深厚的大师。受祖母和老师的影响，鲁迅对佛学相当在意。他在阅读了《贤愚经》、《瑜伽师地论》等佛经论典后，对佛的智慧感叹不已，曾对好友许寿裳说："释迦牟尼真是大哲，我平常对人生有许多难以解决的问题，而他居然大部分早已明白启示了，真是大哲！"[②]

第一节 佛解苦谛

释迦牟尼在菩提树下证道之后，最初在鹿野苑对五比丘说了"四谛法"，最后在去世前对身边弟子再三叮咛嘱咐的仍然是四谛法。"四谛"即"苦、集、灭、道"，谛者真实不虚。又因四谛乃圣者亲证，所以又称"四圣谛"。一切众生由于没有智慧，不能透悟四谛法，是故流转，久处生死、没大苦海；众生若能见四谛，则得断生死。四谛即四种真实不虚的道理。佛陀初转法轮时，对乔陈如等五比丘开示四谛法，此后佛陀一生设教，几乎没有离开这个纲领。因此，四谛是修学佛法的大纲，在佛教中是十分重要的。四谛含有二重不同因果。苦、集二谛为迷的因果，集是因，苦是果，由集感苦是人间杂染因果；灭、道二谛为悟的因果，道是因，灭是果，由道证灭是觉悟者的清净因果。这是两种不同的人生，一是以情为本的人生，一是以智为本的人生。学佛就是转迷为悟，转染为净的过程。佛陀是大医王，专治有情生命中存在的病态，四谛法门的施设是佛陀根据良医治病的程序而建立起来的。一个良医给人治病时，首先需要清楚病人的状况，其次要知道得病的原因，再次要明白这病通过治疗能否恢复，能恢复到什么程度，最后开设药方。医生治人的身病，佛陀则治众生的心病。佛陀说四谛法，治众生病，其治病程序也和医生一样。

---

① 厨川白村著，鲁迅译：《苦闷的象征》，南京：江苏文艺出版社 2008 年版，第 45 页。

② 许寿裳：《亡友鲁迅印象记》，桂林：广西师范大学出版社 2010 年版。

（一）苦谛

“苦”是有情生命的病状。有人说学佛是逃避现实，笔者认为这种提法不对，因为学佛的人首先就是要认清人生的现实。人要面对的是什么？如生、老、病、死、无常、因果、苦、空等，认清现实，始能改变现实，这是佛教解决人生痛苦的前提。一般不学佛的人则恰恰相反，他们虽然生活在现实社会中，却不敢面对现实。比如说“病”吧，人们要是得了平常的小病，例如感冒，都不会在意，但是如果得了艾滋病、晚期癌症，此时就很少有人能够面对它。那些病人在没有了解病况前，也还能谈笑风生，一旦得知自己的病情，就会大惊失色，精神一下子就崩溃了，原本按病情能活三个月，但因为病人的精神坍塌了，结果半个月就死掉了，所以在医院里医生如果查出某人得了不治之症，一般都是对病人保密的。为什么要保密呢？因为病人不敢面对。讨论死，首先不期然地想起鲁迅先生著作中编写的一个故事：有一户人家生了一个孩子，有许多达官贵人、亲戚、朋友来祝贺，有人说孩子将来会当官，有人说孩子将来要发财，有人说孩子长了一副长寿相，这些人因为说了假话、好话，都得到主人的热情款待。最后，来了一位客人说孩子将来是要死的，结果被主人大骂一顿，然后轰走。孩子最终要死是肯定的，而升官、发财、长寿则未必，而死作为人生的现实，人们却不愿意接受，不敢面对。鲁迅的故事虽然说的是一户人家，但反映了整个社会的情况，你看通常人家房门贴的都是发财、长寿一类的话，人们之间打招呼说的也是恭喜、发财、健康、长寿，却不会有人在自己家门口上贴“死”字。许多人忌讳“四”字，因为“四”是“死”的谐音；春节期间说话尽量避开“四”字，可见人们对“死”这种现实的畏惧和逃避。“烦恼”是生命中重要的组成部分，因而人类必然存在烦恼，如何面对烦恼？一般总是采取逃避的态度，如借旅游、散心、打麻将、喝酒、吸毒等活动来逃避，古诗曰：“但愿长醉不复醒。”这是借酒逃避，很少有人能够在烦恼生起时不寻求外物，冷静面对自我，观照烦恼的生灭。佛教要人认识人生的现状，勇于面对它，如对死，六念法门中，就有念死；无常，佛教中列为三法印，要我们时时观照它；空无自性，这是有为法真实相，佛教中有空观；苦是佛教对人生实质的判断，佛经中介绍人生的种种苦恼，如三苦、八苦、无量诸苦，认识人生的痛苦是解脱人生痛苦的前提。

少儿读本中，经常有内容是主人翁遇上了某些困难，或是在贫苦中，经过波折、磨难，终于解决了问题。结尾总是“从此以后，他们就快快乐乐地生活下去了”。过去很多影视故事，都是主角先经历痛苦、坎坷，最后沉冤昭雪，好人有好报，恶人有恶报，齐欢唱，同庆贺，幸福、圆满地生活下去的大团圆结局。如果我们相信在现实中可能出现上述的结局，以为某个人可以有机会从此不再有烦恼的生活，到死前也不会再有什么痛苦悲哀，那说明此人的心智绝不成熟。世间并没有永恒的快乐，同样，也没有永恒不变的痛苦。《易经》中的“变”讲的就是一切都不是固定不变的，痛苦之后是快乐，快乐之后又是痛苦，如冬夏交替，无有定时。印度是宗教文明的发祥地，印度人对于人生的痛苦有深切的体会，为了离苦得乐，故各种宗教门派繁荣地发展起来，其中最广传于世的就是释迦牟尼佛祖开示的佛法，而佛法对苦的分类，也最详尽。佛陀把苦分为八类，释迦牟尼所阐述的八苦即生、老、病、死、怨憎会、爱别离、求不得、五取蕴苦，前面的七苦为世间现象，第八苦是哲学性的理解，精彩地探讨了生命为什么不能避免苦。“苦”是身心逼迫义，佛教认为众生生命的根本特征就是苦。厨川白村在《苦闷的象征》中阐述他的文艺观，他认为：“生命力受了压抑而生的苦闷懊恼乃是文艺的根柢，而其表现法就是广义的象征主义，也就是‘人间苦’与文学的关系。”① 我们认为他的观点是具有一定道理的，如下，我们将从人生的八种主要的苦难透视人生的苦楚。

第一是生之苦。人在母胎之中，受种种压迫，出生后又受冷热等刺激，众生每投胎一次，都有种种难言之苦。人生而有贫富、贵贱、男女、美丑等差别，每个人都有生苦，以人类来说，出生时的众缘逼迫，就是苦。我们住胎时，子宫是最小的牢房，胎儿手脚没法伸直，缩成一团，好像坐监牢，甚是痛苦。此外，子宫里的种种不净，如羊水、血等，我们都得忍受。胎儿出世时，母亲受苦，婴儿也受苦，所以婴儿一出世就大哭，苦不堪言。此外，胎儿在母亲的肚子里觉得比较安全，一出世就开始了人

---

① 厨川白村著，鲁迅译：《苦闷的象征》，南京：江苏文艺出版社 2008 年版，第 19～30 页。

生的苦难旅程，所以生是一种苦，是人生面临的第一个苦。

第二是老苦。人老后，“渐渐鸡皮鹤发，看看行步龙钟，假饶金玉满堂，难免老病衰残”。身心衰损、朽坏，生出种种的苦痛，身体老化，慢慢地不中用；而我们的心逐渐没力，记忆也越来越迟钝，样样不如从前，因而觉得苦不堪言。有些老人在家无所事事，又担心被子女遗弃。年轻力壮时，高朋满座，意气风发，神采飞扬；晚年的境遇却是如此的孤单、寂寞与凄凉。人生的发展并不是一条直线，而是弧状抛物线。初生之时，就是抛物线的起点，自这个起点开始，人生是不断累积的过程，金钱、物质、朋友、亲人等愈来愈多。但是，当人生行进到一半后，累积的东西就渐渐要放手，一样样来自于自然，也就一样样地要回归自然。最后撒手尘寰，一切都要放手。自己的年纪老大了，朋友的年纪也一样老大，结果一个接一个地离开世间，先走的反而较少孤独，迟走的眼见朋友们日渐减少，加上移民迁徙或其他因素，朋友一个个离去，最后就只剩下自己。年纪老大而儿孙满堂，且一起居住的，尚可以有孝顺的儿孙恭敬行孝道；自己含饴弄孙，也可解孤独之苦。但很多老人不和子媳儿孙同住，怕受儿孙嫌弃；或是没有生育儿女，晚年也就不得子孙照顾。当中苦闷，非一般年轻人所能了解。另一个老苦的现象，就是机能衰退，原本健壮的身躯，现在筋骨愈来愈僵硬，身心退化，头脑不再精明，身体不再强壮，对于外界的控制能力也愈来愈弱，觉得自己愈来愈没用。很多老人脾气特别暴躁，正是自卑及自暴自弃的心理所致，自古英雄如美人，不许人间见白头。

第三是病苦。人生由四大（地、水、火、风）合成，四大不调则百病丛生，因此，身心常受种种苦痛。病有种种，有些病很轻微，有些病很严重，有些暗病不容易查知，结果暴病而终。从根源处来讲，“吃”是病，贪东西也是病，但这些属于心病，这里讲的是身病。我们的身体有如机器，终归会变坏，变坏就是病苦。病是我们每一个人都经历过的东西，有病之时，硬汉也会变得婆婆妈妈；有病之人，情绪是最悲观的。病是人生如此平常的经历。中医学的第一个病理观是“六淫学说”，六淫即是风、寒、暑、湿、燥、火，皆为从外向内的外间病邪。风是气动，寒是低温，暑是炎夏，湿是水停，燥是欠润，火是大热。这些现象都是外间常见的、有普遍性的。这六种现象或因人体机能减弱而相对地增强时，就变成了六淫，成为令身体致病的因素。第二个病理观是“七情学说”，即喜、怒、忧、思、悲、恐、惊。这些情绪过于激烈时，就会影响生理的正常规律，会致病。西方医学的“神经免疫学”，具有相同的观念，都认为心理对生理有极大的影响。除此之外，房事过度、饮食不节、疫症、外伤、寄生虫等都是致病的原因。生命不是静态的存在，而是动态的，依赖很多元素才得以维持，包括内在的和外在的因素。外在就是整个环境，内在就是我们对环境的反应，即是生活的整个方式。中国医学最注重符合自然的生活方式，依四时秩序生活，就可以防病。可是，环境的限制实在太多，并不是生活方式可全然左右的。例如，地震、山崩、海啸、疫症，或由于贫困而无法获得生活所需资源，纵使主观上要过符合天道的生活方式，现实中也不能完全做到。何况，我们是因为心智充满了缺陷，所以才会生到这个污浊恶世来。因为欲望、嗔怒和愚昧，纵使有过符合自然的生活的心愿，也控制不了自己的情堵。结果我们的体质就有了诸多缺点，疾病随之而来。

第四是死苦。人老死时，四大分解，识神分离，苦不堪言。我们的寿命享尽，病逝或是天灾人祸，众缘逼迫而终。临终时，死的景象令人难以忍受，恐怖之心油然而生。有些人死时，吓得面色变青，死相恐怖；有些人在死时，不愿死去，双手紧紧地抓住不放。人要死的时候，身体各部分慢慢地动弹不得，内心一定很恐慌，这就是死苦。我们都知道这生、老、病、死，甚至已经麻木了，无可奈何地接受了。死亡是生命中一个很现实的问题，对死不了解，就不能了解生。因为人生必死，有生就有死，死是生命的结束，不管你在世间拥有什么，当死神来临时，你也得放弃一切，包括你所珍爱的，如情人、金钱、地位、名誉、事业成就等。自古贤人圣哲，对死亡都必有一番体会，古犹太大哲所罗门王曾说：“世人遭遇的，兽也遭遇，所遭遇的都是一样，这个怎样死，那个也怎样死，气息都是一样。人不能强于兽，都是虚空，都归于一处，都是出于尘土，也都归于尘土。”人间只是区区数十载，转头一切成空。有人说，死亡令世间变得公平，乞丐之死和亿万富豪之死一样，皇帝之死和贫民之死一样，俊男美妇之死和丑男恶妇之死亦一样，智者和愚夫之死，也无什么不同。死亡就是人间舞台的谢幕，人间的身份，至此就要交还给人间，人间的一切就和自己无关了。

死亡之苦，可以从身体之苦和心理之苦两个角度观察。有些人死得非常突然，例如一个炸弹，一场空难，一次心脏病突发，死得非常快速，没有持久的疼痛，甚至连痛也来不及，就撒手尘寰，身心分离。也有一些人，死前就病痛缠身，经常服药，进出医院，给病痛折磨得不成人形，熬了很久之后才放弃肉身。这些都是死亡的身体之苦。在心理痛苦方面，我们发现，众生对身体存在的执着甚深，唯有拥有这副身体，才可以把自我扩大，由身体及身体内的心智在中心不断扩张，增加所拥有的，包括经验、家庭、事业、地位、名誉、财富等。一旦死亡，这一切将彻底粉碎，一无所有。一想起这个，我们的执着心就会深深不忿，就会恐惧自身消失，这种不忿、恐惧，极易造成极大的心灵伤痛。这是死亡的心智之苦。每一个人都会死，但每一个人都怕死。虽然有人自称不怕死，说什么死而无憾，其实只是知道死无可避免，在理智上作协调而已。如果他们可以选择，他们并不想死，他们仍想活得健康，活得青春，活得快乐，活得受人尊崇。我们对生命如此执着，也是由于这个原因。由于死亡是不可避免的现实，所以无论好命、歹命，都要面对死亡，死亡就是命的结束。不过，好命的人，死时痛苦较小，去得自在，不必多受病痛的折腾，且对于已经拥有的，比较容易放下；而那些歹命的，一方面死前要饱受病痛折磨，另一方面又放不下自己已经拥有的，不单要曾经拥有，更要天长地久地拥有。

第五是怨憎会苦。心中怨恨的仇人由于种种因缘集聚不能远离。我们和冤家、仇人没办法避开，每每要见面，这就叫做怨憎会苦。比如一对夫妻，婚姻生活美满、恩爱，因为种种原因，吵架闹翻了，但是为了儿女，夫妻之缘难断，必须天天见面；或是打工者，虽与老板不和，但为了生计，不得不为五斗米折腰，天天要和不喜欢的老板见面；还有某些同事，跟你吵过一次架后，两人见面就不说话，因为某种业因缘，你不能离开他，天天要会面，这就是怨憎会苦。彼此心怀怨憎的人，却受命运愚弄，不想相见，却又偏要走在一起，或走在一起之后关系更趋于恶劣。我们或许好不容易找到一份合适的工作，可以尽展所长，亦是自己兴趣所在。但不幸的是，竟和自己的上司不和，或和对己不满的下属一起工作，这犹如置身地狱一般。这不一定能说谁是谁非，只能说是无缘。我们和左邻右舍的关系如何，也影响我们的生活。若能遇上彼此投缘的，则守望相助，感情和洽，日常生活也比较愉快。可是若遇着一些恶邻里，彼此又基于种种原因，不能搬迁，结果就彼此强忍，吵闹不停，甚至大打出手。如果只是公司同事，尚且可以避一避，无可避的是家人之间的关系。子女遇上专横的父母，生活各方面都受严厉控制，有一些富有家庭，父母望子成龙，或为了维护家庭的荣耀，对子女鞭策过度，甚至要控制他们整个人生，要他们服从自己，最后造成关系破裂；或父母相逼过度，子女自杀，以自己的死作为报复。最令人难受的怨憎会苦是夫妻不和。夫妻是一体的，是彼此互有承诺的，应该是最甜蜜的，可是多少男女结婚之后，成为怨偶，感情不睦，常常吵架，互相攻击，互相伤害对方。或双方都是好人，性情和善，但相处就是不容易，多生争执，同床异梦。除非他们走上离异之路，否则就要继续互相折磨，这就是怨憎会苦。我们若幸运地少遇这类仇家，没有什么怨憎的人，便是得了一个好命。相反，无论到哪里，在家中、在公司内、在学校内、在各个生活圈子内，都有怨憎的人，心情苦闷，这就是怨憎会苦。

第六是爱别离苦。因为与至亲、相爱的人乖离分散，所以苦。或者因为某一些因缘，心爱的人离你远去，你舍不得，所以感觉到苦。比如做父母亲的，女儿出嫁或是儿子出国留学，思念总在分手后开始，常挂心头。有的伤心流泪，哭哭啼啼；有的睡不着，吃不下。这些还不太严重，严重的是男女之间的情爱，相爱的人却偏偏被拆散，很多情侣就是因为不能在一起而跳楼殉情，在西方有罗密欧与朱丽叶，在东方有梁山伯与祝英台。这些缠绵伟大的爱情故事，常使同情他们的人伤心流泪。每个人在世间都有自己喜欢的人，或是父亲、母亲等长辈，或是兄弟姐妹，或是朋友，或是配偶情人，或有一个长期暗恋着的意中人。人是群体动物，不能独立生活于世，唯有在人和人之间，才可获得真正的快乐。因为人有心，身体只是附属物，心是生命的真正核心。能令心获得满足的是另一个心，也就是另外的人。换言之，人唯有从其他人那里才可以获得心的满足。

在生命的历程中，倘若我们能遇上一些能令我们感到快乐的人，成为我们所爱，抑或是在孤苦的人生中，能遇上投契的朋友，一起奋斗进取，共患难亦共富贵，彼此知心，共同排解恐惧和焦虑，实为人生一大财富。朋友分离，尚且较容易接受，伤感一会儿就可以适应过来，最令世人难舍难离的是男女之间的爱情。问世间情为何物，直教人生死相许！试想什么是世人自杀的主要原因？有人因病厌世；有人欠债累累，走投无路；也有人只是一时羞愤自杀；但更多的是为了殉情。罗密欧与朱丽叶的故事之所以被广泛传诵，不正是由于殉情的浪漫绮丽？历世历代最能夺人心魄的就是爱情。亲子的关系是天定的，没法选择；兄弟姐妹的关系也是天定的，也没法选择。但男女关系是具有选择性的，只要愿意拒绝，就一定有拒绝的方法。爱情的魔力在于它是由人类欲念之最的情欲引发的，情欲带给人生最大的快乐，这种快乐没有人能抗拒。当建立了爱情的关系以后，除非感情转淡，否则，当爱情关系里的其中一方离去，另一方就会遭遇极大的痛苦，无论生离或死别，都是如此。那些研究社会问题的学者发现，丧偶对于在生的一方，会造成极大的痛苦，能令人身心迅速衰老，对疾病的抵抗力也会大大减弱。有些人在爱人离去以后，就会崩溃，不能复原，这就是爱别离之苦。

第七是求不得苦。即自己希望的财、位、名、色等不能得到。我们用了种种办法与手段，经过努力，希望获得自己所喜爱的东西，但是没有得到预想的结果，这叫做求不得苦。它是最普遍的苦，因为人的欲望太多了，这样多的欲望我们没法一一实现或得到，所以就会苦。初生的婴儿是欠缺安全感的，由于体弱无助，所以只能凭着哭泣以唤起成年人的注意。他们感到饥饿时会哭泣，口渴时会哭泣，想睡觉而不能入睡时会哭泣，身体不舒服时也会哭泣。婴儿对安全感的追求甚强，他们对安全感的需要是出于他们的本能。婴儿有数月大之后，手脚活动得比较灵活了，发现手可以抓东西，他们就喜欢将一些小东西抓到手中，或放进嘴中，如果不让他们抓着东西，或把这个东西夺过来，婴儿就会哭泣。婴儿继续成长，能够四处走动了，欲望的呈现就更加强烈。他们不单要抓东西，更要拥有东西，见到别人家小孩拥有什么，他们也想拥有。婴儿的另一个欲望，是外出走动，不满困在家居内，只要是跑出家外，不管到哪里都好。或在走廊上走动，或到球场，或到商场，或到游乐场，或乘车游玩，或到郊外，他们都是很喜欢的。每当家里有人离家外出时，留下婴儿，他们就会哭闹，要求一起外出。再长大一些的小孩，他们需要建立朋友圈子，要在圈子中获得认同，互相支持，在众朋友之中找到自己的角色和地位。这个欲望如果没有得到满足，对其心智的正常发展，会有很重大的影响。等孩子继续成长，进入青春期后，开始接近成年人的心智，成年人的欲望也发展起来了。心智继续发展下去，欲望也愈来愈多，愈来愈膨胀，以至于把整个心智都淹没了，欲望主宰了人生的一举一动。有欲就有求，有求就有行动，就会为获得欲望之满足而努力不懈。不过，欲求不一定都可以获得满足，事实上，欲望无穷，能力有限，受很多客观环境影响，很多欲望都只归于欲望，不能实现。而欲望也是无底深渊，一个欲望得到满足，就会想要更多，层层而上，无有尽时。例如，求财欲得十万，得了十万之后，想得百万，得了百万，想得千万，如是，层层无尽，直到死时。每一个人的欲望都是如此，这是欲望的本质。尽管有的人家财千万，富甲一方，但由于所得和所求不相称，心中依然有苦。外人虽看来风光，他们却仍感不满，怨言诸多，这是“人心不足蛇吞象”的道理。

第八是五取蕴（亦称五阴盛）苦。即色、受、想、行、识五蕴刹那迁流变异，身心如火焚烧，盛满各种苦恼，此苦为上述七苦之总括。我们对五蕴的身心产生执着，称为五取蕴。取是执取的意思。五取蕴刹那生灭，它一直迁流变坏，所以是苦。

除了以上八苦之说以外，还有另一种三苦说。三苦者，即苦苦、坏苦、行苦，此三苦从身心逆顺缘境而言。由于逆缘逼恼，正受苦时名“苦苦”；从其顺缘，暂时的安乐离（去）坏（毁）而生苦恼名“坏苦”；五蕴刹那变异，为无常所逐而不安稳，是名“行苦”。前二者是世间智慧所能了知，后者唯圣者智慧所能了解。佛教对人生根本的判定是苦，而不是乐，佛教对教徒一个最基本的要求就是深入地观察体会生命的苦性，从心生出离。佛教的八苦说让我们领略了活着的不易，不论富贵、贫贱，人从出生就踏上了一条通往死亡的单行道。苦闷也是一生，乐观也是一生，让我们智慧地生活下去，了解苦闷的根源，从苦闷中解脱出来。

（二）集谛·灭谛

集谛是招感苦果的原因。集的内容分为烦恼杂染与业杂染两类。烦恼是什么？佛经称烦恼为缚。缚是系缚义，烦恼能系缚有情于生死中不得出离；又称漏，漏是漏泄义，有情生命因烦恼故，从六根中不断漏泄出过失；又称暴流，烦恼如流水能令众生漂流于三界生死之中；又称轭，轭是令牛与牛车不离的颈木，烦恼如轭，使众生与生死境界和合不离，沉溺生死中受苦；又称取，取是执取义，烦恼能执取生死之果；又称盖，盖是覆盖义，烦恼能覆盖清静善心；又称垢，烦恼如污垢。从这众多异名中，可以看出烦恼在我们生命中扮演着什么角色。

经书中说众生有八万四千烦恼，但如果简单说，烦恼的种类主要有十种：贪，对事物的贪求和占有；嗔，对不喜欢境界生起讨厌、仇怨、怀恨、苦恼、嫉妒、损害等情绪；痴，对宇宙人生事相的无知，能引起错误的观念与言行；慢，执自己长处轻视他人；疑，对真理的怀疑；身见，执五蕴身为我；边见，执此身为永恒或断灭的两边；邪见，否认因果；见取见，以身见、边见、邪见为真理；戒禁取见，遵守一些错误的戒律，以为能由此解脱。这十种烦恼在佛教中称为根本烦恼，是一切烦恼中最为重要的。

业是在烦恼基础上所产生的行为。通常说有三业，即身业、口业、意业。一种行为的产生是意识与心思所相应，对某件事情进行抉择判断之后，然后斥之身口的行为，构成了业力。业从伦理性质上分善、恶两类，即善行、恶行。能利于现世、他世的行为是善，反之是恶。善恶的定义是要贯穿着两世来说明，如天上的乐果，或地狱的苦果，虽然对现世或违或顺，但都不可以称为善恶。善恶的行为千差万别，但最基本的是十善、十恶。先说十恶行。一杀生，是以恶心断除有情的生命；二不予取，是对于别人没有给你的东西私自占为己有；三邪淫，不被法律或社会道德承认的男女关系；四妄语，欺骗的语言或行动；五离间语，也称两舌，是挑拨离间的语言；六粗恶语，又称恶口，恶心伤害他人的语言；七杂秽语，又称绮语，能诱发他人烦恼的杂秽语言；八贪欲，对于他人财富起非理希求；九嗔恚，对有情起伤害心理；十邪见，否定因果，否定圣贤。十恶反过来便是十善，即不杀生，乃至不邪见。

灭谛。灭是寂灭，由消除烦恼痛苦所证得的涅槃之道。道谛，涅槃的证得不是天上掉下来的，需要修道，这便是道谛的内容。修道的方法很多，经书说有八万四千法门，但主要是八正道，八正道是众生趣向涅槃的不二中道。八正道的内容如下：

正见，是如实地看世界、看人生。正见是相对世人认识的颠倒说的。世人颠倒黑白，指鹿为马，如五蕴无我，却执有我；世间无常，却执永恒；事相虚假，却执实在；看不到三世因果的延续，却说无因果；人间是苦，却执苦为乐。正见是如实见世间真相，使你的认识与宇宙人生真相符合，从无明的迷惑中解脱出来。

正思维，是正确的思考。人的思考与人的认识有关，一个无知的人，一个对人生充满困惑的人，一个带着错误观念的人，不可能有合理的思维。正确的思维是要你的思考符合真理，与真理相应，这就必须在正见的基础上才能产生。《经》曰：听闻正法，如理思维。也是这个道理。正思维又称正志。志，即有志向，正志是树立崇高的人生目标，以此引导自己的行为。

正语，是语言的德行。要避免四种语言，即妄语、两舌、恶口、绮语。要说真实语，说符合事实真相的语言；说利益语，所说的话都是利益大众的，绝不存心害人；说爱语是本着对别人的关心爱护说话，爱语，不是对方爱听便是了，而是要你具有爱心。

正业，是行为的德行。业有三种，即身业、口业、意业。远离十恶，行十善是正业；远离颠倒烦恼，勤修戒、定、慧是正业；远离处处以自我为中心，通达无我，广行六度四摄是正业。

正命，是谋生的德行。命是活命，即通过什么方式得以活命。命有正命、邪命两种。邪命是用不正当的谋生手段，比如从社会道德法制来说，通过贩卖军火、毒品、开赌场、诈骗等手段赚钱；从佛教的戒律看，与杀、盗、淫、妄相关的行业都属邪命。反之，能用正当手段活命，如为社会道德法律所承认，或是佛教戒律所允许的职业，称为正命。

正精进，是人生努力奋斗的德行。每个人在社会上都有自己的人生奋斗目标，为了达到目标，就需要不断努力。由于目标不同，人们的努力也不一样，有的努力是道德的，有的努力也可能是犯罪的。佛教反对我们从事犯罪的努力，鼓励趣向德行的努力。《经》中说有四正勤，即未生恶令不生，已生恶令断，未生善令生，已生善令增长。这是以舍恶修善作为人生正当努力的德行。

正念，是心念活动的德行。修行修什么？从根本意义上说，就是修念头。人的行为都取决于人的念头，世间的一切事态也根源于人的念头，念头有善恶、迷悟、染净，所在世间有凡圣、良莠之分。六祖说：“前念迷即众生，后念悟即佛。”佛与众生距离如此悬殊，差别却只在一念。俗话说：“放下屠刀，立地成佛。”从恶人到成佛只在一念，可知把握念头是修学佛法的关键。佛经说：“六念是我们修学佛法应具的理念。”念佛，念佛德行，高山仰止，心向往之；念法，念宇宙人生真相，完善人格德行；念僧，贤圣僧的德行，威仪风范；念戒，行为应当受到道德规范的约束，始能趋向解脱；念施，外舍财物培植福田，内舍烦恼，健全人格；念天，不是羡慕天，而是想天人之福德，知修善行之重要。经论中又说十念。在六念外又说念休息，是止息妄念，使心念趋于平静；念数息，是观自己的呼吸，知息粗细、长短、冷热，系心于息，心息相依；念身非常，时时想着色身的无常，不贪着世间；念死，念死神随时都在敲着警钟，当勤精进。从趣向解脱的意义，佛经又说："有四念处。"即观心无常，是观想心念的无常变化，注意把握，安住正念，不随它转；观法无我，是观一切法都无常恒不变，主宰的自体，随缘生灭，有无不定；观身不净，观我们的色身，虽假沐浴更衣，表面似乎干净，其实充满浓血、粪便，九孔常流不净；观受是苦，受虽有苦乐不同，然贪著乐受，则变为苦。四念处能对治我们凡夫于心、法、身、受四处，所起的常乐我净的四种颠倒。

正定。定是专注一境，定是对心念的一种训练。通常我们总是身心分离、心灵破碎，于是精神涣散。修定，就是整合身心，收摄念头。如修数息观，将心从追逐外境中收回，观想内身呼吸出入、长短、冷热，系心于息，久而久之，身心渐渐合一。又由于念头专注于呼吸，心念则自然凝聚，于是就会身体健康，精神旺盛。佛经曰："制心一处，无事不办。"这是说明修定的效果。定又分正定与邪定。贪著定乐是邪定，修禅定会发生禅悦，禅悦与欲乐一样都不可以贪著。《瑜伽菩萨戒》中说："若诸菩萨安住菩萨净戒律仪，贪味静虑，于味静虑见为功德，是名有犯。"声闻人贪著禅悦则不能趣向解脱，菩萨贪著禅味则不能利他，因此，菩萨戒视贪著禅味为犯戒。追求神通而修定是邪定，神通仅仅是一种能力，它需要有健全的人格作为基础，缺乏健全的人格，而又拥有神通，就像小孩玩火，那是很危险的，因此，在佛教中，慈悲、道德、智慧都远比神通要重要，忽略了德行而去追求神通是不可取的。

佛教的修行首先是依"三增上学"，即戒增上、定增上、慧增上。其次是依戒生定，由定发慧。可知佛教中修定的目的是为了开发智慧，唯有开发智慧，始能断除烦恼，完善人格，证得涅槃，解脱生死。那么，引发无漏慧的禅定，便是正定。八正道是修学佛法的中道行。释尊当初转法轮时，开口就说："一者，心著欲境不能离，是非解脱之因；二者，不正思惟，自苦其身而求出离，永无解脱。离此二边，乃为中道。”到世尊入灭的时候，又对阿难说：“自依止，法依止，莫异依止。”是说解脱，应该靠自己努力，依法而行。法是什么？八正道也。八正道是人类趋向解脱的最佳方案。四谛法门，是佛陀主要对声闻人说的，佛陀当初在五比丘转四谛法轮时说：“此是苦汝应知，此是集汝应断，此是灭汝应证，此是道汝应修。”因此，声闻对四谛法门的修行是：“知苦、断集、慕灭、修道。”也就是有苦可知，有集可断，有灭可征，有道可修，这是声闻的境界。

可是从般若慧观照四谛法，则又是另一回事了。《经》曰：“无苦集灭道。”以般若慧观照四谛，四谛法门也是无自性空，这里我们也还可以采用前面的公式：“苦不异空，空不异苦，苦即是空，空即是苦。”集、灭、道亦复如是。四谛法门在现象上显然存在染净的差别，但从无自性空的本质上看，苦、集、灭、道则又平等统一了。从四谛无差别的意义上，可以进一步悟到烦恼即菩提的道理。人世间杂染的苦果，假如它是实实在在、固定不变的，那的确是一件很令人烦恼的事。可现在以般若慧观照，苦存在并非是固定不变，换一句话说：“同样一种境界，你用烦恼心态对待，可以是痛苦不堪的；假如你用智慧观照，也可以处处泰然。”比如，别人骂你、伤害你，你在意、执着，才会烦恼；如果不在意、不执着，你还会烦恼吗？因此，人生倘若缺乏般若观照，没有丝毫的菩提，那么处处只有烦恼；如果有了般若观照，时时都是菩提，就不会有烦恼了。

第二节 解苦闷

厨川白村的“苦闷观”在中国文坛引发了近百年的共鸣。痛苦是一种客观存在，作家的痛苦、苦闷既是灵魂净化剂，又是千载难逢的创作机遇。苦闷之中孕育着创作的爆发力，寂寞之中产生着静观默察的自省力，孤独之中积蓄着自我奋斗的生命力，痛苦之中蕴藏着文学作品的冲击力。作家的创作生涯，便在这种“苦闷—超越—欣喜—苦闷”的轮回中度过。

庄子曰：“人之生也，与忧俱生。”[1] 他认为苦难是人普遍体认到的一种情感。在《至乐》篇中，庄子认为：“夫天下之所尊者，富贵寿善也；所乐者，身安厚味美服好色音声也；所下者，贫贱夭恶也；所苦者，身不得安逸，口不得厚味，形不得美服，目不得好色，耳不得音声；若不得者，则大忧以惧。”也就是指因自我的名利声色智巧之欲与喜怒哀乐之情的驱迫所带来的精神负担与心灵痛苦，被称之为“情欲之苦”。在《知北游》篇中，庄子曰：“人生天地之间，若白驹之过隙，忽然而已。注然勃然，莫不出焉；油然漻然，莫不入焉。已化而生，又化而死。生物哀之，人类悲之。”这句话道出了“生命的脆弱而短暂，死亡的无法避免，为此而引发人的茫然、哀伤、忧郁和恐惧”，被称之为“生死之苦”。在《人间世》篇中，庄子通过接舆道出：“凤兮凤兮，何如德之衰也！来世不可待，往世不可追也。天下有道，圣人成焉；天下无道，圣人生焉。方今之时，仅免刑焉。福轻乎羽，莫之知载；祸重乎地，莫之知避。”此番话就是对世人无道之苦的概述。人生的苦难何其多？概括地讲，人一生中所遭遇到的痛苦主要包括三个方面，即情欲之苦、生死之苦、无道之苦。

针对情欲之苦，在《庚桑楚》篇中，庄子认为：“贵富显严名利六者，勃志也；容动色理气意六者，谬心也；恶欲喜怒哀乐六者，累德也；去就取与知能六者，塞道也。此四六者不荡，胸中则正，正则静，静则明，明则虚，虚则无为而无不为也。”要解脱情欲带来的痛苦，则必须自觉地对其加以约束。《德充符》篇中说道，“穷达、贫富、贤与不肖、毁誉，饥渴、寒暑”皆“命之行也”。庄子认为富贵、名望等人所追逐的对象，都是由命运所支配的。如若命中注定是贫是贵，是好是坏，个人再怎么努力也无从改变，执念只会徒增痛苦和烦恼，还是顺其自然，安于现状比较好。既然情欲不是自己所能掌控的，那么刻意地追逐也就没有了意义，放下之后，对于得不到的烦恼也就不复存在了。

面对生死之苦，在《大宗师》篇中，子舆说：“亡，予何恶！浸假而化予之左臂以为鸡，予因以求时夜；浸假而化予之右臂以为弹，予因以求鸮炙；浸假而化予之尻以为轮，以神为马，予因以乘之，岂更驾哉！且夫得者，时也；失者，顺也；安时而处顺，哀乐不能入也。此古之所谓县解

---

① （清）郭庆藩撰，王孝鱼点校：《庄子集释》，上海：中华书局2004年版。

也，而不能自解者，物有结之。且夫物不胜天久矣，吾又何恶焉！”子舆他并不为自己的疾病而感到痛苦，他认为生死都是命运安排的，既然人力不可违背，因此，无论命运给他带来怎样的伤害，他都会泰然处之。庄子认为生死不过是宇宙间气的聚散，死亡是自然造化的必然环节，是命中注定的，个人无能为力。而且死亡并不意味着终结，而是新生命的开始。因此，与其迁怒于命运，为生命的逝去而悲痛，不如顺应命运的生死安排。庄子的言说警醒人们，只有安命才能使自己从死亡的悲痛中解脱出来，获得心灵的安宁。

摆脱无道之苦。人们解脱苦难的途径就是安命。要想从痛苦中解脱出来，就必须设法调整自己的心态，每一个时代都有定数，有道还是无道，乱世还是治世都是命运的安排，如果生于乱世，就只能是安于乱世。如果心存幻想，企图通过经世救国来改变，那就是自不量力，往往于事无补，甚者会引来杀身之祸。以上就是庄子对人生三大苦闷的理解。

叔本华（1788—1860）对人的痛苦也进行了深刻的思考。他认为："人之所以痛苦，就是因为他们的精神世界中有一些理性所不能达到的境界，痛苦的根源，就在于一些莫名其妙的欲望，欲望导致痛苦。"人类到底为什么需要艺术？因为艺术是人类把握世界的最直接的方式，科学只能帮助人类认识世界的表面规律，而艺术则可以帮助人类直接把握世界的本质。艺术创作者们的目标首先是要认识这个世界的本质，然后通过自己的创作来向世人传达自己的认识。生命的痛苦可以通过审美暂时得以解脱，"艺术上对于美的观照，达到暂时的否定意志，暂时的忘我。所谓美的观照，就是消除物我之间的差别。物我合而为一，以达到忘我的境界"①。

叔本华的悲剧理论与佛教的某些观点存在着内在的契合，尼采（1844—1900）的思想也曾一度震惊了世人，他们的观点深深地影响了东方许多伟大的思想家、作家。厨川白村、鲁迅也不例外，他们都曾学习、借鉴过叔本华、尼采的思想精华。我们在梳理厨川白村与鲁迅的思想源时，在他们的作品中都能隐约看到他们对二者思想的继承与超越。关于叔本华的悲剧观点以及尼采的超人学说，鉴于篇幅原因，本书将在第九章苦

---

① 叔本华著，石冲白译：《作为意志和表象的世界》，北京：商务印书馆 1982 年版，第 731 页。

闷的文学观中展开论述。

苦闷的文学是特定时代的产物，也是作家自身对苦闷与文学的思索。本论文的焦点人物厨川白村和鲁迅，他们的苦闷，既有时代的因素，也与他们自身的人生经历有着密切的关系。厨川白村感悟到人间苦与文学的关系密不可分，在《苦闷的象征》中专章阐述了人在生活中所承受的苦难。为了这些感悟，发出的或呻，或叫，或怨，或泣的声音，就是文艺。进一步讲，他认为："文艺就是朝着真、善、美的理想，追赶向上的、一路的、生命的进行曲，也是进军的喇叭。响亮的宏远的声音，有着贯天地、动百世的伟力就在此。"[①] 在鲁迅所处的时代，无论是国家的战乱还是家族的失和都让他苦闷得喘不过气来。时代的苦闷，造就了苦闷的厨川白村和苦闷的鲁迅。人的本性中所带有的黑暗面，包括背叛、嫉妒、欺骗等。人性本质的三个特性分别是自然本性、社会本性和心理本性。人的本性或本质的一般共识是一分为二的，即自然本性和社会本性，但是介于这两种本性之间还存在一种心理本性。自然本性，就是与生俱来的、自然生成的人性，主要指人们生来即有的一系列心身特点的总和，如人的吃喝需要、防卫本能、情欲等。社会本性，指后天形成的一切心理现象和品质。严格来说，只有那些表现在人与自然、社会，人与他人、自我关系方面的心理现象与品质才是习性。人的社会性是在环境与教育的影响下，与日俱生、与日俱成的。心理本性，是介于生性与习性之间的所有人性心理所表现的纷繁复杂现象的统一。心性包括思维、情感、意念、志气、才智和才能等。人性本质的三个属性的发展是相辅相成、相互促进的，人的成长和发展与人性本质的发展也是相互促进、相互作用的。

苦闷是人的一种情绪。当我们遭遇挫折或者人生的不幸时，常常会感到苦闷。人生不如意事十之八九。正是因为不如意的概率远远大于如意，所以人经常会感到苦闷。小的不如意会造成小的苦闷，大的不如意会造成大的苦闷。何为大挫折，何为小挫折，每个人的感受是不同的。当我们听闻有人自杀的消息时，普遍会下意识地想到，他在走极端前，一定是经历了巨大的痛苦，令他生不如死，活着就如同"活在地狱里"，而且觉得

---

① 厨川白村著，鲁迅译：《苦闷的象征》，南京：江苏文艺出版社 2008 年版，第 18 页。

“此生没有得救的可能”。所以他选择了死。我们大都经历过或大或小的不如意，几乎人人都曾经品味过痛苦。“没有吃不了的苦，只有享不了的福。”人不到难处就不会知道自己的承受力有多强，要受得了这些苦难。再辉煌的人生也不可能是一条直线永远向上发展，精彩的人生往往会大起大落。

个人痛苦与民族苦难。有的人在为自己失恋而要死要活时，有的人却在关心难民儿童温饱问题。有的人为了蝇头小利丧尽天良，有的人为了家族遗产兄弟相残，有的人为了一官半职使尽阴谋手段，有的人为了困难地区的人喝上干净的水，修建母亲窖而四处筹款，也有的人为了世界的和平四处奔走。以小我感情为主题的爱与不爱、离与不离、好与不好、幸福与不幸福之类的感叹与更有价值和意义的苦难相比，我们更需要开阔我们的视野与心胸。如厨川白村为日本的民族而感叹，鲁迅为中国人的国民性而苦闷，我们需要坦然面对苦难。

第三节 厨川白村与鲁迅苦闷观的启示

人的一生，谁都无法避免痛苦和磨难。厨川白村也不例外，只是他所遭遇到的苦难是常人所无法体会的。他的一生中经历了许多不幸，最令他痛苦的有两件事，第一件事是在他大学期间，家道中落，无法继续读书，最终不得不放弃已经开始的研究生学习，这对于不甘人后、性格倔强、勤奋优异的厨川白村来讲是非常难受的。正值青春多愁善感的年龄，他认定自己除了更加刻苦地学习以外，别无他途。家庭的遭遇、世态的炎凉，使得厨川白村形成了敏感易怒、忧郁孤独的个人气质，也养成了他高傲的性格。第二件事是 1915 年 3 月，他因为左脚烫伤，感染化脓，手术失败引发骨膜炎，危及生命，不得不进行截肢。这些人生中的苦难，对于普通人来讲都是难以接受的，厨川白村用自己的方式化解人生的不幸，坚持自己的梦想，艰难地前行，在他的文学事业中寻找自己的未来。

（一）厨川白村的苦闷启迪

厨川白村认为："作家的苦闷是一种正常的、普遍的心境和情绪。"在人的生活中，犹如水遇到阻力便会激起浪花、形成激流一样，必然会有两种"相触相击"的力量支配着人生。欲望的产生和欲望的被压抑，就是这种"相触相击"的力量。厨川白村说："倘没有两种力相触相击的纠葛，则我们的生活、我们的存在，在根本上就失掉意义了。正因为有生的苦闷，也因为有战的苦痛，所以人生才有生的功效。""两种力量之间，苦恼挣扎着的状态，就是人类的生活。"因此，厨川白村进而认为"生命力受了压抑而生的苦闷懊恼乃是文艺的根柢"，"一面经验着这样的苦闷，一面参与着悲惨的战斗，向人生的道路行进的时候，我们就或呻，或叫，或怨磋，或号泣，而同时也常有自己陶醉在奏凯的欢乐和赞美里的事。这发出来的声音，便是文艺"①。厨川白村曾经说，"文艺绝不是俗众的玩弄物，乃是严肃而沉痛的苦闷的象征"②。

厨川白村的苦闷观是千百年来文艺家的经验之谈。艰难困苦，玉汝于成。小成就，积之于小苦难；大成就，成之于大苦难。中外文学史的大量事实证明，苦闷的宣泄和释放，往往能产生感人肺腑，催人泪下的佳作。钟嵘在《诗品·序》中就说过："使穷贱易安，幽居靡闷，莫尚于诗矣。"通俗地讲，就是对于处在日暮途穷的社会与清贫苦寒的生存环境之中的诗人们而言，写诗是安顿心灵、排遣愁闷的最好办法。通过写诗，他们不但能消忧解愁，而且还可以显示自我价值。曹植因兄弟相争的痛苦，而写下千古留名的作品《七步诗》；陆游因为爱情的苦闷，而写出《钗头凤》这样流传至今的佳作。日本作家鹤见祐辅在《拜伦传》中说："痛苦常常是伟大事业的母亲。我们同情天才的激烈的悲苦，但又庆贺着由于天才儿的眼泪才能在地上开放出芳醇浓丽的艺术之花。他的悲苦不是他个人的，而

---

① 厨川白村著，鲁迅译：《苦闷的象征》，南京：江苏文艺出版社 2008 年版，第 17 页。

② 鲁迅：《鲁迅译文集》（第 3 卷），北京：人民出版社 1959 年版，第 6、9、23、26 页。

是亿万生灵共同的苦闷。他所留下的作品，是人类共同的泪痕，因此成为万民共有的财富。”[①] 巴金深有体会地说：“痛苦就是力量，痛苦就是骄傲。”[②] 痛苦是一种客观存在，作家的苦闷既是灵魂的净化剂，又是千载难逢的创作机遇。

超越苦闷。作家思想上的苦闷达到顶点，陷入不可解脱的苦闷之中，往往会导致自杀。中外文学史上，因思想上的矛盾和创作上的苦闷而自杀的作家不在少数，如俄国诗人叶遂宁，苏联作家玛雅可夫斯基、法捷耶夫，美国作家海明威，日本作家芥川龙之介、三岛由纪夫、川端康成，中国诗人顾城和作家三毛等。作家自杀的原因，除了政治上的失意，个人生活上的不幸，心理上的空虚与寂寞，世界观上的矛盾之外，创作上的极端苦闷也是一个重要原因。苦闷之中孕育着创作的爆发力，寂寞之中产生着静观默察的自省力，孤独之中积蓄着自我奋斗的生命力，痛苦之中蕴藏着文学作品的冲击力。创作的过程，就是一个超越苦闷、获得创作的自由和愉悦的过程。苦闷心态对于作家来说，既然无法回避，那就必须正视它、征服它、超越它。而在征服和超越苦闷之后，便是作品的诞生。当作家再度投入新的创作时，又会再次经历苦闷与超越的轮回。作家的创作生涯，便在这种“苦闷—超越—欣喜—苦闷”的轮回中度过。

（二）鲁迅的精神光华

赖晨在《鲁迅的批判性格源自童年》一文中认为，鲁迅的批判性格源自童年，而且对鲁迅性格影响最大的是其祖父和母亲。鲁迅的童年经历了家庭中许多重大变故，世人的势利、刻薄、欺凌，使童年鲁迅长期处于孤独、愁苦、漆黑之中。久而久之，也养成了他孤独、忧郁的性格。他的祖父周福清性格刚毅耿介、恃才傲物、不畏权势、锋利尖刻、愤世嫉俗，什么人都敢骂，什么人都不入他的眼。1893 年，周福清因科场行贿案被捕入

---

① 鹤见祐辅著，陈秋帆译：《明月中天：拜伦传》，长沙：湖南文艺出版社 1992 年版，第 96 页。

② 高行健：《关于巴金的传奇》，《文坛老将》，广州：花城出版社 1961 年版，第 67 页。

狱 8 年，1901 年被释放。鲁迅母亲鲁瑞的性格也很刚毅坚忍。她命运多蹇，先是长女夭折，接着公爹入狱，后来是丧夫丧子，但她顽强地承受了这一切苦难。1903 年，她听从鲁迅嘱咐，放了小脚，面对卫道士对她放大脚要嫁给外国鬼子的攻击，她不屈地回击："就是这样，你又能怎样?"

鲁迅的孤独、忧郁、惯于注视阴暗面的性格和其童年经历有很大关系。他 13 岁前，家境属于小康，祖父是内阁中书，父亲是秀才，家有 40 多亩水田。1893 年，祖父科场案发，周家顿时天塌地陷，祖父被逮捕，自己乞食于外祖父家，家境彻底败落。此后，父亲常酗酒消愁，加上吸食鸦片，身体彻底垮了，先是大口吐血，接着是全身水肿。父亲生病期间，鲁迅从忧愁的母亲手中接过要典当的物品，在世人轻蔑的白眼中，奔走于当铺和药店之间，这样持续了 3 年，直到 1896 年父亲去世。这样的家庭气氛，加上炎凉世态，使童年鲁迅长期处于压抑、愤激、沉痛之中。童年是一个人一生中最为重要的时期，在每个人的一生当中，早期经历、家庭环境及其教育的影响，是无论如何都无法抹杀的，所以说，人的性格是对童年的回忆。鲁迅少年丧父，作为长子，他要承担起对母亲和年幼的弟弟们的责任。他历尽了人生苦难，看清了人间的种种，也理解了什么是慈悲。个人的痛苦、家庭的不幸与民族的存亡相比，后者更牵动鲁迅的心。他用他的文字表达他的追求、他的不屈，我们通过阅读他的作品，能够体会他对和平的向往以及他的大爱。读者可以通过他所塑造的人物感受人间百情，人生可贵！鲁迅的作品反映社会现实，揭示人性的真善美，让我们的心灵经受洗礼，在感动人心之时启发读者对人性进行深思。

如果说信佛的祖母对鲁迅的影响是有限的，那么老师章太炎苦学佛经的事迹对他的影响则是深刻的。他阅读佛经开始于师从太炎先生之时。1914 年至 1916 年间，他购买了不少佛书，并曾出资刊印过《百喻经》等佛典。与佛学结缘，终于使他认识到了佛经的博大精深。"释迦牟尼真是大哲，我平常对人生有许多难以解决的问题，而他居然大部分早已明白启示了，真是大哲！"这样的话无疑是发自鲁迅心灵深处的感慨。

鲁迅一生，苦况不断。就拿婚姻问题来说，那一直是鲁迅心中的一味黄连。鲁迅的母亲，自作主张地为鲁迅安排了结婚的对象朱安，自此鲁迅和朱安开始了无爱的婚姻。在"五四"时期同样遭受家庭包办婚姻的人很多，郭沫若、朱自清等不胜枚举，他们有的人和包办的婚姻彻底决裂，有的人接受了父母的安排。鲁迅作为家中的长子，他深知母亲的艰难与不容易。尽管他不喜欢母亲的一手操办，但是他还是接受了“母亲的礼物”，自己生活在孤独苦闷的世界。直到遇到了许广平，他才开始了他真正意义上的爱情生活。

鲁迅遭遇过许多苦难，他是如何化解痛苦的？《两地书》中鲁迅的第一通回信（1925 年 3 月 11 日），就回答了许广平关于如何对付苦痛的问题，这是一篇十分重要的人生宣言，我们从中可以找到打开鲁迅心灵秘藏的一把总钥匙。“我想苦痛是总与人生联带的，但也有离开的时候，就是当熟睡之际。醒的时候要免去若干苦痛，中国的老法子是‘骄傲’与‘玩世不恭’，我觉得我自己就有这毛病，不大好。苦茶加糖，其苦之量如故，只是聊胜于无糖，但这糖就不容易找到，我不知道在哪里，这一节只好交白卷了。总结起来，我自己对于苦闷的办法，是专与袭来的苦痛捣乱，将无赖手段当作胜利，硬唱凯歌，算是乐趣，这或者就是糖罢。但临末也还是归结到‘没有法子’，这真是没有法子！”

1925 年 3 月 23 日的信中，鲁迅说：“必须麻木到不想‘将来’也不知‘现在’，这才和中国的时代环境相合，但一有知识，就不能再回到这地步去了。”一星期后，在 3 月 31 日的信中，他又说：“大约因为看得中国的内情太清楚，所以不免有些失望之故。由此可知见事太明，做事即失其勇，庄子所谓‘察见渊鱼者不祥’，盖不独谓将为众所忌，且于自己的前进亦复大有妨碍也。”此中的“察见渊鱼者不祥”，用得真是传神之极。事实上，鲁迅心中的黑暗远远胜过我们平时从他的小说杂文中所读到的。1925 年 5 月 30 日信中，他坦陈：“我所说的话，常与所想的不同，至于何以如此，则我已在《呐喊》的序上说过：‘不愿将自己的思想，传染给别人。何以不愿，则因为我的思想太黑暗，而自己终不能确知是否正确之故。……我对人说话时，却总拣择那光明些的说出……’”有着这样的心境，该如何自处呢？鲁迅选择的是反抗，是直接面对黑暗，是在明知没有路的地方“姑且走走”，是做那个决不回头的“过客”。

这样的人生经历，自然让人们想起厨川白村的命运多舛。厨川白村伟大的人格和奋发图强的创作，对鲁迅的震撼是巨大的，对鲁迅的鼓舞也是巨大的。“非有天马行空似的大精神，即无大文艺产生。”[①] 鲁迅对厨川白村的赞美，正是深刻地感受到了不幸的厨川白村的伟大成就。大痛苦成就大文豪，厨川白村如此，鲁迅又何尝不是如此？如果认真阅读鲁迅的著作，可以毫不夸张地说，每一句都是苦闷的佳酿，每一篇都是黑暗中迸发出的强光。厨川白村与鲁迅都崇拜普罗米修斯，这具有伟大献身精神的希腊神话之魂，不正是厨川白村和鲁迅的真实写照吗？

第四节　化解痛苦

“人生不满百，常怀千岁忧。”人生中的不如意十之八九。面对人生中的种种痛苦，如何才能自我解脱和调适？诚然，人生在世，并非谁都能够成佛陀，也并非谁都可以做厨川白村，或成为鲁迅，但是至少谁都可以参禅悟佛，谁都可以学一点厨川白村或鲁迅的顽强精神，来面对惨淡的现实苦闷。

假如做不了佛陀那样“伟大的呆子”，做不了普罗米修斯那样超凡脱俗的天神，那么，作为芸芸众生，每个人仍然可以从平淡中化解苦闷。既然世间所有人都会受苦，而且没有人能逃脱苦难，那么一个人应该敏锐地觉知到痛苦的存在。人可以去除痛苦，平愈亦是有可能的。世上存在超脱苦难的正道，所谓天无绝人之路即此意。退一步讲，“天作孽，犹可违；自作孽，则不可活”。我们可以通过脚踏实地的正念生活培育生之幸福，升华正念和洞彻，带来转化的力量。他人不可能传授排解苦闷和感受解脱苦闷的真谛，其真如就在你自己心中。他人能做的，仅仅是带给你唤醒真正自我的机会。只有等你觉醒之后，才能得到平和与欢愉的心情，这不是他人所能给予的，它深藏在每个人的心中，你深掘当下的一刻，甘泉自当涌出。

一个人要是一味追求于享乐，满脑子都想着如何获取快乐，其结果很

---

① 厨川白村著，鲁迅译：《苦闷的象征》，南京：江苏文艺出版社 2008 年版，第 2 页。

可能是悲怆的。一个人如果沉溺于欲望，贪心于欲念，终究会陷入困顿、沮丧、焦虑和痛苦的永久循环中而不得解脱。栾栋先生常讲一句话，叫“享受痛苦”。既然人生常苦，何不勇敢地面对其苦。人类的发展史告诉我们，痛苦是幸福之源，艰难是进步之头，失败是成功之母，折磨是升华之途，吃苦则成了人生的必修课。当我们把吃苦的道路浓缩起来看，痛苦的过程是快乐的基础，是超脱的铺垫，是活出精彩的必由。因而我们在陷入小苦闷或大痛苦之时，切不可悲观，更不可自暴自弃，应取的态度恰恰是鼓起信心，享受这样一份痛苦。

面对压抑，面对失败，不要对自己太过苛刻。头脑中的是非判断总会让你在面对各种“不应该”时感觉很痛苦。人无法和他的家庭以及所处的环境截然分开。过去的种种问题，在于你没能获得足够支持你保持健康的正确环境。你可以转化恐惧、绝望、愤怒、沮丧和自我苛责。正念练习可以帮助你变得更加镇定，这样你才能以更释然的方式观察处境，不带苛责地凝望自己。正念练习会释放你，使你专注于解决方案而非执拗于过去。如果有人知道如何深观自己的苦，他就已经走上了解脱之道。当今时代，由于种种社会压力和网络高速化生活，诱惑是无处不在的。进行正念训练，可以帮助我们避免无处不在的外来诱惑，把精力和意志集中到能帮你获得健康的练习上来。失念是正念的反面。你和所爱之人坐在一起，却未能集中精力去珍惜和享受这难得的共处时光，任凭心绪被其他事情拖走。又如散步，我们往往想的是下一场会面的谈话要点，而不去品味踱步的悠闲宁静。我们总是身在别处，担心着过去或者未来，却不顾当下。习性如脱缰野马疯狂奔跑，而我们却像它的囚徒一般无所作为。记住你是主人，要勒住这匹马，夺回你的自由。要让正念的光芒照耀你做的每一件事，黑暗方能消散。请倾听自己的内心，在内心深处，你究竟在渴求些什么？又该如何去满足它们？你最大的敌人是不是你自己？在维系健康方面有没有投入足够的时间和努力？如果没有，为什么？这些题目并不轻松，需要花费时间和努力去解答，有时甚至需要痛苦的自我反省，但给出回答非常必要。等你学会更加正念地去思考当下一刻所发生的事情时，你会发现，那些驱使你重蹈不健康习惯的种种动机和障碍会变得可见，而通向健康的大路也从未如此敞亮地摆在你的面前。

直面问题，痛苦也就减轻了一半。参透了问题根源，你至少不会再逃避。现在把注意力转移到痛苦上来，幸福的潜力就在脚下。只要采取正确的行动，摆脱痛苦的目标是可以实现的。要想成功，首先得树立信心。坚信你能改变坏习惯，坚信自己有执行力去贯彻那些有科学依据的好点子，这对你转化个人行为、改变行为模式至关重要。在心理学家阿尔伯特·班杜拉看来，自我效能感是任何行为变化的基础。自我效能即一个人相信自己能够显著地影响他能够做到的事。人会设定在他们看来所需改变、必须达到的目标，他们相信这些目标是能够实现的，相信自己有达致目标的行动力。学会带着同情心去倾听自己的身体，用同情心和爱心来善待自己，你才能更好地帮助自己，负罪感和无望感才会减弱，你才会更好地接受一个真正的你。爱你自己，确信你能够摆脱不幸和痛苦。譬如养兰花，它需要你专心呵护，需要你规律地浇水和培育，否则，花儿在长成前便会凋谢，你也无缘欣赏它的美丽。人就像一株兰花。要想达到盛开的彼岸，必须精心爱护自己。我们看世间万物，包括人在内，只有用同情心和爱心去观察，才能更好地对待和呵护他们。通过正念训练，你能更从容和更有兴致去滋养自己，所有的努力都会发乎内心，自然而然。要时不时给心中的幸福种子浇浇水，要问自己："应当用什么来滋养喜悦之情？用什么去滋养别人的喜悦？这方面我做的够吗？对于那些给我的生活带来幸福和喜悦的东西，我足够感恩吗？还是浑浑噩噩，认为一切好事都理所当然？"当你感觉痛苦时，你要深刻地透视当下的处境，并仍能发现身边许多美好的事物。拿起一支笔、一张纸，记下这一刻已经拥有的幸福和所有让你感到幸福的东西，做到这一点，你便有了拥抱、转化苦痛的强大基础。能转化痛苦也就能转化你不想要的种种心理垃圾——抑郁、恐惧、绝望或怨怒，把它们重化为平和与喜悦的补品。不要抛弃或拒绝你的痛苦，触碰它、面对它，转化便就在咫尺之遥。不良习惯是可以被改变的，你可以重新开始。只要充分地体会，你就能回到平衡和节制的智慧上来。想象平衡和节制就是你意识里的两颗种子，经常浇浇水，让它们茁壮成长。

正念，通向快乐之路。通向快乐之路的正念的全部所需就是你的信念和决心。走快乐之路意味着你要为摆脱痛苦设定具体的目标，一种可操作和可以达到的目标，然后每天努力实现一点。再次强调，目标必须是现实的，要与你对生活的要求相匹配。随着时间推移，随着你正念训练逐步取得进展，这条路、这种方式也就变成了你生活的方式，你能不自觉地、轻轻松松地获得快乐。要感恩痛苦给你的教训，它就像警钟，钟声令你想起过去的行动和生活方式并不适合你，你能够把自己从这场囚禁、争斗中解放出来。目前的状态，大概不能全怪你本人，但毫无疑问，你是唯一一个能够改变它的人，必须为自己行动起来，没人能替你做这件事。第一步就要明确：是你自己选择了改变。可以一小步一小步地作出改变，不要设定不切实际的目标，那只会让你重新堕入努力—失败的恶性循环，一次又一次失败的经验可不是你想要的。“不积跬步，无以至千里。”每一天，都让自己亲眼看到并相信：朝着正确方向的改变是可能的，不管改变有多小；小成功孕育大成就；成功也能“传染”。所以，究竟怎样才能帮你开始改变，并长久地保持下去呢？答案就是正念。正念是一种 2 500 多年来被数百万人实践过的生活方式，它帮助人们把生活中的苦痛转化为平和与快乐。把正念用于缓解痛苦，就像一针催化剂，可以帮你更加容易地、随心所欲地改变自己的行为。建议你把正念作为支持你走出生活囚笼，转化不良、负面情绪的好朋友。

首先从练习每天正念呼吸、正念饮食、正念走路开始。正念训练只不过是教你一种呼吸、饮食和行走的不同方式而已。如果你发现自己没法百分之百地执行计划，不要气馁，只要你在朝正确的方向前进着，就是一种进步。对自己耐心些，哪怕一周只改掉一个坏毛病，半年就是 26 个，一年就是 52 个。关键在于要有决心、勤奋地去做。记住，一时只想一事。

请你微笑吧！痛苦不是人生的全部。生命中充满痛苦，但同时也充满很多喜悦。痛苦不是人生的全部，我们在痛苦中更应该学会微笑！认识和体验生命中的欢喜，它们就在我们心中，在我们身边的每个角落，在每时每刻。当我们不愉快时，我们的情绪就会感染到身边的人，他们也会因此而焦虑不安。如果我们愉快又安详，我们的生命就能像鲜花一样绽放，我们的家人、同事、朋友都将得到我们快乐的濡润。无论我们身处何地、何时，看看蓝天白云、冬日暖阳，我们的心灵就会安憩。在今天这样的社会，因为忙碌，我们几乎没有时间去关注我们所爱的人，而我们的家人也没有时间去关注我们。偶尔有些闲暇，我们也不懂得如何利用它使我们回归自我。我们有很多方式可以打发掉这些宝贵时间，如看看电视、上上网，但我们会少了许多快乐的东西。微笑看似简单，但是现代人，无论是成人还是孩子慢慢地都不会微笑了，经常看到的是冷漠的面孔，很冰凉。

在日常生活中，如果我们能够微笑，能够有安详愉快的心境，那么不但自己身心受益，而且每个人都将受到感染和滋润。有时，我们需要提醒自己放松下来，拥有安详的心境。我们可以专门留出些时间，悠闲地散步、微笑，与友人品味清茗，庆祝彼此的欢会，就好像我们是这个地球上最快乐的人。这不是逃避，而是一种治疗和康复活动。开始微笑吧，这意味着我们没有被淹没于遗忘当中。

微笑可以使你脸上的几百条肌肉和神经系统放松，微笑可以使你把握自己，当你微笑的时候，你会认识到微笑创造的奇迹。当坐在这儿的时候，笔者不想其他任何地方，不想过去，不想将来。笔者坐在这儿，而且笔者知道自己在哪儿，这是非常重要的。我们习惯于活在将来，而不是现在。我们常说："等我毕业了，拿到学位，那时候我就可以好好地活了。"等我们好不容易拿到学位了，我们会对自己说："要想好好活，我得找个工作!"找到工作后，该买房子了。我们总是不能活在当下，我们习惯于将"好好地活"推向遥远的、不可知的未来。如果现在这一刻不能好好地活，那么我们可能终其一生都不曾好好地活过。因此，生活的技巧——如果我们不得不提及"技巧"这个词儿的话——就是：活在当下；清醒地意识到我们活在此时此地；人可以好好地活着的唯一一刻就是当下这一刻。"这一刻真美妙"，当下一刻才是唯一真实的一刻。活在此时此地，品味当下一刻，是我们最重要的任务。尽管生活是艰难的，尽管有时很难微笑，但我们还是不得不努力去做。前不久一位朋友问笔者："当我内心充满痛苦的时候，我怎么能强迫自己微笑呢？这太不自然了。"我告诉她，她能够面对她的痛苦而微笑，因为痛苦不是我们生命的全部。人就好像一台很多频道的电视机，我们按到佛的频道，我们就是佛；按到痛苦的频道，我们就是痛苦；按到微笑的频道，我们就是微笑。我们不能让一个单一的频道占领了我们，我们心中有一切事物的种子，我们一定要把握局势，恢复自己的主权。当我们安详地坐下来，我们成为真正的自己；当我们向一台电视节目开放自己时，我们就是听任自己被这台节目所侵略。当然电视节目有时是好的，但大多数时候它们是嘈杂无意义的。因为我们想要自我以外的其他东西，所以我们就待坐在那里听任一台喧嚣的电视节目侵占我们的大脑，浪费我们的时间。所以，我们要回归真正的自我。回归自我是为了看清楚正在发生的事情，保持清醒、微笑、呼吸，这些都是与沉溺、麻木、被动、消极相反的。微笑、理解与爱的能力是人所应该具有的，微笑是很重要的，如果我们不能微笑，世界上就没有和平，就没有了快乐。所以开始微笑吧！

时下的“凤凰男”与其说是靠求学“飞”出山村的，不如说是“浴”苦难而重生的。虽然他们留在城市工作生活，但是早年农村生活的残酷与艰辛，给他们的心灵留下了深刻的烙印。这使得他们普遍具有那些家境良好的人所不具有的吃苦耐劳的精神以及拼搏的狠劲。当城里人经不住挫折、打击，拈轻怕重求安逸时，“凤凰男”们正靠着困难中磨砺出的韧性，扛起了更多重任；当城市里的“富二代”在挥霍烧钱的时候，“凤凰男”们懂得珍惜生活，珍惜目前的拥有；当城市里的青年人在混吃啃老的时候，“凤凰男”们正靠自己的双手努力奋斗，为父母和下一代创造更加美好的生活；当城里人浑浑噩噩度日的时候，“凤凰男”们正在各行各业实现着自己的人生价值。当你觉得没有安全感的时候，当你觉得前途未卜的时候，不要停下来，向前走吧，尽自己的所能去努力奋斗，看看未来究竟会怎样。如果你有梦想或愿望，那就让心灵先到达那里，然后朝着那个地方，脚踏实地，采取行动。一个从来没有见过猛虎的人，可能会惧怕豹子，但是一个战胜过老虎的人，面对更强壮的狮子都不会退缩。苦难就像人生的拦路虎，今天你战胜了它，明天就无所畏惧。

不要抱怨我们人生路上的苦难、贫困和坎坷，总有一天你会感谢今天的所遇。

小结

透视苦闷不是为了苦闷，而是为了走出苦闷。人类的哲学家们意识到苦闷之后，都纷纷思考如何化解苦闷。斯宾诺莎的伦理学中探讨了两个问题：一是我们怎样才能产生主动的情感；二是我们怎样才能体验到最大量的快乐和激情。这两个问题都和力量相关，斯宾诺莎的道德表现为世界中的存在方式和行为方式。道德是一种提高行为能力的“快乐伦理学”。

在成长的某个阶段，总会有那么一次深刻的错误、遗憾，甚至难堪，让人耿耿于怀、痛心疾首，即使有过千百回的反思、痛悟、自责，也难找到出口。与其深陷其中不能自拔，不如把苦难看作是对自己心灵的一次净化。每个人都必须经历从年幼无知到成熟懂事的成长过程，要敢于承认自己的失败，眼光要长远，要大度，要放得开。地狱是自己设置的，走出来要靠勇气，也要靠智慧。人生要能够经历失败，要敢于面对失败。如果能够消化失败，将自己的人生重新打点，做得像模像样，才是真正的了不起。无论遇到什么困难都不要放弃，经历辛酸、苦难和磨炼，才能成长为参天大树。

第五章

论象征化

象征，一向被人们定格在修辞学的范围内，各种文艺理论著作中都把它作为隐喻某种内容的表达技巧。或象情，或征物，始终未超出物象情理的美言方式。栾栋先生看到了象征出神入化的特点，将其称为“一种重要的文学创作原理和文学审美活动”。在其《诗说》讲义中，他对象征有如下界说：“象征是诗学领域的灯烛，艺术殿堂的户牖。其高致并非修辞二字可穷尽。天宇有日月，世称‘丽天之象’。文学出象征，是为美文之睛。象征者，人之文，天之眼。人文天眼，其启人也深，化人也速。故曰，象征化乃文学艺术的灵窍。”[①] 这段对象征的定义，对我们分析和论述厨川白村与鲁迅的文学象征思想颇有启发。本书试从“创作原理和审美方式”的角度，对厨川白村的“象征”说作相应的解读。

厨川白村提出了一个非常引人注目的文学命题：“文学是苦闷的象征。”研究厨川白村思想的学者，都对这个命题津津乐道。其实这个命题的重要性，不在于它给学界提供了一个关于文学的定义，而在于它指出了一条非常重要的研究文学包括艺术的路径，即象征化。厨川白村的象征化思想具有丰富的审美内涵和深邃的理论意义，它涉及许多事关文学要义的学术问题，诸如，文学的底蕴是什么？文学何以为文学？文学产生于什么样的过程？文学何以让人喜闻乐见？文学的本质是什么？本章限于话题中心要求，不能对这些问题逐一展开论述。此处仅就厨川白村关于文学象征的基本思想，谈出笔者的若干学习体会。

第一节 苦闷的象征化

《苦闷的象征》一书，因标题的缘故，把许多学者引向了苦闷与象征的关系研究。而该书的一个重要的思想——象征化，却被忽略。东西方学者中把人文与苦闷联系起来的大有人在，中外远古的“黑暗”说，古希腊的斯芬克斯神话，柏拉图的“洞喻”，亚里士多德的“净化”观，古罗马尤里纳乌斯“愤怒出诗人”的名言，先秦的“情志”说，屈平的骚体

---

① 栾栋：《诗说》手稿。

“幽怨”，司马迁的“发愤著书”，均属此类。这些说法虽然涉及苦闷，但是苦闷没有在思想文化的总体上扩展开来。把苦闷最先扩大化的著作应首推《圣经》，人生来有罪的“原罪”说，是苦闷遍天下的开先河之作。把苦闷既世俗化又学术化的学说是弗洛伊德的精神分析学，弗氏“本我”、“自我”和“超我”的思想，在过去百年中产生了深远的影响。厨川白村的文艺思想就是在精神分析学的基础上发展起来的。他在《苦闷的象征》中明确地说：“人间苦和文艺，应该怎样看法呢？对于这些问题，当陈述自己的管见之前，先在这里引用的，是在最近的思想界上得了很大势力的一个心理学说。”[①] 他指的就是弗洛伊德所创立的精神分析学。

弗洛伊德将人类与生俱来的性压抑看作苦闷（malaise）之源，看作病理之根，看作已成为无意识和潜意识中的晦涩的存在。[②] 他也认为梦是潜意识欲望的满足，在梦是欲望逃逸、意识网罗的变相意义上，也可以将之理解为苦闷的象征。[③] 但是他在苦闷有其象征的标志处裹足不前。厨川白村接过了弗氏的苦闷说，但是扬弃了弗氏的泛性论。他把弗氏的“性冲力”改变为与自然和社会压力对抗的“生命的活力”，这就是他所说的“两种力”。先看第一种力，即生命的活力，或曰生命的创造力。“我们的生命，本是在天地万象间的普遍的生命。但如这生命的力含在或一个人中，经了其‘人’而显现的时候，这就成为个性而活跃了。在里面烧着的生命的力成为个性而发挥出来的时候，就是人们为内底要求所催促，想要表现自己个性的时候，其间就有着真的创造创作的生活。所以也就可以说，自己生命的表现，便是创造的生活了罢。”[④]（引文生涩，是鲁迅译著原文。以下引文也有此现象，恕不重复说明。引者注。）

生命的创造力是天地间最宝贵的元素。然而，所有生命的存在或生命

---

① 厨川白村著，鲁迅译：《苦闷的象征》，南京：江苏文艺出版社 2008 年版，第 9 页。

② 弗洛伊德著，高觉敷译：《精神分析引论新编》，上海：商务印书馆 2009 年版，第 44 页。

③ 弗洛伊德著，高兴、成煜译：《梦的解析》，北京：北京出版社 2008 年版，第 10 页。

④ 厨川白村著，鲁迅译：《苦闷的象征》，南京：江苏文艺出版社 2008 年版，第 3 页。

的活力都不是一帆风顺的。激发生命创造力的是另一种因素，或曰另一种力量，厨川白村称之为“强制压抑之力”。“我们为要在称为‘社会’的这一个大的有机体中，作为一分子要生活着，便只好必然地服从那强大的机制。使我们在从自己的内面迫来的个性要求，即创造创作的欲望之上，总不能不甘受一些什么迫压和强制。尤其是近代社会似的，制度、法律、军备、警察之类的压制机关都完备了，别一面，又有着所谓‘生活难’的恐吓，我们就有意识地或无意识地，总难以逃离这压抑。”①

显而易见，厨川白村将这两种力普遍化。生命的活力，在厨川白村那里也唤作自由和解放的内驱力，“永是不愿凝固和停滞，避去妥协和降服，只寻求自由和解放的生命的力”②。他不仅看到了生命活力中“寻求自由和解放”的积极的一面，也看到了其中消极的甚至是务必引起人们警惕的一面，即欲望推动人作恶的一面。他说：“我们有兽性和恶魔性，但一起也有着神性；有利己主义的欲求，但一起也有着爱他主义的欲求。如果称那一种为生命力，则这一种也确乎是生命力的发现。”③ 一方面，是内有生命力的个性发展的向上运动；另一方面，是外在社会的各种压抑机制。两种力相辅相成，交织组合，于是就爆发出了创造生活的根底动力。这种创造是折磨的、艰难的，因而是异常苦闷的。

当厨川白村把苦闷纳入象征化的过程中研究时，不论是生命成长所遭受的压抑和戕害，抑或每个人内心种种欲念的蛊惑和斗争，都构成了他所说的重要现象——“生的苦闷”。既然肯定了这生命力，这创造力，则不能不将这种力量和相反的压力，即自然的逼仄、社会的逼迫、道德因袭的负担、法律法规的拘束，诸如此类的状况所产生的冲突，“看作人间苦的根柢”。在人间苦的根柢上安放文艺的基石，故而苦闷有其重要的乃至不可或缺的用场。他说：“正因为有生的苦闷，也因为有战的苦痛，所以人生才有生的功效。凡是服从于权威，束缚于因袭，羊一样听话的醉生梦死之徒，以及忙杀在利害的打算上，专受物欲的指使，而忘却了自己之为人的全底存在的那些庸流所不会觉得，不会尝到的心境——人生的深的兴

① 厨川白村著，鲁迅译：《苦闷的象征》，南京：江苏文艺出版社 2008 年版，第 4 页。
② 厨川白村著，鲁迅译：《苦闷的象征》，南京：江苏文艺出版社 2008 年版，第 2 页。
③ 厨川白村著，鲁迅译：《苦闷的象征》，南京：江苏文艺出版社 2008 年版，第 7 页。

趣，要而言之，无非是因为强大的两种力的冲突而生的苦闷懊恼的所产罢了。我就想将文艺的基础放在这一点上。”①

文学如梦，是由两种力量作用的结果。一种是生命为了生存而积聚和激发的活力，另一种是围困和束缚生命的种种压力。这两种力量的摩擦、冲撞、较劲，幻化出复杂多样的变数，以无常的无奈，给人造成无数的压迫，这就是文学的底蕴。厨川白村对“文艺根柢”的透视是有其生活经历的基础和人生况味的。看看他关于苦闷的一段肺腑之言，就会明白这位杰出的文豪，原本是从苦难中走来。“‘活着’这事，就是反复着这战斗的苦恼。我们的生活愈不肤浅，愈深，便比照着这深，生命力愈盛，便比照着这盛，这苦恼也不得不愈加其烈。在伏在心的深处的内底生活，即无意识心理的底里，是蓄积着极痛烈而且深刻的许多伤害的。”②

厨川白村是一个秉性勇敢的人，他从未屈服于自然的压迫和社会的辖制；他同时是一个意志坚强的人，始终抗击着生的痛苦和死的威胁。厨川白村也是一个正义感很强的人，他一直不愿被物欲支配，更不愿与蝇营狗苟之辈同流合污。从上述这段话中，可以明显地看出其不屈的精神和高洁的人品。知之艰难，行之更不易。厨川白村知之，行之，言行诚信，表里如一。纵观其短暂的一生，他不仅是这样主张，也是这样践行的。一个家道衰落的人，一个中途辍学的人，一个截去左脚的人，一个与日本军国主义国情格格不入的人，一个大声疾呼要改造日本国民性的人，他自然活得非常苦闷，活得非常不自在。天妒其才，国厌其才，俗忌其才。在这样的环境和氛围中，他给出了自己异常执着的文艺求索，用他的话说，那就是：“一面经验着这样的苦闷，一面参与着悲惨的战斗，向人生的道路进行的时候，我们就或呻，或叫，或怨嗟，或号泣，而同时也常有自己陶醉在奏凯的欢乐和赞美里的事。这发出来的声音，就是文艺。”③

苦闷是文艺的酵母，文艺是苦闷的象征。“这发出来的声音，就是文

---

① 厨川白村著，鲁迅译：《苦闷的象征》，南京：江苏文艺出版社 2008 年版，第 1 页。

② 厨川白村著，鲁迅译：《苦闷的象征》，南京：江苏文艺出版社 2008 年版，第 17 页。

③ 厨川白村著，鲁迅译：《苦闷的象征》，南京：江苏文艺出版社 2008 年版，第 17 页。

艺。”厨川白村这句话，把苦闷与文艺的距离拉得特别近。形象地陈述有其直观的好处，但是也有其不足之处，即容易给读者造成一个假象，似乎苦闷即文艺。厨川白村的用意是说苦闷乃文艺的根源，是文艺的内涵，是文艺之为文艺的基本元素之一，而并非直接指陈苦闷本身就是文艺。苦闷究竟怎样才能产生变数？怎样才能变成文艺？经受苦闷或思索苦闷的人如何才能变成文艺家？要明了这些问题，有必要探索厨川白村《苦闷的象征》对梦的阐发。

在解释苦闷现象时，厨川白村借用了弗洛伊德的思想——“梦”说。厨川认为梦就是苦闷的象征，这一点与弗洛伊德的说法一致。弗氏与厨川氏都认为梦是苦闷的象征。区别在于，后者认为梦不但是苦闷的象征，而且是苦闷的象征化。他借“梦”，不是为了说梦，而是为了完成他的象征化理论。他认为梦是人们对现实生活及其压抑机制的“间隔”处理：“我们的生活，是从‘实利’、‘实际’经了净化，经了醇化，进到能够‘离开着看’的‘梦’的境地，而我们的生活这才被增高，被增强，被扩大的。将混沌地无秩序无统一似的这世界，能被观照为整然的有秩序有统一的世界者，只有在‘梦的生活’中。拂去了从‘实际底’所生的杂念的生昏，进了那清朗一碧，宛如明镜止水的心境的时候，于是乃达于艺术底关照生活的极致。”[①]

我们看到，厨川白村像弗洛伊德一样，也曾就压抑解梦，就梦说象征。但是他与弗洛伊德不同的是在梦的象征特点上推进了一步，梦对现实生活的“间隔”活动和把人“拉进”幻化苦闷的超然境界。在这一点上，厨川白村与弗洛伊德相去不远。[②] 但在将苦闷象征到底和经象征而成就精神的执着方面，他却让弗派精英望其项背。他不是宣扬受虐精神，而是坚持一种不畏艰苦，勇于有为的品格。这一点，与精神分析的学者们把苦难只作不幸，把苦闷解为病态截然不同。在《苦闷的象征》开卷伊始，他以“两种力”的电光火石般的语言，阐发了苦闷作为“人生的深的兴趣”。到该著作的最后一篇《原人的梦》中，他用人类原始的梦来结束《苦闷的象

① 厨川白村著，鲁迅译：《苦闷的象征》，南京：江苏文艺出版社 2008 年版，第 68 ~ 69 页。

② 厨川白村著，鲁迅译：《苦闷的象征》，南京：江苏文艺出版社 2008 年版，第 38 页。

征》全书，神话和巫术等原初的起点，构设了苦闷文艺论著的尾声。一个永恒的象征苦闷的梦贯穿全篇。苦闷自始至终，象征原始要终，梦境在象征化的苦闷中，矫若游龙，翩若惊鸿，昂扬奋发，成全了那么一种对于人类来说弥足珍贵的精神。

第二节　文艺的象征化过程

苦闷变成文艺是有一个过程的。这个过程，或者说这段距离是最让厨川白村费心的学术求索。在《苦闷的象征》中，他深入地揭示了关于苦闷转化为文艺的复杂过程。如果把他关于文艺理论的思想用一句话来概括，那就是象征化。什么是象征化？在这里我们从文艺起源、文艺创作、文艺鉴赏三个方面进行解析。

象征化是文艺起源的摇篮。厨川白村在《文学起源》这一章，用了两节的篇幅专谈祈祷与劳动以及原始人的梦。原始人对宇宙万象的好奇，对万物有灵的惊赞，对超自然神力的憧憬，都经由沉睡中的梦境和清醒中的幻想得到体悟。神话、巫术、祈祷、礼拜等迈向宗教礼仪和文学艺术的活动，都是在象征的催化和驱动中产生。“他们对于自然力，抵抗的力量很微弱，所以无论对于地水火风，对于日月星辰，只是用了感谢、赞叹，或者诅咒、恐怖的感情去相向，于是乎星辰、太空、风、雨，便都成了被诗化、被象征化的梦而被表现。”[①] 象征，在厨川白村那里就是诗化——审美化的代称，也是宗教——神圣化的别名。象征化的伟大功能，“就是将这样的感情，这样的想象，作为一个摇篮，而诗和宗教这对双生子，就在这里生长了”[②]。他把象征化既看作是神圣事物的形成过程，也看作是审美活动的精神酵母。对于文学艺术的生发而言，象征化是促使苦闷中的生命实现“自由飞跃”的精神羽翼，文学艺术生成的奥秘就在其中。通过这样一

---

① 厨川白村著，鲁迅译：《苦闷的象征》，南京：江苏文艺出版社 2008 年版，第 77 页。

② 厨川白村著，鲁迅译：《苦闷的象征》，南京：江苏文艺出版社 2008 年版，第 77 页。

番对原始人精神现象的爬梳剔抉，他给了读者一个明确的提示：“倘将那因为欲求受了限制压抑而生的人间苦，和原始宗教，更和梦和象征，加了联络，思索起来，则聪明的读者，该明白文艺起源就在那里罢。”①

象征化是文艺突出的特征。在厨川白村那里，象征是一个宝贝。他用梦中的心象来说明象征，也把人类生活中的立象尽意的事物当作象征，尤其把文学艺术创作和鉴赏当象征。“所谓象征主义者，决非单是19世纪法兰西诗坛的一派所曾经标榜的主义，凡有一切文艺，古往今来是无不在这样的意义上，用着象征主义的表现法。”② 在这里，厨川白村很清楚地把象征化提到了文艺之为文艺的理据上来。他进而把象征化解释为“热流”的涌动：“动弹不止的生命力受了压抑和强制的状态，是苦闷，而于此也生热。热是对于压抑的反作用；是对于 action 的 reaction。”③《苦闷的象征》一书中列举了从古至今许多诗人的作品，特别是莎士比亚脍炙人口的诗句：

诗人的眼，在微妙的发狂的回旋，
瞥闪着，从天到地，从地到天；而且提出未知的事物的形象来，
作为想象的物体，
诗人的笔即赋予这些以定形，
并且对于空中的乌有，则给以居处与名。

——《夏夜的梦》第五场，第一段

厨川白村解释说：“在这节的第一行的‘发狂的回旋’（fine frenzy rolling），就是指我所说的那样意思的热。然而热这东西，是藏在无意识心理的底里的潜热。这要成为艺术品，还得受了象征化，取或一种具象底的表

① 厨川白村著，鲁迅译：《苦闷的象征》，南京：江苏文艺出版社2008年版，第76页。

② 厨川白村著，鲁迅译：《苦闷的象征》，南京：江苏文艺出版社2008年版，第23页。

③ 厨川白村著，鲁迅译：《苦闷的象征》，南京：江苏文艺出版社2008年版，第28页。

现。上面莎士比亚的第三行以下，即可以当作指这象征化、具象化看的。"[①] 他把苦闷及其释放理解为作用于反作用的过程，理解为诗人化身为象征化，对于苦闷岩浆所酝酿热力的升华性的释放。这就是他反复强调的象征化过程。厨川白村还把象征化解释为"改装"，即把各种苦闷的意识，苦闷的情绪，苦闷的思想，"改装"成梦想、诗情、画意。他有一句名言："改装是象征化。"[②]

象征化是文艺鉴赏的途径。文艺是苦闷的象征，意味着文艺作品得以产生的环境是苦闷的，文艺作品的作者是苦闷的，文艺作品的内涵是苦闷的。快乐的情绪大致相似，苦闷的心境各有不同，于是，一个连带的问题出现了：文学艺术的鉴赏过程也是苦闷的吗？厨川白村认为，创作是将苦闷转化为象征的过程，就像"经了'生育的苦痛'之后，产毕的母亲就有欢喜一样，在成全了自己生命的自由表现的作家，也有离了压抑作用而得到创造底胜利的欢喜"[③]。鉴赏者，经历的是与创作者相反的途径，然而得到的则是与创作者同样的欢乐或愉悦。他用鉴赏活动的四个阶段来揭示读者或观众的象征化心理。第一阶段是"理知的作用"，即我们今天所说的认知过程。读者通过作品的故事材料、结构形式、语言叙述等媒介，"懂得文句的意义，或者追随内容的事迹，有着兴会之类"[④]。由事类材料推进，就进入第二阶段——感觉的作用，即诉诸眼、耳、鼻、舌、身各种感官的文艺功能。在视、听、嗅、味、触当中，视听感官最为突出。然而对于艺术鉴赏来讲，虽说诸种感官各有特长，最能引人入胜的还是"统觉"或曰"通感"的共同作用。第三阶段是"感觉的心象"，"这并非立即诉于感觉本身，乃是诉于想象的作用，或者唤起感觉底的心象来。经过了第一的理知，第二的感觉等作用，到这里才使姿态、景况、音响等都在心中

① 厨川白村著，鲁迅译：《苦闷的象征》，南京：江苏文艺出版社 2008 年版，第 29～30 页。

② 厨川白村著，鲁迅译：《苦闷的象征》，南京：江苏文艺出版社 2008 年版，第 20 页。

③ 厨川白村著，鲁迅译：《苦闷的象征》，南京：江苏文艺出版社 2008 年版，第 30 页。

④ 厨川白村著，鲁迅译：《苦闷的象征》，南京：江苏文艺出版社 2008 年版，第 46 页。

活跃，仿佛在眼前”①。“感觉的心象”不可或缺，感从物起，象触心动。没有这个环节，读者不可能介入文艺作品象征感召的微妙之处。第四阶段是“情绪、思想、精神、心气”的高度融会。“到这里，作者的无意识心里的内容，这才传达到读者那边，在心的深处的琴弦上唤起反响来，于是暗示遂达到了最后的目的。经作品而显现的作家的人生观、社会观、自然观，或者宗教信念，进了这第四阶段，乃触着读者的体验的世界。”② 在这个阶段，读者能够深层次和全方位地与作品的精神相互激发，达至高峰体验的状态，作家在作品中所创造的象征化境界，向读者大幅度地敞开。象征化的活动如同纽带，作家与读者因此而紧密相接。作品是象征化的结晶，作家与读者则在不同时空经历着共同的象征化运动：作家—无意识心理—心象—理知感觉—作品；读者—无意识心理—心象—理知感觉—作品。③

上述几个方面表明，厨川白村所阐发的象征问题，已经不是一般的表现手法，而是关涉到了文艺本质探讨、文艺创作方法和核心术语的理解。这些问题已经不属于创作实践的范围，需要在理论的层面作进一步的讨论。

第三节　象征化丰富了文学理论

象征化作为思想的艺术，不仅对文学创作有重大的作用，对文学理论建设也有举足轻重的影响。厨川白村在《苦闷的象征》一书中，对这些方面有入木三分的理解和大气磅礴的运用。我们认为，他以象征化为纲目，在文学基本原理、创作方法和核心术语等问题上，作出了非常有意义的建

① 厨川白村著，鲁迅译：《苦闷的象征》，南京：江苏文艺出版社 2008 年版，第 49 页。

② 厨川白村著，鲁迅译：《苦闷的象征》，南京：江苏文艺出版社 2008 年版，第 50 页。

③ 厨川白村著，鲁迅译：《苦闷的象征》，南京：江苏文艺出版社 2008 年版，第 52 页。

设。从文学思想的权重分布而言，基本原理是其中几个根本问题的理论解析，包括文学本质、文学起源、文学功能和文学创作等学术要点。厨川白村将这些问题与象征化理论结合在一起，有效地丰富了这个领域的学术研究。

首先，看看文艺的本质问题。在本章的第一节“苦闷的象征化”中，已经切入了这个话题。用苦闷的象征化解说文艺问题，就是在沟通苦闷与象征之间的内在必然联系。厨川白村很明白文艺的根本追求，他说：“文艺纯然是生命的表现；是能够全然离了外界的压迫和强制，站在绝对自由的心境上，表现出个性来的唯一的世界。”① 这种终极的追求压根就没法彻底地达到。因为人生于痛苦，长于磨炼，死于不甘，这是命运。如果说文艺能给人以提升，那么“不妨说，无压抑，即无生命的飞跃”②。苦闷就是人生。苦闷的象征化，乃是文艺。这种对文艺本质的概括，实际上道出了厨川白村关于文艺本质的所有要点。因为这个定义中包含了他关于文艺基本问题的最核心的看法。在本章的第二节“文艺的象征化过程”当中，笔者对文学与象征化之间关系的剖析，实际上已经从创作的角度，把文艺与苦闷象征如何相辅相成和为什么可以相互置换的问题和盘托出。揭示出了文艺的底蕴、内涵和生成过程，就等于昭显了文艺的基本特征。审美，即由痛而苦，达至痛而快。

其次，让我们考察一下文艺的源泉。厨川白村给我们的答案是：源泉在于苦闷的意识。一切实证主义的文艺源泉观，都将文艺本源推到生活或存在那里。这个方向固然没有错，但是毕竟过于迂阔。人类世界的一切生产活动都可以归结到生活中去，这样一来，作为精神性活动的文艺就忽略了其独特性。厨川白村敏锐地体察到了这一点。他不是没有看到，苦闷的原因既有自然生命的无奈，又有社会制度和人类文明传统的必然，这在《苦闷的象征》的第一章的六个小节中，均有深切的论述。“两种力”、“创造生活的欲求”、“强制压抑之力”、“精神分析学”、“人间苦与文艺”，这些论题都讲到了难堪的生活与不忍的存在。尽管如此，他还是把苦闷的

---

① 厨川白村著，鲁迅译：《苦闷的象征》，南京：江苏文艺出版社 2008 年版，第 9 页。

② 厨川白村著，鲁迅译：《苦闷的象征》，南京：江苏文艺出版社 2008 年版，第 8 页。

意识当作文艺的源泉，并对这个问题紧抓不放。他这样做的理由不难理解，因为苦闷的意识是文艺根脉直接汲取营养的地方。任何研究，如果无止境地向上追索本源，不仅可以追到社会生活，追到文化存在，甚至可以追到地球历史，乃至宇宙起源。这些存在都可以是源泉，可是这些与文学艺术有远因而少近缘的实在，与审美的精神创作和意识之花明显有所区隔，有所疏淡，而且文学艺术有与生活的关联，即便有直接和间接的缘由，也不能要求作家及其作品与生活贴得太紧，绑得过死。意识，不论是有意识，还是无意识，那是人之为人的大脑系统和中枢神经积累了无数岁月的精神世界。文学艺术所要进行象征化加工的对象——厨川白村所说的“改装”的内容，不是遥远的或就近的生活，而是被人们的生理和心理机能积聚和加工过了的苦闷的意识。因为先前的和就近的以及当下的生活都得经过苦闷的意识化，这个意识化，在厨川白村看来，也是象征化的过程。[①] 从文艺的特性上看，他把象征化作为衡量审美活动的尺度，自然就把文艺的源泉锁定在作为苦闷的无意识和潜意识范围。换言之，意识通过无意识的梦境和潜意识的幻觉，对自然、生理和社会历史做着一般性的象征化处理；而文学艺术则是通过审美性的象征化，将过去、现在以及未来（“预言”式地）纳入把握世界的想象过程。厨川白村在其《苦闷的象征》的第一章第六节，特别强调“无意识心理的底里”的积存，特别强调象征化过程之重要，目的就在于此。厨川白村把象征化过程称作“拉进”的研究方法。在文艺的源泉问题上，我们再次看到了他“拉进”的良苦用心。[②]

最后，有必要探讨文学艺术的创作方法。这也是文艺学的基本问题之一，厨川白村是用“象征化”来说明这个原理的。关于这个问题，我们在本章第二节论述创作过程时已有所阐发，然而，对于象征化就是一种创作方法的原因尚未深究，这里有必要就此作进一步的解析。通读《苦闷的象征》，就可以看到一个重要的学术分辨点，即厨川白村把创作方法和写作技巧断然分开。在他的思想中，创作方法是文学创作所遵循和所推演的基本方法，所以他的整个著作对这个问题紧抓不舍，厨川白村无疑是正确

① 厨川白村著，鲁迅译：《苦闷的象征》，南京：江苏文艺出版社 2008 年版，第 26、74、76 页。

② 厨川白村著，鲁迅译：《苦闷的象征》，南京：江苏文艺出版社 2008 年版，第 38 页。

的。创作方法不是写作的技巧或修辞手法之类具体的技能，而是引导着作家思路、贯穿于创作始终，并且决定着作品风格的思想方法；是抒发某种文学理念、展示某种创作原则，体现某种审美精神的必由之路。创作方法的择取，不仅影响着作家的写作走向，而且引领着作品的审美倾向，培育着读者的文学趣味（哪怕是在期待视野）。正是由于这些学理规范和思想特点，创作方法与文学流派密切联系，与文学征候息息相关，与文学分野互为因果。创作方法实际上是文学创作的原理，是文学原理的核心，也是文学演化显出其脉络的根据。

在人类文学史上，一种创作方法的形成和发展，常常是一种文学潮流或一种文学气象的显山露水。正因为如此，读《苦闷的象征》，处处能感受得到作者在原理上的擘画，在文学艺术必然性与偶然性关系上的阐释，包括在论及鉴赏的部分，也不失时机地拿出事关文艺本质及其特征的大原则。这个特点，鲁迅心领神会。那些拘泥于细节的人，也许会觉得《苦闷的象征》是高头讲章，觉得厨川白村的行文大而无当。其实伟大的文学家和文学理论家，往往看重的不是雕虫小技。刘勰为什么把自己的命世之作命名为《文心雕龙》呢？他为什么告诫那些“鲜观衢路”、“独照隅隙”和“庭间回骤”的人，要开拓“圆观宏照”的视野，要有“万里逸步”的恢宏和“神与物游”的非凡脱俗呢？其深刻的道理就在这里：一个杰出的文艺理论家，必须在文艺思想的根本问题上下足功夫。

深刻的思想是通过核心术语提挈的。厨川白村选择的核心术语就是象征化，并在这一点上做得有板有眼。他把象征化作为文学理论建构的基本概念，把象征化视为文学之为文学的核心审美依据。在他那里，象征化是一个贯穿始终的核心术语。他在其文学批评和思想观念中，紧紧地抓住象征化作为文学的创作方法，抓住象征化作为文学的代称，阐发自己的文学理念。他那本彪炳学林的《苦闷的象征》，标题就画龙点睛地凸显了一个文学命题：文学是“苦闷的象征”。这一命题不仅给文学下了一个本质性的定义，而且给文学梳理了内外兼通的基本特征。厨川白村运用了象征化，这一运用给他带来了巨大的成功。因为通过象征化，他在该领域的学术迷宫中找到了出口。虽然他并没有在自己的著作中说明，为什么自己起用作为审美要点和学理核心的象征化这一术语，也没有申述为什么运用象征化能产生如此出色的思想价值和这样积极的理论效应。

在这里有必要补充说明，为什么象征化作为创作方法，对于把握文学特征而言，既切中肯綮，又引人入胜。这里说的切中肯綮，是指它对文学特质的焦点关注。即便从今天的眼光看，厨川白村的象征化文学观依然是那么睿智和灵秀。它不像坐实性文学理论的过于质地，如现实主义文论拘泥于反映生活，历史主义文论执着于忠于事实；不像常见主观性文学理念的过于自信，如情志诗学的过于自我，浪漫美学的过于流荡；不像结构性文学规范的过于僵硬，如俄国形式主义文论的语言空壳倾向，新批评诗学的文本自流结局；象征化有其灵气，以精神升华过滤了现实主义文论的沉浊；象征化有其超拔，以虚实相间提炼了历史主义文论的凝重；象征化有其公道，以主体间性淡化了主观主义文论的自负；象征化有其内涵，以有意味的构设补救了形式主义文论的空洞。

第四节　象征文学大师鲁迅

鲁迅是语言大师，也是象征艺术的高手。他对象征艺术的运用，达到了一种化境，甚至可以说，他的文学作品无所不象征。关于鲁迅的象征艺术成就，学术界也有关注，但是相关论述大都是较小篇幅的文章，展开的探索相对较少。至于鲁迅的象征化思想，还没有专题研究刊出。研究者只是把鲁迅作为曾涉足象征文学翻译和创作的文学家来点评，大都忽略了他对象征化文学思想相当深厚的积累和颇为精辟的见解，紧承前三节对厨川白村象征化思想的评鉴，把鲁迅的象征化思想及其实践也提出来加以评说。本节主要讨论以下三个方面：鲁迅早期象征化文学思想回顾；鲁迅象征化文学实践透视；鲁迅风神的象征化特点。

第一方面，先来回顾一下鲁迅象征化文学思想的早期状况。鲁迅是象征文学的实践家，这一点无可争议。但是说他是象征主义文学研究的思想家，学界未必完全认同。通过对相关文献的阅读和研究，笔者深感鲁迅在象征主义文学鉴赏方面修养很高，在象征思想方面也很有造诣，称他是象征文学的爱好者、研究者也是理所当然的。

鲁迅翻译了厨川白村的《苦闷的象征》，是否说鲁迅的象征文学思想仅仅是得益于厨川白村的启发呢？答案是否定的。诚然，他在1924年看到了厨川白村的著作《苦闷的象征》。此书对他的影响相当大，但是并不能因此就得出结论，把鲁迅的象征文学研究锁定在他阅读厨川白村著作之后。鲁迅与厨川白村年岁相当（只比厨川白村小一岁），他对象征文学的关注，一点儿也不比厨川白村落后。在1902年考取官费留日读书起，他就认识到外国新文学移人性情的作用。期间鲁迅阅读了大量西方象征主义的文学作品。1909年3月至7月，他和周作人合译的《域外小说集》第一册、第二册陆续出版，其中象征主义作品占有很大比重。

这一阶段，他有一系列特色明显的象征主义作品问世。诸如，1918年发表的《狂人日记》；1921年12月至1922年2月，以巴人为笔名，在《晨报副刊》上连载的《阿Q正传》；1923年发表的《呐喊》；1924年开始创作和发表的《野草》。这些作品的象征化意味浓郁，与之同样值得关注的是他在象征思想和理论上的自觉也让人过目难忘。上述例证说明，在关注文艺象征化问题上，鲁迅至少与厨川白村同时同步。在自觉运用象征化写作原理方面，鲁迅可谓身体力行，而且成果卓著。在后一点上，厨川白村无法与鲁迅相提并论。

从理论角度看，厨川白村的文艺思想对鲁迅的影响是非常深刻的。这一影响集中地表现在《苦闷的象征》的"鲁迅化"过程。从鲁迅的购书情况可以看出，1924年之前，鲁迅购进的几乎全是古书，而从这一年春季开始，他购进外国文艺理论著作的数量激增。据《鲁迅日记》1924年4月8日载："往东亚公司买《文学原理》、《苦闷的象征》……各一部，共五元五角。"考察一下北京鲁迅博物馆编《鲁迅手迹和藏书目录》，便可知鲁迅购买的各种日文原版书，其中《苦闷的象征》至今仍存于北京鲁迅博物馆。该馆所编的《鲁迅手迹和藏书目录》还记有"厨川白村著，大正十三年（1924）东京改造社50版，精装毛边，目次前页有鲁迅先生篆文章一方"。鲁迅翻译此书的时间非常迅速。《鲁迅日记》1924年9月22日载，"夜译《苦闷的象征》开手"；当年10月10日载，"夜译《苦闷的象征》讫"。起讫日期清晰，鲁迅翻译此书前后仅用了20天的时间。

关于这部中文译稿的发表和出版，我们可以在那个年代的出版物上查到流程。在鲁迅翻译的过程中，《苦闷的象征》中文译稿的第一、第二部分已经开始在《晨报副刊》连载，具体的起止时间是1924年10月1日到

10 月 31 日。《苦闷的象征》鲁译中文单行本第一版出版的时间，据版权页所载是“1924 年 12 月初版”，这是有原版书可以查阅的。在鲁迅诞辰一百周年纪念活动期间，北京鲁迅博物馆举办了《鲁迅著作版本展览》，并编印《鲁迅著作版本展览目录》。在这个目录中，《苦闷的象征》初版本系北京图书馆提供，文字说明是“《苦闷的象征》，厨川白村著，鲁迅译，北京未名社 1924 年 12 月初版”。北京图书馆的这本藏书，是鲁迅赠孙斐君书，扉页有鲁迅的题字：“送给斐君兄。译者。”并盖有印章。

仔细阅读就会发现，鲁迅在翻译和推广厨川白村《苦闷的象征》一书时，认同了厨川白村的这一观点：“凡有一切文艺，古往今来，是无不在这样的表义上，用着象征主义的表现法。”① 作为思想家兼文学家的鲁迅，更看好的是象征化的创作方法。比如，他在 1926 年发表的《〈十二个〉后记》一文中，对象征主义“都会诗人”勃洛克有如下评价：“诗人的特点，是在用空想，即诗底幻想的眼，照见都会中的日常生活，将那朦胧的印象加以象征化，将精气吹入所描写的事象里，使它苏生。也就是在庸俗的生活，尘嚣的市街中，发现诗歌底要素。”② 鲁迅所强调“幻想的眼”与“日常生活”，“精气”与“事象”的关系，实则上就是象征诗艺“义”与“象”的熔铸出新。其间贯穿的创作方法，即鲁迅所说的“加以象征化”的过程。换句话说，鲁迅将现实与象征冶为一炉，而对“象征”和“主义”则有所疏离。象征化与象征主义是有所区别的，主义是趋于凝聚、凝结和凝固的体系；象征化则是生动活泼的气象，它可使主义化解开来，并且使文学富于意蕴。

从 1906 年初识象征主义文学，到后来的译介域外象征主义小说和诗歌，可以看到，鲁迅在 20 世纪初叶一直站在研究和宣传象征主义文艺思想的前沿。翻译厨川白村的《苦闷的象征》，是鲁迅认同和喜爱象征化文艺原理的具体表现。对《苦闷的象征》的翻译，当然进一步增强了鲁迅钟情象征化创造的审美价值取向，其中自然看得到他对厨川白村及其文艺思想的赞佩和激赏。

第二方面，是对鲁迅象征化文学实践的解读。笔者同意鲁研专家们将

---

① 鲁迅：《鲁迅全集》（第 7 卷），北京：人民文学出版社 2005 年版，第 123 页。
② 鲁迅：《鲁迅全集》（第 7 卷），北京：人民文学出版社 2005 年版，第 311 页。

鲁迅视作现实主义作家的基本论点，但是不可否认，鲁迅在其现实主义创作中，大量地运用了象征化的文学方法。至少应该说，文学大师鲁迅的艺术，在于其写实基调中渗透了象征的寄托。象征化的理论在鲁迅写实的主题中被运用得出神入化，以至于读者很难清楚地指陈哪里是写实，哪里是象征。这一点，在他未接触厨川白村思想之前已经展示得比较清楚了。他的小说《狂人日记》在1918年问世，这部作品描写了一个迫害狂病人的行为过程，通过展示其心理日记，从其疯言疯语中，读者感受到的是一个心理多疑、言语错乱、行为怪异的心理病人。“狂人”日记只是作者所描写的表层事象，“月亮”、“黑漆漆”的夜以及“黑沉沉”的屋子，暗示“狂人”的生存空间；“陈年流水簿子”、“赵家的狗”、“癫狂”，“意在暴露家族礼教的弊害”。鲁迅用这种象征化的书写，把“狂人”的社会状况像蚀铜版画一样勾勒出来，对于反封建主题具有很强的衬托作用。“狂人”形象的多面幻化、疯魔组合、意念暗示，都使这篇作品成为了象征化的典型作品，称之为向中国整个旧文化、旧制度宣战的“檄文”，一点也不夸张。鲁迅的象征手笔，从反面告诉读者，“狂人”其实不狂，他还是一个清醒的思想者。“狂人”的病态，揭示的是封建制度的罪恶，反衬出一个反封建的“精神界战士”的形象。

厨川白村在《苦闷的象征》中认为，做梦就是象征化，白日梦就是非文学的象征化文学。鲁迅在其写于1924—1926年的《野草》中，有近三分之一的篇章写了梦境，他通过离奇的梦幻来抒写其独特而又真切的艺术感受。《好的故事》里编织的是美丽的梦境，梦中支离破碎的影子是理想与现实的冲突和理想最终破灭的象征。《死火》中展现的是阴冷的梦境，即将冻灭的死火是其外冷内热炽情的象征。《狗的驳诘》中的梦境荒诞不经，折射出现实生活中的趋炎附势者，堪称是势利小人行状的象征。《失掉的好地狱》是阴森的梦，那是社会每况愈下，地狱同样黑暗的象征。《颓败线的颤动》中两段梦境诅咒的是忘恩负义的恶行，是诛心复仇的象征。《墓碣文》是作者无情剖析内心的精神手术，是另一种黑暗和虚无的象征化。《死后》则是对现实社会各种丑恶嘴脸的深切感知的象征化，鲁迅巧妙地利用了梦幻的象征方式，表达了自己的感情体验，以大量的文学作品，完成了对心灵伤痛的文学投影。《野草》用象征化的创作方法，揭开了一个陌生的世界，鲁迅则在自己的心灵世界徜徉、独语，排除干扰，直指灵魂深处，捕捉微妙的难以言传的感觉，进行更高深的哲理思索，创造出一个与现实相对立的、灵魂升腾的另一个世界。因此，《野草》的创作，最大限度地发挥了作者的想象力，大量运用象征主义的手法，艰涩、彷徨、梦幻、隐晦地创造出一个陌生化的艺术世界。那里有朦胧奇谲的“梦幻”，有“奇怪而高的天空”，有“映着许多蛊惑的眼睛”，有“鬼魂”的阴森神秘。

波德莱尔认为，象征就是“创造一种暗示”。鲁迅在其作品中不仅创造出一种暗示，而且蕴含多种隐喻。譬如《雪》所创造的多层意象。“江南的雪”和“朔方的雪”，不但景色奇特，而且意境深邃。“江南的雪”有春天的气息，预示了杏花春雨的温馨，传达出作者孤苦无依中的一点心灵抚慰；“朔方的雪”是一种磅礴大气的柔性表达，不啻壮美情怀的漫天飘洒，让人想起“战罢玉龙三百万”的酣畅，感受到孤独桀骜的象征化体验。这种虚实结合的景物描写使作者复杂的情怀得以象征化地表现出来。学界常运用主观与客观结合的方法阐述象征，阐述鲁迅的创作。其实，类似《雪》这样的作品，还真不容易分辨什么主观与客观。与其用主客两分的方式强拉硬扯，不如随鲁迅笔触变为南雪北雪，与作品文字同成浑然象征。高明的文学家都能从鲁迅那里体会到这一层。近几十年的作家，包括一些日本作家，他们笔下的雪意象，多少让人想起鲁迅的《雪》。空旷的天空，漆黑的暗夜，冷的眼，抗争的枣树，瑟缩的小粉红花……大千世界的诸般现象，一经鲁迅象征化的点染，立刻意境绵远，妙趣横生。

第三方面，鲁迅风神的象征化特点。鲁迅究竟是现实主义作家还是象征主义作家？这似乎是不必提出来的问题，因为我们近百年的文坛，很长时间是以现实主义价值取向占上风。我们也听到过革命现实主义和革命浪漫主义相结合的口号，但那是意识形态需要的主张，是政治运动需要的标语。这样的提倡有其历史的原因和当时现实的合理性。而从人类审美意识的长河着眼，文学艺术应该有超越性的追求，因为完全被现实左右着的文艺，等于是被捆绑住翅膀的凤凰，让其走，不愿其飞，走的取舍固然有一定的道理，但毕竟过于拘束。文艺的根性是超越的，文艺的命运是从有待向无待放飞的，是人类由必然王国向自由王国发展过程中的突破性的文化门类。在这个意义上看，界定鲁迅文艺风格和思想特色是一件很有难度的工作，因为现实需求和文艺的灵魂在这个界定中有争执。

强调鲁迅及其文学的象征精神，势必会引出一个问题：如何理解他的现实关怀？他有强烈的救世抱负，有改造现实的苦心孤诣，这是事实。鲁迅自己很在乎写实，在乎“为人生”写作。在他的许多著作中，写实与象征，两种因素高度融合，这一点毋庸置疑。我们要指出的是鲁迅写实的方法和目的，与巴尔扎克、狄更斯、福楼拜等人的现实主义有所不同，这些作家是以现实为蓝本，以发掘现实的本质为命意，以批判现实为职志，象征或有之，但那是为了现实化的点缀。鲁迅则充分运用了象征化，现实的物候和人间的百态都经过了象征化的处理，而且由于鲁迅处理得高明，以至于读者和研究者从每个角度看到的景观都不尽相同。笔者第一次阅读鲁迅，不论是《药》、《长明灯》、《阿Q正传》，还是《呐喊》、《祝福》、《狂人日记》，总觉得处处有现实的背景，有写实的用意，但是随着研究的深入，才逐渐悟出了一个道理，鲁迅创作的魅力，更多地来自其虚实相间的艺术化处理，说得具体点，就是善于用象征化的笔法暗示出现实的阴暗和残忍。再深一层阅读，则可以领悟到，鲁迅批判的何止是现实，他的创作何止是写实，他在诛心，诛杀人性中的坏；他在解毒，解除文明中的恶；他在启蔽，开启世界中的光。这样的创作追求，用现实主义方法去做对号入座的研究不无意义，但是拘泥于现实，毕竟肤浅。对这三层内容的咀嚼回味，象征的价值更让人难以忘怀。

笔者认为，在文艺的现实性与象征性问题上，鲁迅展现的是象征风神。此风神在其实质上，是中华民族最危急关头所激发出的不屈不挠的凄厉精神，从思想方法的角度看，那是鲁迅重新熔铸中国文化时身心以投的象征化体现。正是在这种意义上，我们说他不是现实主义，而有现实性；不是象征主义，而有象征性。在文艺理论方面，鲁迅因行文语境所致，偶尔也会用到主义的字眼，如“拿来主义”之类，刨根究底，与其说他是讲主义，不如说是为了阐发自己方法的方便之词，其中的主义二字，不无通俗化的戏谑意味。在思想深处，他是一个穿透力很强劲而且不乏灵动之人。他有足以刺破苍天的锋芒，岂能局限于某种文艺的主义。主义者，主张集大成，其体系的裹挟憋屈往往委屈英才。鲁迅说过：“非有天马行空似的大精神即无大艺术的产生。”① 天马行空是大气象，也是前文所说的大风神。这个观点既是他对厨川白村的评价，也是他自己内心深处的见地和精神世界的期许。他不是主义所能辖制之人，不论是现实主义还是象征主义都无法给鲁迅风神贴标签。如果一定要给鲁迅风神一个概括性的解释，那就是提炼出此在与彼在的象征化精神，是兼合阴阳虚实的界边思想，是象征化了的民族精魂。

通俗点说，鲁迅是寓写实于象征的象征化大师。上面已经陈述过，鲁迅在20世纪初就对西方各种文艺思潮很关注，其中对象征主义流派尤为青睐。但是他并不因此就一头扎入该流派的怀抱中，恰恰相反，他在文艺的本质问题上，汲取了许多域外文学艺术的因素，如象征主义的优长就是一个方面。象征文学艺术是西方热闹了许久的现代主义流派之一，这个流派以暗示和意象著称。其长处，鲁迅都看到了，但是在汲取的过程中则显现出非常讲究的“拿来”。鲁迅赋予象征化之中的是穿透现实苦闷的超拔的精神。在鲁迅笔下，象征化不仅有暗示和意象，而且有幽愤、空灵、晦涩、隐喻、直觉、通转等复杂多变的样态。在象征性地把握现实的同时，也象征性地把握着过去和未来。把握着现实，因而不空，有益于当下，而且影响着进程；把握着过去和未来，也就提挈着始终，不至于被现实的羁绊捆住腾飞的翅膀。这样的学术智慧，只有“苦闷的象征”最为契合。因而苦闷的象征化，是鲁迅与厨川白村不谋而合的学术契机。

鲁迅的风神充满象征化特点。这个观点貌似抽象，然而一旦进入作品就会见出端倪。我们就以小说《药》为例，它的象征意义也让人振聋发聩。华老栓为小栓寻找人血馒头的事件，为小说铺垫了一条引线，如同维吉尔导引但丁游历地狱一样，把读者导入传统文化黑暗的隧道。深一层的象征，实际上是一个深刻的问题：什么“药”才能治好广大老百姓愚昧的病？但丁的《神曲》直书各色人鬼和地狱煎熬，而《药》的寓意则更为复杂。作品中的“药”，既指治病的“药”，又暗示治疗精神疾病的“药”。“药”的意味，一语双关。写实与象征虚实映衬，交叉进行。华老栓奔赴刑场买药（人血馒头）为的是救治儿子小栓的痨病。革命者夏瑜则为了民

---

① 厨川白村著，鲁迅译：《苦闷的象征》，南京：江苏文艺出版社2008年版，第2页。

族解放引颈就戮，慷慨献身。“华”、“夏”两姓把中国的历史带入了一种深不可测的思索之中。于是“药”有了象征的警号和指向——医治中华民族痼疾之药！普通百姓华老栓买药就与华夏民族振兴的精神救治都提升到了一个特别的高度。鲁迅象征化的构思，成就了拯救中华民族灵与肉的超越性写作。写实吗？有之。象征否？自然。在写实与象征的一气呵成中披露出的是象征化的风神。风神所及，已经不是现实的主义或象征的主义的标志所能涵盖，或许应该从超凡脱俗的角度去解析。

风神贯穿于鲁迅许多作品中。《摩罗诗力说》让我们感受到夸父逐日般的豪放和普罗米修斯般的正气。《狂人日记》以精神分裂症患者的眼神，看穿了是非颠倒的吃人的世界。《呐喊》何止是铁屋中的勇士要扛起黑暗的闸门，他也呵护婴儿弱小时的纯真，抒发启蒙者无奈的天问。《长明灯》、《铸剑》透露着关于暴力革命的谈论，可又有谁能说其中没有关于如何对待传统的反思？《阿Q正传》揭露的也不仅是黑暗的社会和国民的劣根性，阿Q欺负吴妈、小尼姑的下作，不也是各国国民中都能瞥见的天性吗？《祝福》和《故乡》确实揭露了封建社会对人的戕害，往深里想，这些文字又何尝不是对命运的拷问呢？《野草》、《坟》和《女吊》表面上阴气森森，鬼话连篇，骨子里却充满了阳刚低回时仍不屈服的神话精神。鲁迅创作的无与伦比之处正在于他自己已经成为中华民族忧患意识的化身，成为中国文化凤凰涅槃的缩影，成为文明古国浴火而不灭的舍利子，成为神州大地孕育的以绝望为希望的伟人。

栾栋先生在其《原创论》讲义中有这样一段话：“中国历史上有三个人物特别值得敬仰，一是孔子，二是司马迁，三是鲁迅。他们都是最植根华夏文化沃土的顶天立地的参天大树，是最能代表中华民族精神的思想昆仑，是最富中国学术特色的气冲霄汉的剑胆琴心。他们是中华历史上的三座丰碑，三个环节，三种象征。孔子是民族心，其伦理教育提纯了三代文化，奠定了百代心性。司马迁是民族眼，其史学胆识冠绝中外今古，文学才情可与日月同光。鲁迅是民族魂，其思想推开千年阴霾，文笔穿透万种奸邪。三位泰斗，各具特色，存亡继绝，均有建树。”① 关于中国文化巨擘的论述汗牛充栋，这段话将这三位大手笔通论合观，可谓独具慧眼。

---

① 栾栋：《原创论》手稿。

小 结

概而言之，在把握文学的本质特征方面，象征化思想有其提挈各种元素的优长。象征化作为创作方法，入情入理，能让人在文学本质特征的十字路口扣住四面八方的交叉，在作家和读者的无限差异中理出万殊一辙的机枢。这个特点使文学活动的多极关系相互贯通，呈现出豁然洞开的亮堂。象征化作为文学理论的命脉，牵连着文学的各种关系而又不偏执一隅，诸如，在作者内心状态与外部世界之间的关系上，它给这种关系搭起了桥梁；在作者与作品的关系上，它给这种人文孕育和精神分娩以好生之德；在作者与读者的关系上，它给二者之间连接起了沟通心灵的纽带；在作品与读者的关系上，它给审美对象与审美者提供了有机可审的媒介；在此作品与其他作品之间的关系上，它是使二者相互影响和相互激发的活性生态系统。诚如栾栋先生所言，象征是“人文天眼”，象征化“乃文学艺术的灵窍”。厨川白村重视象征，多方位地论述了象征化的问题。他用象征化建构文艺理论大厦的尝试，可以说成就卓著，焕然成章。鲁迅很早就关注象征化的重要性，并从这个视野研究外国文学，同时他也用这个方法从事文学创作，有不少精品传世。这也是他之所以对厨川白村的《苦闷的象征》一见钟情、一往情深，产生了强烈的共鸣的原因。

第六章

谈人文

人是文学的核心，每一个作家都会在其作品中展示自己对人的理解和关注。鲁迅在他的作品中塑造了许多典型的人物形象，这些活生生的画卷已经成为人类文学的瑰宝。厨川白村则以文学理论的建构阐述了自己的人文理念。他那大气磅礴的行文，连同苦闷的文学观点以及改造国民性的文化活动，都成了人类发展长河中永恒的光芒。在作者文如其人的意义上，我们可以把他们的文学世界，看成是两位思想家精神世界的写照，也可以视之为他们给人类营造的人文家园。从读者披文以入情的观察点，我们又可以将两位大师的作品，看作是他们留给后人的跨时代隧道，在那里，时光可以走笔回流，生死可以梦里逆转，越界有望隔代对话，把卷自能会心古人。

第一节　鲁迅的人文观

鲁迅的人文观是博大精深的。在这里，我们只能以有限的篇幅，对鲁迅的人文关怀作简要的探讨。“立人为本”主要探讨鲁迅精神的灵魂；“为人生”创作是鲁迅文学活动的主旨；“思维的奇特”解析鲁迅思想的艺术魅力。

（一）立人为本

“立人为本”是鲁迅精神的灵魂。[①] 在鲁迅所处的时代，中华民族正遭受着世界各国列强的欺凌，鲁迅自青年时代就立志改变国人的精神状态。他在《〈呐喊〉自序》中清楚地表达了自己的态度，并且他认为要改变国人的精神，首推文艺，进而提倡文艺运动。鲁迅认为：“只有当具有个体尊严和独立思考能力的人被确立起来，一个现代意义上的中国的崛起和强大才是可能的。”鲁迅在这里讲到的个体尊严和个体意识的觉醒就是他的“立人为本”思想的精髓。什么是个体尊严？鲁迅认为：“每个个体都有充

① 周海婴、周令飞：《鲁迅是谁》，北京：金城出版社 2011 年版，第 7 页。

分发展自我、享受幸福的权利。每个人都拥有独立思考的权利，这是每个人的天赋人权。”[①] 个体意识的觉醒则意味着个体对自我生存价值的关注。只有拥有了个体意识的人，才能活得有尊严，像一个人样。人只有有了这样的意识，也才能具有真正的勇气。个体意识注重对人的生命价值和意义的追求，觉醒的个体尊严，激活了人的个体生命意识，这是鲁迅人格与精神最重要的地方。他要国人具有个体尊严和个体意识的思想是非常重要的，时至今日我们研究鲁迅的当下性，仍然不可避免地会思考，我们是否具有个体尊严和个体意识。鲁迅当年提出用“立人”观念来改变中国人的精神状况，这种努力现在看来还要继续推进。中国人要学会把自己“立”起来，立人首先体现的就是个体的独立担当，就是个人在精神的意义上把自己“立”起来，在社会的构架中，则体现为个人的依法维权，这种维权，表面上看是在维护一个人的正当利益，但实际上维护的是人的尊严，是在保护人的权利不受侵犯。鲁迅对文化的看法大多是基于对人性与个性精神的思考，强调的是个人的本位。

独立思考是鲁迅精神的骨髓。独立思考是“立人为本”的支撑点，一个人需要独立思考，通过独立思考明白要对自己负责的使命。一个有个体自觉的人才能真正肩负起自己的责任。封建的思想，父母的包办都是对个体意识的阻拦。人必须具有独立思考的能力和担当，人需要具有批判精神，面对中国传统文化的落后，需要勇敢地批判。鲁迅对奴性的敏感是从自己的生命感受开始的。祖父的入狱，父亲的病，自己在日本、在教育部的人生经历对鲁迅来说都是耻辱的记忆。他觉得自己就是一个奴隶。他对自己的解剖，不亚于对别人的讥讽。他通过对中国人的生存状态的评估，有了自己的切身感受，他的痛苦抗争是一种摆脱奴性的选择，他对传统猛烈的抨击源于太多的人生活在暗无天日的环境中，奴性的要害，就是没有自己的独立判断，万事自欺欺人，没有直面现实的勇气。普通的老百姓没有自己的主见，在世风里有的仅是被宰割的苦态。这样的状态是沉重的，人们没有自由的话语权，自己的一切都被无形的权力所束缚着。底层的人使用奴性的语言，矮化自己的行为，被苦日子缠绕，只能是默默地承受凄苦。奴性语言的存在，导致了国人的“无我状态”，奴性语言带来的是更

① 周海婴、周令飞：《鲁迅是谁》，北京：金城出版社 2011 年版，第 7 页。

为奴性的后果。那些奴性的人背叛主人，对人的凶残，绝不亚于他的主人，而且更为无情。奴隶的造反不是精神的洗礼，而是一种生存的位移，在基本点上，还是老路径的行走，没有新意。在思维上，多是非此即彼的逻辑，不是你死，就是我亡。这种思维一直延续到后来的社会变革。到了20世纪，不革命的，一定就是反革命的。不选择甲，就选择乙。人要超越很难，精神的复杂性被淹没了。鲁迅的文章，就是典型的从奴隶语言中解脱出来的新文字，鲁迅对非奴性语言的建造，主要体现在他对青年的扶植之中。鲁迅认为文化如果能够调动人的潜力的开掘，则会有另外的亮度。鲁迅以为，要在表达上有新的精神，那就得有天马行空的境界，这一点与厨川白村不谋而合。反抗奴性的艺术，才是摆脱苦闷的选择。

今天，中国经济已经得到了较大的发展，我们需要把中国文化的精华发扬光大。有人提出鲁迅偏激，认为鲁迅反对传统文化太过彻底。我们该如何看待？笔者认为：鲁迅的生存时代，决定了鲁迅的学术观点，20世纪的10—30年代与21世纪的10年代，相距了近100年的时间，我们不能苛求鲁迅，更不能用今天的语境来苛求鲁迅100年前的观点。他在20世纪的观点是为了新文化的普及，我们需要客观看待。鲁迅对中国历史以及中国文化的洞见是无人能及的，他思想的高度是无人能与之比肩的，他是中国当之无愧的民族魂。他在100年前提倡思想文化的创新，至今仍然是我们追求的目标。他韧性的坚守更是值得我们反思，鲁迅是一位彻底的坚守者。在物质膨胀的当代，面对金钱、权力，我们需要清醒的判断，我们需要精神上的坚守。人需要拥有个体的尊严和个体的意识，然而真正需要做到的是坚守我们的精神底线。关于独立精神的问题，鲁迅当年的主张和观点，今天依然需要我们去实现。鲁迅习惯在夜里进行创作，他经常熬夜，拖着病体辛勤笔耕，作品的字里行间书写着他的记忆、爱憎。鲁迅用力之勤，非一般人可以想象。鲁迅永远都在走着，不会停下脚步歇息，因为他知道没有终点的跋涉才是生命发光的部分。一切存在都将过去，自己的旧迹又何必在意？只有不断地走，方会觉出自己的存在。

（二）鲁迅为人生的文学

鲁迅的创作呈现出矛盾的、多色调的特点，也可以称之为复杂性。正是他广泛地汲取各国文学的有益成分，导致了他文学创作多向度的倾向。从这些林林总总的文字中可以看出，他深受各国文学斗士们的影响。鲁迅欣赏个人的自觉精神，他的文字散发着凌厉之气，走极端的例子很多。他说少读或者不读中国书，语气很坚决，鲁迅的笔触是沉重的。鲁迅的小说注重主观世界的表达，故事多为内心的活动所支配，内面世界与外面世界的界限消失了。人作为一个有欲求和自由冲动的存在，鲁迅无限的精神诉求在此升腾起来。鲁迅洞悉人间的眼力是超常的，他是一个忠实于存在、历史和自我的人。他不是建立一个固定的秩序，而是建立了确立自我而又不断否定自我的开放的艺术空间。鲁迅在大量接触西方文艺运动资料的过程中，民间的各种组织给鲁迅留下了深刻的印象，他意识到仅仅靠尼采式的个人主义情怀，不易改变文坛的面貌。新生的民间运动，倒是可以辐射到许多领域，就改造社会来讲，团体的形成很重要，而那时候大规模的革命运动对他的吸引也变得越来越强烈。于是鲁迅加入了“左联”，他觉得社会开始进入新的主奴关系中，而要摆脱这样的关系，就要进行阶级斗争。“左联”虽说是一个文艺团体，可是真的价值却是可以为新的阶级说话，但这种说话不应该是“拿大众作幌子”为自己的理论说事，自己（知识分子）本身就是大众中的一员。当时左翼作家的思想和鲁迅在许多方面存有差异。鲁迅将艺术活动和革命实践结合起来，精神层面的变革的价值，是自己可以和众人一起来实现的。鲁迅从绝望于民众到希望于民众是改变世界的一种充满爱意的选择，他不停地走着，到陌生的阵营去，这不是人人都可以做到的。鲁迅对新生的青年著作家的喜爱，绝无学院派的痕迹。豪放与温情都在那里，是人性的光泽的闪耀。鲁迅从个性张扬走向对人的认知极限的挑战，可以说是具有英雄气的。鲁迅认为新文化人应在基本点上，保持一种与传统的距离。他厌恶文言文，以及不提倡青年人读古书，是因为那些旧的文选有许多是信口雌黄，或者自欺欺人。在他看来，那些古老的遗存，与今人的个性成长是有距离的。从根本处看，它们是奴性的语言。

鲁迅看重安德列夫的是他作品中穿透现象界的力量，有一种对封闭的内心突围的快感。中国旧文人习惯了躲在暗区，只能自欺或者欺人。俄国文学贴近活的人生。1932 年鲁迅在《南腔北调集·〈竖琴〉前记》中说：“俄国的文学，从尼古拉斯二世时候以来，就是‘为人生’，无论它的主意是在探究，或在解决，或者坠入神秘，沦为颓唐，而其主流还是一个‘为人生’。”① 鲁迅所理解的“为人生”是呈现人的生命状况，沉寂的、死灭的、挣扎的都在此列，由人生而发，是精神的波光。人只有释放了这些元素，才有可能反观到自己的原态，认识自己。如果不是敞开心胸，我们只能还在木然之中。陀思妥耶夫斯基和托尔斯泰的作品给予了我们切肤之痛和内心的感动，有着与东方人文化上的相近性。鲁迅正是在这些作品中找到了思想的共鸣以及可以对话的人，他们与鲁迅的内心需求嵌合在了复杂的黑暗的文学话语中。

俄国作家的人生态度使鲁迅振奋。文学背后的存在是他所要寻觅的东西。俄国文学作为镜子而照着自己的面孔，才真正发现自己缺少了什么。俄国文学在向人的陌生的状态挑战。这些别致的表达是对人的隔膜的描写，是对灰暗生活的穿透，是鲁迅所惊讶的。鲁迅在《〈十二个〉后记》中写道：“勃洛克被称为现代都会诗人的第一人，他用空想，即诗的幻想的眼，照见都会中的日常生活，将那朦胧的印象，加以象征化。将精气吹进所描写的事象里，使它苏生，……中国没有这样的都会诗人。”② 勃洛克的象征手段，在多方面都颠覆了旧有的手段，是精神的诗意的变形。一个环境恶劣的国度，能够产生优秀的诗人和小说家，对鲁迅是一个鼓舞，他在俄国文学中发现了哲思的存在。自托尔斯泰开始，俄国的知识分子一直在良心、道德和现实之间博弈，在他们焦虑的背后，有一种改变社会的冲动，吸引鲁迅的正是俄国革命与文人之间的关系。革命之后知识分子如何生存同样是鲁迅所关注的。他隐约感到人类要有曙光，他认为俄国革命的过程，有一种哲学的与艺术的创作精神同在。俄国的写作精神中存在着一种需要东亚人学习借鉴的东西，知识分子告别个人的牢笼，进入现实的选择。中国旧文人坐而论道者多，于实际无补，和人生渐远，都是旧习俗的表现。鲁迅通过俄国文人以及俄国文学在思考中国知识分子如何与旧我不同，成为新人的可能，俄国旧知识分子能够出现新的转化的可能，对中国无疑是难得的经验。中国旧文化中没有这样的经验，而且旧文人使用着奴

---

① 鲁迅：《南腔北调集·〈竖琴〉前记》，《鲁迅全集》（第 4 卷），北京：人民文学出版社 2005 年版，第 443 页。

② 鲁迅：《〈十二个〉后记》，《鲁迅全集》（第 7 卷），北京：人民文学出版社 2005 年版，第 311 页。

性的语言，高喊着革命，实际上并没有真的行动。“左联”让鲁迅失望的正是这样的状况，所以，他开始从俄国文学中寻找反抗的力量，他相信靠一种精神的自新，可以把人领入新生的境地。

（三）鲁迅思维的奇特

鲁迅的思维在旧学与新知之间，在历史与现实中徘徊，在东方与西方的对话中思辨。他的思想是复杂的、矛盾的。他的语言有理性的确切性、有感性的敏锐性、有科学的否定性、有自我批判的意识、有哲学意味的表达。他一直走着，是一位很少重复自己思路的作家、一位有创造欲的作家、一位有好奇心的作家。他从不固守思维定势，他采用的是灵光碎片，表达的也是片言只语。他批判旧时代的遗存时，总是站在人本的立场。当传统文化成为一种无形的精神权力并充当了扼杀人的精神武器时，知识分子的良知让其不满于压迫人性的力量。当他定位于民间，他写作的逻辑起点就得到了确定。鲁迅主动放弃士大夫的表达方式，开始寻找新的语言，他的精神立足点就与众不同了。

鲁迅的思维是大彻大悟之后无言的沉默；而要说出，则难以言之，可谓是“一声多调，一影多形”。鲁迅用他极端的话语方式保留了中华民族最纯粹的东西，真与善的话语在他的表达逻辑里得到了真正的实现。他自我放逐的结果是回到了人性的原点，他冷峻、直白的背后是一种温情，善于冷嘲的内心保存着一份暖意。他在求真的同时，开始了文学创作的旅途。鲁迅的创作保持了对力量感的坚守，《野草》、《故事新编》等篇中不乏气势恢弘之作。鲁迅的文字有一种对底层人的悲悯之情，忧郁产生于无奈和孤苦的环境，人人都难以摆脱它的侵袭。鲁迅的可贵就在于他清醒地认识到了，并且能够在绝望中寻求希望。鲁迅，一个精神界的斗士，每每不忘情于苍生，怀有舐犊之情，带领青年在崎岖的路上不停地走着。

鲁迅走向十字街头，他认为俄国的共产党创造了新的社会，知识分子能参与、改造现实，改变国家的面貌。鲁迅厌恶自己的旧士大夫的文化，想要告别过去的自己。中国社会上出现了一些问题需要解决，他开始寻找解决问题的思想资源。

鲁迅创作的“自私”背后有一种大爱，他文字“清冷”的背后是炽热。他从象牙塔走向十字街头，去揭露、批判现实。鲁迅的判断是深刻的、生动的，他是从纯粹的知识分子的角度去思考当时的中国问题。他认为一部分青年应该到现实中去，去改造社会。他认为自己待在书斋里是一种无奈、无能的表现，告别书斋到民间去改造社会的青年才是最有出息的年轻人。鲁迅说文学是为人生的，之前他认为文学具有超功利的一面，后来他认为文学是为改造人生的，不能简单化地概括一个人的世界。鲁迅强调的“民族革命战争的大众文学”，大众文学就是底层民众的文学。鲁迅认为现代知识分子除了批判以外，还有理性的建设精神。他认为：“人们都说我们这一代是旧世界的破坏者，历史将证明我们同时还是新世纪的创造者。”鲁迅与其他文人不一样的地方就是他把自己对象化，经常反思自己，怀疑自己，能够认识到自己的有限。鲁迅很看重创造性，他认为在俄国的知识分子中，“同路人”作家是俄国的希望，他们改变了俄国的命运。他看到萧红、冯雪峰、胡风身上的创造性，他认为他们会更有出息，中国的革命需要有创造性的人。鲁迅一生都讨厌主奴的关系，他不断地反抗，却又不得不陷入了另一个主奴的关系之中。他在寻找、在反抗、在绝望、在行走，一直到他生命的尽头。

鲁迅是矛盾的。他反对旧传统，而自己却身陷其中不能自拔，比如说他对母亲的孝道，大家族的家长制。他警惕自己成为奴隶，但最终又成为了传统家庭关系的“奴隶”。鲁迅是执着的，他以顽强的毅力和硬骨头精神，与黑暗的势力抗争，与人性的痼疾搏击，其战斗的一生，成就了“新文化旗手”的丰功伟绩，谱写了现当代文化史上最辉煌的乐章。鲁迅是高尚的，他心甘情愿地为劳苦大众当牛做马，呕心沥血地从事新文化建设，真正地达到了“虽九死犹未悔”的境界。“吃的是草，挤出的是奶”，“横眉冷对千夫指，俯首甘为孺子牛”，这些品格都成为中华民族永恒的精神财富。鲁迅是独特的，他独具一格的文学创作让人叹为观止，其无与伦比的典型塑造，丰富多彩的语言艺术，凸显出了文学大师的如椽手笔，即便是篇幅短小的杂文，也无不体现出卓越的辩证智慧和犀利的战斗风格。有人把鲁迅称为“新文化的旗手”，有人把鲁迅视为“旧世界的克星”，有人把鲁迅唤作“新文学的泰斗”，这些称谓都有道理。笔者更喜欢将鲁迅看作是华夏的“民族魂”、国际的“文曲星”。他留给人类的精神财富，那不是能用常见的价值尺度可以衡量的，“高明恰似天边月，夜夜流光照长空”。

第二节 厨川白村的人文观

厨川白村是日本人中罕见的激情洋溢的文学家，大气磅礴的批评家，独具慧眼的鉴赏家，勇往直前的思想家。在这里，我们主要把聚焦点集中到他的人文精神方面，着重讨论厨川白村笔下的“人”性观、“灵肉一致”的人生说和对日本社会的“改造”论。

（一）厨川白村的“人”论

厨川白村在1909年发表的《近代短篇小说》一文中指出：“将那些只是空谈作家的人生观而不对作品进行细读的人逐出文坛。”① 从他的话语中，我们可以看出他对作品阅读的重视已远远超过了空泛的人生观。厨川白村从事文艺批评时，既重视文学影响社会、教化人生的功能，又重视文学艺术的特质和独立意义的文艺观，他的这种思想与夏目漱石有着紧密的关系。在日本大正时期，民主主义风潮席卷了社会政治文化生活的各个领域，自我、个性、人格成为了时代共同的话语，金子筑水认为：“文化主义是一种人格主义，也是一种个性主义，更是一种精神主义。”② 面对日本社会的劳资矛盾、物价飞涨等各种问题，厨川白村用尖锐的语言对日本人的国民性进行了深刻的批评，提出了改造日本国民性的观点。他公开表示自己要暂时离开象牙塔，由文艺批评向社会、文明批评倾斜。厨川白村认为：“诗人总是保持自我，或者说忠实于自我，因为只有对一切事物抱有诚心才能成为一个伟大的诗人，不真诚的人是断然写不出好诗来的。”③ 我们从这句话可以看出他对诗人的认识，以及他对真诚的重视。厨川白村早

---

① 厨川白村：《近代短篇小说》，《帝国文学》1909年第15卷第4号。

② 本间久雄：《我对今年评论界的备忘》，《读卖新闻》，1919年11月23、30日。收入《编年体大正文学全集》别卷，东京：YUMANI书房2003年版。

③ 厨川白村著，黄乔生译：《论英语之研究》，《鲁迅研究月刊》2006年第4期。

期文学作品主要表现为对西方文学的翻译与介绍。套用孔子的话转意来说，也是一种“引而不发”、“述而不作”，从中也可以看出他在学术活动方面的审慎。1908 年他在《我的感想》一文中指出：“看一下现在的杂志，从头到尾，尽是一些文学研究最后才该做的事，《论易卜生的社会观》、《论自然主义倾向》等等，都是一些不着边际的空泛议论。这样的东西对读者毫无益处，对繁荣日本文坛也无贡献可言，与其泛泛地谈论屠格涅夫的虚无主义和无解决主义，还不如逐字逐句地翻译一篇散文诗。”① 我们在梳理厨川白村的文学理念时，明显地感受到他的一个特点，即他创作的目的性很强——文学作品要对日本文坛、读者有益，可以说他的文学思路是逐渐形成的。

1920 年，厨川白村发出了改造日本社会的号召，并就文学家与政治家的作用问题发表了自己的看法：“为建设真正的统一的有基础的国民生活，为在真正的文化主义和民本主义的基础上改造我们的民族生活，政治家、文学家双方相互靠拢，结成有意义的密切关系。”② 他希望文学家、政治家都能行动起来，去改造那个半死不活的日本社会，改造被习惯势力包裹的社会风气，改造缺乏昂扬正气的日本国民。他赞美劳动阶层，歌颂“劳动神圣”，期盼一个美好的祥和的新日本。为了这样的理想，厨川白村诉诸文艺的革新与发展，提出了“以文艺浸润社会”的见解，并在 20 世纪初就发出了“文艺社会化”和“到民众中去”的大声呼吁。他是一个审美鉴赏能力很高的批评家，在他那里，“情绪主观”的积极性调动和“时代精神”的发扬蹈厉，一直是其研究文学的两大支点。这种“情绪化”的张扬和“主观”能动性的发挥，构成了厨川白村文学批评的明丽色彩，寓含着他热烈的个性气质和丰富的审美实践。由于他既重视文学的审美价值，又关注文学的社会启蒙作用，使得其文学思想朝气勃发，正气逼人，而且又魅力深湛，读其著述，很难不为其品性气质和文思情才所折服。

厨川白村是一个能让人感动的学者。特别让人动心的是他那种饱含着痛苦经历的思想冲击点。他在外国文学讲演中渗透了发自肺腑的人生感怀，他在论述文艺本质时交织着抗击文明戾气的不屈精神，他在引证劳工

---

① 厨川白村：《我的感想》，《明星》1908 年 11 月号。

② 厨川白村著，蒋寅译：《文学家和政治家》，《绍兴鲁迅研究专刊》1984 年第 2 期。

小说时倾吐出的正义的呼声，他在火车上感受到的国民劣根性有待改造的见解，这些事实都说明一点，他的人和他的文是一致的，表里如一，文如其人，有感而发，言必由衷。读其文，感其情，知其人，明其志。在20世纪的日本学术界，像他这样真性情、真笔触、真思想的人物凤毛麟角。孔子说“修辞立其诚”，司马迁坚持秉笔直书，李贽要求文人必须“有童心”。厨川白村在“立诚”、“直书”和“童心”方面，应该说当之无愧。他指出：“自觉的生活与顺应的生活、主我的生活与没我的生活、彻底的态度与妥协的态度，无时无刻不在发生着冲突和矛盾，成为造成人苦闷和烦恼的根源。”① 这些话，并非只是从西方哪个思想家那里借用过来的套语，而是饱蘸自身辛酸苦辣揭示出的生活真谛。他认为：“由这两种力的冲突，于是遂生出人生的一切悲剧。理想和现实，个人和社会，理性和感性，知识与信仰，灵与肉，在这些东西的冲突分裂上，便发生人生最惨淡的悲剧。而人生的真意，便在这悲剧当中。”② 有“立诚”、“直书”和“童心”的学者，岂能没有动人心魄的文章传世？诚如鲁迅所言，“从血管里流出的都是血，从水管里流出的都是水”。厨川白村是表里一致的人，其“童心”和正直以及真诚都是堪入史册的。

厨川白村关于文学思想的著述是很值得我们研究的，他善于吸收外域文化的精华。他文学的核心是“人”，他通过阅读来了解人，逐渐意识到“人性”。厨川白村发现了“人”之“男女”。他在《文艺与性欲》一文中说：“在人类的本能里，最强有力的是食欲和性欲。前者为自己生存，后者为种族的存续，占有人类物质生活最重要的部分。”③ 厨川白村认为人比其他动物高尚，就是在饮食之外，还有较高尚的追求，艺术就是其中之一。“生命”其实就是活动，活动愈自由，生命也就愈有意义，愈有价值。他认为文学是基于情绪的，那就会涉及人的内心世界，包括对“人”、“人性”和“生命”的追问。“人”、“恋爱”与“文学”的关系不仅是文学的

---

① 厨川白村：《近代文学十讲》，《厨川白村全集》（第1卷），东京：改造社1929年版，第134～135页。

② 厨川白村著，樊从予译：《文艺思潮论》，上海：商务印书馆1924年版，第6～7页。

③ 厨川白村著，绿蕉·大杰译：《走向十字街头》，上海：启智书局1930年版，第19页。

主题，而且还是反映人的内心世界和主观情绪的一面镜子。“文学发于人性，基于人性，亦止于人性”，厨川白村经文学艺术与“生命”意识联系在一起进行考虑和研究之后，逐步提出了“性与潜意识”（《近代文学十讲》）、“两种力的冲突”（《文学思潮论》）、“文学创作与欣赏”（《苦闷的象征》）等观点。通过仔细比对，我们可以看到厨川白村汲取各家言说的开放性、包容性、熔铸性。

（二）厨川白村的“灵肉一致”说

在大正时期，民主主义崛起，日本的女性解放运动随之蓬勃发展起来。它成为人的“人性”意识和“生命”意识的觉醒。日本的女性解放提出了反对封建传统的婚姻制度，提倡自由恋爱的观点。1912 年与谢野晶子发表了《贞操论》，这部作品对传统的贞操观提出了怀疑，认为没有爱情的婚姻根本就没有贞操可言。她主张“灵肉一致”的贞操观，她认为：“贞操不是一种道德，而是一种趣味，一种信仰，一种洁癖。”[①] 厨川白村发表了《近代的恋爱观》，提出了“灵肉一致”、“爱情至上”的主张。这部作品一经问世，就受到了日本社会各阶层，尤其是日本青年人的追捧，厨川白村也成了文坛炙手可热的作家。

厨川白村反对割裂精神与肉体，主张调和心体。用他的话说，叫做“灵肉一致”。他认为真正的生活应该是古希腊和现代欧洲人的“灵肉一致”的生活。古希腊人具有“节制之德”，罗马人则“缺乏希腊人般的聪明的智力及节制之美德，只一经追求肉的欢乐，任着情热的奔放，直达于颓废糜烂的极度”[②]。厨川白村在《文艺思潮论》中指出：“凡翻欧洲文明者，一定会觉得在其根底，显然有以人间的本性为基础的两种相异的潮流。这两种色调显然不同的潮流，一盛一衰，一胜一败，循环往复的争斗着的历史，使人惹起极强的注意。这就是历史学家所谓人性之异教的基督

---

① 与谢野晶子著，张娴译：《与谢野晶子论文集》，上海：开明书店 1926 年版，第 155 ~ 156 页。

② 厨川白村著，樊从予译：《文艺思潮论》，上海：商务印书馆 1924 年版，第 13 页。

教的二元论。”[①] 我们认为厨川白村的“对灵与肉，圣明的神性与丑暗的兽性，精神生活与肉体生活，内的自己与外的自己，基于道德的社会与重自然本能的个人生活，这二者间的不调和，人类自有思索以来，便是苦恼烦闷的原因。焦心苦虑要求怎样才能得到灵肉的调和，这是人类一般的本性”的观点具有合理性，他不仅在文学方面提倡“灵肉一致”，在个人生活方面也主张“理想的人性”。他认为人的生物欲求是自然合理的，应予以充分的肯定和满足。但同时又不能忽视人的社会属性，应充分认识到精神的自由发展对于人所具有的意义，他对文艺中的人性表现出了积极的关注。

（三）厨川白村的社会改造观

厨川白村将文艺的进化与人的成长过程相比拟，认为浪漫主义好比人的20岁前后的热情时代，自然主义好比人30岁前后的消沉、寂寞时代，新浪漫主义相当于人40岁前后的圆滑、成熟期。人生的种种理想在唯物功利的科学万能的时代遭到否定，现在它们又在现实主义的根底上以崭新的力量复出。人要相信自己的力量，并且要不断地努力，它是理想的再建，也是对人生的肯定，是生活的艺术。

厨川白村接受了现代派思潮的影响，他的文艺观和美学思想偏于“情绪主观”，他的人文思想关注人的内心世界和情绪主观的“内倾”，他对自然主义的“再现”持否定态度，他强调作家要借助“情绪”和“主观”表现自己的“个性”和“生命”，他认为文艺研究的对象就是“人”，就是“人生”。但是在如何研究人生上，不同的“主义”，态度是不同的。[②] 厨川白村的创作强调以个性、情感和行动为指归的现代主义文学。在《近代文学十讲》中，他将“时代精神”与造成近代人生苦恼的重要原因之一的“生活的压迫”加以关联。而在《出了象牙之塔》和《走向十字街头》中，他的这种“时代精神”成为了他审视和批判日本社会后进性的动力。

① 厨川白村著，樊从予译：《文艺思潮论》，上海：商务印书馆1924年版，第4页。

② 厨川白村著，罗迪先译：《近代文学十讲》（下），上海：学术研究会丛书部1922年版，第121页。

到了《苦闷的象征》，他指出："文艺上的天才是飞跃突进的'精神的冒险者'。正如一个英雄的事业的后面，有着许多无名的英雄的努力一样。在大艺术家的背后，也不能否认其有'时代'，有'社会'，有'思潮'。既然文艺是尽量地个性的表现，而其个性的别的半面，又有带着普遍性的普遍的生命，这生命即遍在于同时代或同社会或同民族的一切的人们，则诗人自己来作为先驱者而表现出来的东西，可以见一代民心的归趋，暗示时代精神的所在。"①

厨川白村的文艺观是逐渐变化的，他的从文理念是具有独特性的。他通过文学作品了解人生和社会，也通过自己的创作关照、解释实际的人生和社会，具有远见、卓越的预见性。他在京都大学任教的10年期间，一边教书一边从事自己的学术研究。他既讲究学院派的审美情趣和风格，又在知识性和启蒙性上下功夫。从美国留学回来之后（1917年），他改变了自己过去"述而不作"的文风，开始了"自己表现"的创作。因为他的《近代的恋爱观》在《朝日新闻》上连载，以及他发表的大都是带有社会、文明批评的文字，而且是与"市井"社会有关，所以被人称之为"市井"批评家。通过研究厨川白村的作品，我们可以看到无论是文艺批评，还是社会、文明批评，都有一种深深的忧患意识，时代苦、生活苦、国民性的改造成为了他关注的命题。他的文章注重对世道人心的养护，他在用他的笔为日本社会的进步发挥作用。他对日本民族的前途和命运发出了积极的声音，他的人格独立，精神独立。他曾说过"文章是人格，不是笔尖的勾当。能用一支笔撼动天下人心的人，其人格上肯定有强烈的特异的色彩。毋庸置疑，它与凡俗是毫不妥协的"②。他把自己的思想与日本的现实社会紧密地联系起来，对日本社会的后进性进行了尖锐的批评。

---

① 厨川白村著，鲁迅译：《苦闷的象征》，南京：江苏文艺出版社2008年版，第55页。

② 厨川白村：《小泉先生》，《厨川白村全集》（第4卷），东京：改造社1929年版，第34页。

小 结

在近处浏览，厨川白村和鲁迅都是苦闷思想的发掘者，一部杰作《苦闷的象征》把两位伟大的思想家连接在一起；从远处披阅，关于苦闷的思考，几乎贯穿了整个人类文明发展的历史，相关的史料汗牛充栋。无论是厨川白村，抑或鲁迅，他们之所以对苦闷和苦闷文艺如此关注与一往情深，在本质上是天降大任于斯人。换个说法来表达，他们二位作为超拔的大文豪和杰出的思想家，本身就是天造地设的黄钟大吕，人类自古以来的悲苦人生借此而作不平之鸣。就鲁迅与厨川白村之间的合振而言，称得上是陌生而又相互神通，异在却能和弦共鸣。所谓陌生神通与合振共鸣，其根本原因在于两位大文豪都有着那样一种情怀。正可谓是“万家墨面没蒿莱，敢有歌吟动地哀。心事浩茫连广宇，于无声处听惊雷”。通俗一点讲，是二者在灵魂深处的底蕴相似，因而能对文学的时代精神协奏齐声。我们称之为“厨川与鲁迅的人文深衷”。

第七章

命运刍议

命运是什么？宿命论者称之为上苍的安排。许多宗教学说称之为原罪的展开，或者说是前世今生的孽缘。释读命运是一个巨大的难题，只要必然王国和自由王国之间的鸿沟不能填平，只要每个人的生死祸福不能掌握在个人手中，只要人世间的偶然性与必然性之间存在着差异与矛盾，命运问题就永远是一份解不开的考卷。命运具有这么多不可解析的前提性问题，但是并不因此就说命运的复杂性是一个死结。至少在命运是什么的哲理方面，学界是可以作力所能及的探讨的。笔者不揣冒昧，对命运是什么的难题作一点探究，不敢说是对命运的解释，权作为撩起命运面纱一个小角的方式，虽然难脱浅陋，如痴人说梦，但毕竟是稚嫩者对这个问题的一点刍议。

《现代汉语词典》中关于命运的解释是："①指生死、贫富和一切遭遇（迷信者认为是生来注定的）。②比喻发展变化的趋向。"古今中外许多名人关于命运留下了自己的真知灼见。子曰："吾十有五而志于学，三十而立，四十而不惑，五十而知天命，六十而耳顺，七十而从心所欲不逾矩。"通俗地讲就是，孔子自认为十五岁立志于学习；三十岁能够自立；四十岁能够不被外界的事物所迷惑；五十岁懂得天命；六十岁能正确对待各种言论，不觉得不顺；七十岁能随心所欲而不越出规矩。细细读来，孔子的这段话充满了哲人智者作为过来人的经验之谈，对现代人的生存难题具有重要的指导意义。如果我们绕开各类宗教关于命定论的巨大屏障，从人文的积极向上的方面理解命运问题，可以以平实的角度，将命运理解为人对存在论问题的把握。沿着这个路径推进命运思索的两个极端，即"主体主要决定论"和"社会环境主要决定论"，原本可以看成是一种相互背驰而又相互补充的关系。所谓人生命运及其确定性和不确定性的捕捉，其实是对必然与偶然之间亲和力和减灾力的最大限度的追求。从另一个角度看，释读命运和把握命运，无非是从或然性之中求取尽可能大的成功的几率，消减任凭的两极灾变率对人生的蹂躏和戕害。

第一节　何为命运

庄子在《人间世》一篇中说道：“天下有大戒二：其一，命也。”何谓“大戒”，庄子认为就是人生的根本法则。每个人自降生于世的那一刻起，就开始了自己的命运，与生俱来，无法选择，不可抗拒。在《达生》篇中庄子说：“不知吾所以然而然，命也。”他认为命是一种超越于人的认识能力的先验性定数，无法在经验世界中获得解释。如果追问命运的终极根源，那就只能归结于形而上的原因。庄子在《天地》一篇中，从宇宙发生论的角度论述道：“泰初有无，无有无名。一之所起，有一而无形。物得以生谓之德；未形者有分，且然无间谓之命。”未形之一，分散于各物；每一物分得如此，就是如此，毫无出入，这就是命。庄子所谓的命，是指人秉生之初，从“一”那里所分得的限度。人的命运就是对人的生命存在的限定，而这种规定性来自形而上的终极力量。“无”、“一”、“道”是万物存在的终极依据，万物的命运都是从宇宙之道那里分有的、自然决定的。在《寓言》篇中，庄子说：“天有历数，地有人据，吾恶乎求之？莫知其所终，若之何其无命也？莫知其所始，若之何其有命也？”这句话说明，对于天地，我们既不知其来源，亦不知其结局，因此追本溯源，命运之有无实难确定。概而言之，命运就是对不知缘由而已然存在之事的一种说法。针对庄子的言说，我们该如何看待命运？庄子的命运观的合理性在于他看到了现实中不可预知的因素的存在，这是非常值得思考的问题，他的局限在于轻视了人的主观因素。

冯友兰说：“命和运不同。运是一个人在某一时期的遭遇，命是一个人在一生中的遭遇……在一个时期中，幸的遭遇比不幸的遭遇多，是运好。在一生中幸的遭遇比不幸的遭遇多，是命好。”[①] 佛教认为，人本身就是“无”，最终归结为无，人因缘而生，因缘而聚，因缘而亡。历史的发展进程由神而定。命运源于人的反思和自我意识。从某种意义上讲，只要

---

① 冯友兰：《论命运》，《中央日报·星期专论》，1942 年 11 月 29 日。

是人就会有关于命运的感悟和体验。命运是国家、民族、社会甚至人类历史在发展过程中的规律性和必然性。哲学要研究人，必然要思考人的命运，对人的命运的关注总是与对人的关注相随而至。从唯心主义的角度看，世间发生的一切都是命运的安排。对人来说，命运是完全不可知的、无法理解的，于是造成了人们对命运的无限感叹。人感觉到命运的存在，但却不知道它是什么，或以什么样的状态存在。如果人全然不知有命运，人也就感觉不到命运的力量。正因为人知道有命运但又不知道命运是什么，总是想通过认知来把握自己的命运。

近代以来，学术界关注更多的是命运的先验性与后验性问题，各种论述更多地集中在命运的先验性和不可抗拒性方面。在这里我们把聚焦点集中在命运受个人素质和偶然性机遇的影响方面。偶然性的机遇也只光顾有准备的头脑，通过把握机遇改变命运也是有条件的。命运的后验性，指它的可抗拒性、可把握性、可改变性，也就是俗话说的“事在人为”、“世上无难事，只要肯登攀”。在命运的先验性和后验性的问题上，既不能夸大命运的先验性、不可抗拒性，从而听任命运的摆布、消极坐等，也不能夸大命运的后验性、可抗拒性，而要坚持既有命运感的体验，又敢于挑战命运；既能安于现状，又能积极进取的科学态度。只有这样，才能一方面获得心灵上的快乐和幸福，另一方面准确把握好自己的命运和前途，成就属于自己的事业。

人有追求，人生才具有了某种意义和价值。人的命运是在人自己的创造中产生出来的，人追求和把握命运的过程也就是不断地遭遇奇遇的过程。奇遇感就是一种把未来存放于心中而体验现在的一种感觉。中国有一句俗语：“谋事在人，成事在天。”这里的天是指制约人的活动的某种规律性或客观性，说明了天命的存在和不可违。一方面，人要发挥主观能动性，把自己的聪明才智最大限度地释放出来，把命运掌握在自己的手中；另一方面，人要感觉到天命的存在，谋事不一定成事，不要太多地关注结果。“改变能改变的，接受不能改变的。”人要对自身所处的生命阶段、环境和人事有一种清醒的认识，从而作出自己应有的规划。

命运是人与环境双向作用的过程。环境对人的制约是自然的、不可避免的，同时也是通过人的能动的努力可以改变的。所以，人们应该在尊重客观规律的前提下，发挥人的主观能动性作用。人的命运是自己选择的过程和结果，命运是由自己选择的，有什么样的选择就注定了会有什么样的命运。所以，人选择了做什么样的人，同时也就选择了自己的命运。命运既然是一个过程又是一个结果，做人也不能只看重结果，过程比结果更重要。其次，努力做好自己，发掘自身的潜能，培养好自己坚实的、良好的品质。最后，积极合理把握好发展的机遇，对于机遇要做到眼界开阔、目标明确、思维灵活、意志坚定、行动果断。个人的命运不仅仅是其独立性的存在，它以某种方式与其他命运的存在相关联，而且存在于人类命运和自然之中，这与没有国就没有家是同样的道理。而现在所提倡的科学发展观要求我们也应该关心自然的命运。个人的命运必须和国家的命运联系在一起，抛开国家的命运，只注重个人命运，那么人的社会价值就无从体现。所以，我们不但要关心自己的命运，更应该关心国家的命运以及自然的命运。

命运是选择。命运在希望与不满中徘徊前进或后退，上升或下降。清醒的人，追求真理的人，为他人谋福的人，像蜡烛一样燃烧了自己，照亮了别人。耗尽自己，给后辈铺路、架桥；前人栽树，后人乘凉；前人打井，后人饮水。如此前仆后继，生生不息。他满足了，他的功业受到了肯定或赞美；后人则不满足，认为他固然做得对，但他自己没有享受幸福。但对于前人，却将幸福对象化、客观化了，人们对于前辈的观念便是这种表征。世界上的一切事情都不是一厢情愿的，命运也不是一厢情愿的。主体、个体的选择，总受到社会群体的制约。当你把选择的飞矢射向某个目标时，社会的风向往往会给予强烈的干扰，主体、个体的选择，同样也受到客观规律的检验。所以命运的选择，总是双向的，你在选择的同时，也被选择着，当二者一致的时候，才能实现自己的命运。但是，这种情况很少发生，因为从主体发出的选择，总是同时受到从客体发出的选择的力的作用。人的命运总是要主体自身付出极大的辛劳、汗水、心血去争取，社会上存在着优胜劣汰的机制，虽然不一定科学，也不一定公平，但从人的命运的角度去理解却有其合理之处。人只要活着，这种双向选择就存在着。从主体、个体出发的选择，是一种目的性的动力在起作用，而这种目的性能否被社会所接纳，要看是否符合了规律性。如果符合了规律性，你的选择就成功了，你的命运就是幸福的。当爱因斯坦在《自述》[1] 中说出了自己成功与选择的体会，李泽厚在《走我自己的路》[2] 中抽取出“合规律性与合目的性的统一”的命运选择的模式时，人的命运的双向选择的奥秘大门终于洞开了。因此，我们为了实现自己的命运，除了有共时性的自我意识外，还必须有历时性的自我意识。白居易在给元稹的信中说：“然千百年后，安知复无如足下者出，而知爱我诗哉。”文天祥说：“人生自古谁无死，留取丹心照汗青。”这些是对命运历时性自我意识的生动体现。

第二节　鲁迅的命运观

鲁迅在他的文章中经常使用的不是“命运”而是“运命”一词。“命”者，生命之谓也，“运”者，机运之称也。生命，动植物都有，而社会机运，只有人才有。所以，从这个意义上说，似乎鲁迅更重视命运的社会理性。但因约定俗成，今人多写“命运”而不讲“运命”，也无可非议。究其实质，“命运”与“运命”是等值的，都以突出社会理性为特征。鲁迅曾说过，魔鬼的手掌也有漏光处。[3] 剥削阶级的限制总是相对的，而不是绝对的。知识就是无法限制的，不少出于贫寒之家的知识分子便通过知识的杠杆改变了自己的命运。他们一般通过科举等形式的考试或精通某种技艺而从乡下走向城市或宫廷。“朝为田舍郎，暮登天子堂”[4] 的诱惑不知使多少人产生过幻想，有一些人竟然也真的改变了自己的命运，学习确实可以减少不必要的痛苦及少走弯路。鲁迅通过学习，更通过实践，告诫人们要达到目的，千万不要赤膊上阵，以免孤注一掷，于自己无益，于事业

---

① 爱因斯坦著，许良英、范岱年编译：《自述》，《爱因斯坦文集》，北京：商务印书馆 1976 年版。

② 李泽厚：《走我自己的路：杂著集》，北京：中国盲文出版社 2002 年版。

③ 鲁迅：《热风·四十》，《鲁迅全集》（第 1 卷），北京：人民文学出版社 2005 年版，第 338 页。

④ （北宋）汪洙：《神童诗》。

有害。要有韧地战斗，巧妙地策略。鲁迅七论《文人相轻》[①] 以及“武大郎开店”等用语成了批评那些妒贤嫉能者的良药。

鲁迅所生活的时代，是如何改变中国人的命运的？鲁迅是如何与命运抗争的？鲁迅在“五四”时期提倡了什么？对现在社会的意义是什么？需要改进什么？鲁迅的自我批判精神是他有别于“五四”时期的其他知识分子的一个特点。另外，鲁迅是中国为数不多的能够在绝望中求希望的人。鲁迅选择用文学来改造中国人的国民性，然而文学不是万能的，他一生都在质疑自己的文学事业。他身上具有的反省精神是弥足珍贵的，他清醒地认识到人的独立性的重要，但是只凭借个人的力量是无法实现立人的目标的，所以要形成一种新的联合战线。鲁迅关于中国文学理论的观点，早在中国现代文论的发轫期就已提出，鲁迅认为，中国欲挽近于灭亡之命运，焕发精神，争存天下，“明哲之士，必洞达世界之大势，权衡较量，去其偏颇，得其神明，施之国中，翕合无间。外之既不后于世界之思潮，内之仍弗失固有之血脉，取今复古，别立新宗，人生意义，致以深邃，则国人之自觉至，个性张，沙聚之国，由是转为人国。人国既建，乃始雄厉无前，屹然独见于天下，更何有于肤浅凡庸之事物哉”[②]？在这里，鲁迅提出了以民族生存和发展为主旨，在“取今复古”，也就是在汲取中外文化的优秀成分而加以综合的基础上“别立新宗”的文化创新之策。这种综合创新的文化建设思路，是在既承认文化现实的多样性乃至多元性，又坚持以我为主的主体性原则的基础上展开的，文艺学研究也是如此。

（一）自我批判

栾栋先生曾说：“命运有其不可抗拒性，自不待言。命运也有近人情的一面，往往为人所忽略。命运近人情，表现有多种。个体之人不要自作孽，就是一个聆听天命，争取命运亲近的一个办法。将进取性道德与协调性道德结合起来，‘自强不息’，‘厚德载物’，统筹兼顾，圆通周济，也是

---

① 鲁迅：《鲁迅全集》（第 6 卷），北京：人民文学出版社 2005 年版，第 308、347、385、389、393、413、417 页。

② 鲁迅：《鲁迅全集》（第 1 卷），北京：人民文学出版社 2005 年版，第 57 页。

一个办法。自我批判也是理解命运，争取命运由逆转顺的一条途径。《周易》中多讲这些问题。”栾栋先生所讲的“自我批判”是很有意义的一个话题。在他看来，“这个方法古人早就论及，而且有身体力行的践履。‘吾日三省吾身’，即属此类。但是儒家一派在演变的过程中，往往夹杂了另外的东西，在失落时，自我反省，乃至检讨批判，而在得势时，却又换一副面孔。所以，自我批判很难彻底”①。这一看法与邓晓芒先生对鲁迅的论述有异曲同工之妙。邓晓芒先生特别看重鲁迅的自我忏悔精神，他认为：“以鲁迅为主要代表的自我忏悔精神，这种精神其实是五四批判精神的内化和进一步深化。鲁迅为我们做出了榜样，鲁迅的反传统首先是针对着自己，是对自己身上传统毒素的无情的自我拷问、自我批判。”② 我们不得不承认儒家思想的强大，每次外来文化的冲击，最终都变成了儒家文化的俘虏，被儒家文化所同化，所改造。“五四”新文化运动，同样不能避免被同化，中国人的思维框架并没有因为“五四”新文化运动而得到突破。或者说：“破得不够彻底，立的尚未树立。”中国知识分子，没有改变传统的角色意识，陈旧的思维框架依然套在中国知识分子的头上，启蒙是要唤起民众思想上的个人觉醒。而中国的“五四”运动，知识分子依然是“替人民说话，代人民立言，救人民于蒙昧”。这不是真正意义上的启蒙运动而是典型的民粹主义。民粹主义是东方农业国家知识分子的共同倾向，实际上儒家的“君子”、“圣人”就是民粹精神的一种表现。古代文人把自己摆在民众之中，同时又超乎民众之上，力图成为民众的“救星”。中国知识分子的民粹主义立场使得中国的知识分子放弃了自己追求真理的身份意识，而成为了忧国忧民的政治工具。民粹主义自身包含一个根本的矛盾，那就是既要成为大众的一员，又要当大众的代言人和救主。知识分子究竟是人民的导师还是人民中的一员，则通常要根据其地位而定，当他们感到自己面对现实的无力时，他们是甘当民众的一个分子的；而一旦大权在握，则马上颐指气使地横行。这就是中国知识分子的双重人格的事实。

“五四”时期，中国的知识分子把西方的“个人主义和人道主义”传入中国，却不能正确地理解二者的含义，导致了他们的冲突。西方的个人

---

① 栾栋：《原创论》手稿。

② 邓晓芒：《新批判主义》，武汉：湖北教育出版社 2001 年版。

主义是一种抽象、普遍的人格原则。在西方文化中，个人主义不是现实层面的东西，而只是对个人人格的抽象承认。个人主义并不意味着一种现实的道德生活，而是一切道德生活之所以可能实现的条件。西方的人道主义也是一个抽象的信念，即“人所固有的我无不具有”，这“包含对人类的缺点宽容、对人的‘小我’抱同情的理解的意思”。中国古代的知识分子把西方的个人主义与中国古代知识分子的狂士风度混为一谈。他们认为个人主义就是一种个人气质和处世态度，是一种值得肯定和赞扬的生活价值，甚至是一种光辉灿烂的道德境界。同时，他们把中国传统文化的“悲天悯人”、“博施济众”的“慈善主义”与西方的人道主义当成一回事。中国知识分子认为“人道主义”就是群体主义，它可以扩张为爱国主义、民族主义乃至于世界主义，但无论如何，要求牺牲个人以成全群体，牺牲一己而成全多数是最基本的信条。有一种“圣人主义”色彩，就是以“伦理英雄”为目标，它更容易蜕变为一种“天道主义”（“存天理、灭人欲”）。实际上，这种“天道主义”（天理）与“个人主义”（人欲）的冲突是不可调和的，而其终局，也只能是一部分人“堕落”为个人利益的追求者，另一部分人则“升华”为替天行道的革命者。因此，“五四”知识分子对个人主义和人道主义的推崇，常常处在一种自相矛盾的状态之中，二者矛盾，使得中国人并未在西方的人道主义和个人主义中锻造出一种健全、完整而有实践力量的真正独立的人格。中国人实用理性的世俗关怀与西方超越现实的终极关怀是两种问题。“五四”时期的知识分子只是在世俗关怀的层面上理解西方的个人主义与人道主义，而且没有冲破救世的特殊位置，他们考虑的是如何救世（救中国），对大众也是抽象地崇拜，实际上却视之为有待拯救的对象，所以他们的思维方式有强烈的工具理性和实用理性色彩。中国的传统文化中，缺乏自我反思的精神。鲁迅对自己的人生选择反思，他把文学作为自己一生的事业，但是他又不止一次对文学的价值与作用提出质疑。他最初弃医从文的动因是要“立人”，要改变中国人的精神，他认为最能改变人的精神的方式是文艺。他与几个志同道合的朋友一起筹办《新生》，但还没有办起来就夭折了，他因此产生了怀疑。当钱玄同邀约他给《新青年》撰稿时，他首先是怀疑，这样的做法到底有什么用处，尽管怀疑，但他的心中仍怀着一些希望，开始写作。1927 年国民党大肆屠杀青年共产党人以及革命进步人士，鲁迅深深地为社会的局势而担忧，他认识到文学的无用，启蒙的失败。他一面对文学启蒙绝望，一面挣扎着，质疑启蒙又坚持启蒙。1936 年，面对政府的血腥屠杀，鲁迅感到了彻底的绝望，在离开人世前，他仍向他的儿子（周海婴）发出了“万不可去做空头文学家或美术家”① 的遗言。

鲁迅坚守自己的独立性，然而当时中国的社会现状决定了他必须和一定的力量相结合。为了实现为中国大众而工作的目的，鲁迅认为要参加一定的社会运动，作为行动者的逻辑，就要讲妥协。1925 年 6 月 13 日鲁迅给许广平的信中说到：“我明知道几个人做事，真出于‘为天下’是很少的。但人于现状，总该有点不平、反抗、改良的意思。只这一点共同目的，便可以合作。即使含些‘利用’的私心也不妨，利用别人，又给别人作点事，说得好听一点，就是‘互助’。但是我总是罪孽深重，祸延自己，每每终于发见纯粹的利用，连‘互’字也安不上，被用之后，只剩下耗了气力的自己一个人。”②

鲁迅清醒地认识到人性弱点而又不得不放弃自己的独立性，因为他知道必要的妥协是没有办法的办法。但是鲁迅的妥协是有限度的，不能当奴隶，不能放弃自己的基本立场、理念、追求和做人的基本原则。1928 年，国民党血腥屠杀时，鲁迅说：“人被压迫了，为什么不斗争?”鲁迅的态度决定了他和中国的任何一种力量的合作都是有限度的，必然会有冲突与斗争，鲁迅对此心里很清楚。在左联（左翼作家联盟）的会上，他说：“一览荟萃于上海的革命作家，然而以我看来，皆茄花色。”颜色既杂，不免泥沙俱下，终有分离的一天。

鲁迅的底线是“做异族的奴隶不行，做自己的奴隶也不行”。他要反对的是一切形态的奴隶制度，而且在任何情况下，他都要坚持维护普通民众的基本利益，这是鲁迅的根本立场。鲁迅提出的“民族革命战争大众文学”的口号与周扬提出的“国防文学”是可以互补并存的，鲁迅认为意见不同，大家可以争论，这是现代民主的一个基本逻辑。而周扬认为口号是党提出的，再另提口号，就是标新立异与党抗争。于是就给鲁迅一项“不

---

① 鲁迅：《且介亭杂文附集 · 死》，《鲁迅全集》（第 6 卷），北京：人民文学出版社 2005 年版，第 635 页。

② 鲁迅：《两地书 · 书信》《鲁迅全集》（第 11 卷），北京：人民文学出版社 2005 年版，第 497 页。

理解党的政策，危害统一战线”的罪名，他的思维方式就是“党专政”。值得我们思考的是民主人士在与党合作之后，还可不可以提出与党不同的意见，可不可以标新立异，人是否能保持自己的思想以及行动的独立性。鲁迅作为一名独立思考的知识分子，他坚持自己的精神独立是理所当然的，他支持共产党的态度也是完全出于自己的独立判断、独立意志之下。

（二）绝望的抗战

绝望还是抗争？不断绝望中的鲁迅显然顽强地在绝望中抗争。鲁迅在“绝望的抗战”，既然在抗战，就不能说绝望；人类的前途、民族的前途在实现出来之前永远是个未知数，没有一个上帝能够预测，一切都要靠自己去争取。鲁迅的文学事业经历了数次的挫折，每每在遭遇失败之时，鲁迅都深感绝望，但是他毅然决然地在绝望中寻找希望。在日本创办《新生》，失败了；与周作人出版《域外小说集》也只出到第二集，便中止了。钱玄同游说他给《新青年》写文章，他也一度怀疑过是否能对改变国人面貌、对改变中国局势有所帮助。经过强烈的思想斗争之后，他依然坚持在绝望中抗战。当《新青年》的同仁们四分五裂的时候，他再一次陷入到了绝望之中。然而不久，他又投入到了自己的文学世界之中。

在鲁迅的成长过程中，有一个情节是不可忽略的。1906 年 1 月，在课间的“日俄战争教育幻灯片”中，日本兵杀害中国人，而中国人麻木地站在一边当看客的场景，深深地刺激了鲁迅。他决心弃医从文，用文艺来改造中国国民的精神。在中国，小说不算文学，写小说的也决不能称为文学家，所以并没有人想在这一条道路上出世。“我也并没有要将小说抬进‘文苑’里的意思，不过想利用他的力量，来改良这社会。……写小说必须是‘为人生’，而且要改良这人生。我深恶先前的称小说为‘闲书’，而且将‘为艺术而艺术’看作不过是‘消闲’的新式的别号。所以我的取材，多采自病态社会的不幸的人们中，意思是在揭出病苦，引起疗救的注意。”这个觉悟，对于鲁迅而言，是极具转变意义的。他走上了文学醒民、思想启蒙、精神抗争的道路，在这里找得到重要的界标。

鲁迅的文学观念有别于中国的通俗小说，因为中国的小说是以“娱乐和消闲”为主要目的。鲁迅之所以选择小说题材是因为文艺是国民精神所发的火光，同时也是引导国民精神的前途的灯火。鲁迅重视人的精神现象，他认为小说从一定层面上反映了国人的精神状态，或者说反映了国民性。鲁迅在《中国小说史略》一书中指出：“中国人的心理是很喜欢团圆的，所以必至于如此，大概人生现实的缺陷，中国人是知道的，但不愿意说出来，因为一说出来，就要发生‘怎样补救这缺点’的问题，或者免不了要烦闷，要改良，事情就麻烦了。而中国人不大喜欢麻烦和烦恼，现在倘若叙述了人生的缺陷，便要读者感到不快。所以，凡是历史上不团圆的，在小说里往往给它团圆；没有报应的，给它报应互相骗骗。——这实在是关于国民性的问题。”①

中国人向来因为不敢正视人生，只好瞒和骗，由此而产生瞒和骗的文艺，由这文艺，令中国人深深地陷入瞒和骗的大泽中，甚至浑然不觉。在鲁迅的文学观念中，他强调的是要写真的、真实与真诚的文学，他提倡并身体力行地从事着文学创作。他明确地看到中国国民的怯弱、懒惰和巧滑，几千年来，他们满足于小农经济，满足于不断堕落的社会状态。国民的精神危机导致了整个民族的生存危机，威胁到中国的存亡。19世纪末20世纪初的中国，面临的正是国人精神上的危机。

鲁迅的《阿Q正传》在连载期间，让不少人胆战心惊，以为作者笔下的阿Q正是自己。鲁迅说自己的方法就是使读者摸不着他写的是谁，一下子推诿掉，变成旁观者，而疑心到像是写自己，又像是写一切人，由此开出反省的道路。鲁迅的作品是要让读者脸红、心跳，出一身冷汗，睡不着觉，他要扰乱你的灵魂，从而正视现实与自己的灵魂。鲁迅的文学是“为人生的文学”，并不是所有人都能读懂并产生共鸣的文学。鲁迅笔下的阿Q、祥林嫂、闰土、华老栓是千千万万个下层人民中普普通通的一员。这些个体的精神状态折射出中国国民的现状，对他们灵魂的描写，引发读者的深层思考。鲁迅的思想具有深刻的穿透力，他能够从日常生活的细节、个别具体的现象中，看到普遍的本质的东西。

鲁迅在日本期间的著述非常重要，尽管当时没有产生重大影响，但是这些文章是日后鲁迅在中国引起震撼的基础。1907年与许寿裳等朋友筹办《新生》杂志，以失败告终；1909年3月，与周作人合译《域外小说集》

---

① 鲁迅：《鲁迅全集》（第9卷），北京：人民文学出版社2005年版，第326页。

销路不好，出了第二集，便终止了。鲁迅在《〈呐喊〉自序》中说道：“我感到未尝经验的无聊，是自此以后的事。我当初是不知其所以然的；后来想，凡有一人的主张，得了赞和，是促其前进的，得了反对，是促其奋斗的，独有叫喊于生人中，而生人并无反应，既非赞同，也无反对，如置身毫无边际的荒原，无可措手的了，这是怎样的悲哀啊，我于是以我所感到者为寂寞。这寂寞又一天一天的长大起来，如大毒蛇，缠住了我的灵魂了。然而我虽然自有无端的悲哀，却也并不愤懑，因为这经验使我反省，看见自己了；就是我决不是振臂一呼应者云集的英雄。只是我自己的寂寞是不可不驱除的，因为这于我太痛苦。我于是用了种种法，来麻醉自己的灵魂，使我沉入于国民中，……但我的麻醉却也似乎已经奏了功，再没有青年时候的慷慨激昂的意思了。”①

鲁迅的痛苦无以言表，他开始反省自己的思想，开始回到现实中来，在反省中消解了自己的英雄情结。他的人生必须面对中国的实际，中国的国情摆在那里，旧的文化以及传统势力依然强大，如果仅仅是批判，解决不了任何问题。他本身也是旧文化的产物。如何才能评判旧有的思想和文化？鲁迅转向了对自我的批判。《狂人日记》中发人深省的话依旧回荡在耳边：“四千年来时时吃人的地方，今天才明白，我也在其中混了多年；大哥正管着家务，妹子恰恰死了，他未必不和在饭菜里，暗暗给我们吃。我未必无意之中，不吃了我妹子的几片肉，现在轮到我自己，……有了四千年吃人履历的我，当初虽然不知道，现在明白，难见真的人！”② 鲁迅的一生中，遭遇到了许多不得不放弃，然而，他却始终坚守着自己的从文意志。

第三节 厨川白村的命运观

厨川白村是如何看待命运的？在梳理他的一生经历时，我们得出了“他是一位不屈从命运的学者”的看法。这个观点可以从他的性格中看出，

---

① 鲁迅：《鲁迅全集》（第1卷），北京：人民文学出版社2005年版，第440页。
② 鲁迅：《鲁迅全集》（第1卷），北京：人民文学出版社2005年版，第454页。

尤其是面对命运的安排，他都是积极地用自己的方式挑战了命运的捉弄。我们通过两件事来分析他的命运观。1903 年，他成绩优异，已经被保送进入东京大学研究生院，师从夏目漱石，可是仅仅入学一个多月，就因为家里的经济贫寒而不得不退学。为此，他也曾经伤心流泪，痛苦万分。此事对他的打击很大，面对挫折，他选择了工作。表面上看，他屈服了，但是他一直坚持业余阅读西方的文学作品，撰写文章。他没有放弃他的研究，依然继续自己的文学事业。经过八年的苦读与积累，终于在 1912 年出版了他的第一部文学专著《近代文学十讲》。这本书的发表获得了读书界和青年学生的好评，使他顺利地步入文坛，开始了文学批评的生涯。这件事是他人生的一次重大转折。

第二件事，就是他的截肢。1915 年 3 月，他因为左脚烫伤，感染化脓，手术失败引发骨膜炎，危及生命，不得不进行左膝关节以下的截肢手术。对于一个正常人来说留学尚是一个具有挑战性的决定，而对于刚刚截肢的厨川白村来讲，则是命运的又一次考验，他非常珍惜这次机会。他坚信只要人根本的“生之力”没有失掉，不管肉体上受多少损伤，原本不可怕。他内心充满了焦虑，但是他却表现出了异乎寻常的乐观。“自己现在已与双腿的俗众不同，仅此一点就让人兴奋不已。”这是怎样的一种无奈，又是怎样的一种自我嘲讽。他在 1916 年 1 月 8 日拖着伤残的左脚，从横滨出发踏上了美国的留学之行。尽管身体不便，他还访问了美国东部的许多大学，尽可能地广泛学习。他的命运可谓是多舛，但是他却用他的行动、他的文章改变着他所能改变的一切。

“塞翁失马，安知非福?”厨川白村截肢，竟未免祸。截肢没有挡住他跨出日本国门、亲身体验美国文学文化的脚步，此举足以见出他抗击命运的顽强和成功。但他却没能躲过 1923 年的关东地震，这个结局则成了日本学术界和国际学术界的重大损失。对于厨川白村本人来讲，那是何其重大的不幸啊！天才从此陨落。厨川白村遇难时，年仅 43 岁。他曾经说过这样的话：“人生五十年，纵使大规模地做事，岂非也全然是一种醉生梦死么?”① 有谁能想到，他的这段话竟然一语成谶。这是命运的无情，天妒其

---

① 厨川白村著，鲁迅译：《苦闷的象征》，南京：江苏文艺出版社 2008 年版，第 144 页。

才？抑或纯属偶然？难道真的就无法预料，也无法化解和规避？再往后推想，20 世纪 30 年代、40 年代的日本，被军国主义推向了万劫不复的深渊。厨川白村的早逝是不幸还是命运的垂青？不久后，日本对中国发动的侵华战争是中日两国人民的苦难的开始。厨川白村过早的离世，是一种不幸，却也是某种意义上的有幸，他不用看到日本军国主义的丧心病狂，也不用看到侵华日军的惨无人道，更不用面对日本的无条件投降。

第四节　当代人如何化解命运

现在经常听到有人说自己的命运，其实命和运是不同的概念。“命”是人的先天因素，是不可更改的，人一旦出生，其出生时间、地点、父母等，在你出生的那一刻就已经确定下来，是不会随着时空的变换而改变的，因此，就有了“命由天定”。而“运”是后天因素造成的，也就有了改运、开运、化解、调理等，指的就是调整我们的“运”，而这些又都是以“命”为基础的。因此，人常常把“命”和“运”连在一起，于是就有了“命运”之说。一般情况下，年轻人不太关注命运之说，而年龄大一些的人，经历比较丰富，看多了人生的起起伏伏，会对“运气”二字理解和体会得比较深，对命运的看法也会发生一些变化。经常听人说“以前我不信命运的，现在见多了，开始慢慢相信”，这也是很正常的现象。了解自己的命，顺势而为；生旺自己的运，趋吉避凶。如何了解自己的命，可以通过命理分析得出结论。

而对“运”，第一个因素是人。物以类聚，人以群分。我们处身立世，归根结底都是与人交往，与周边人长期相处，就会不自觉地受到影响。人在成长轨迹中，都会受到父母长辈、兄弟姐妹、老师、朋友、爱人、同事、邻居甚至某些陌生人的影响。误交损友恶朋，会害你堕落，喜遇良师益友则会让你受益良多。人脉、人气、人缘形成的就是一个强大的气场，而这个气场就会深深地影响你的运气。所以人对运气的影响最为重要。第二个因素是环境。人处在适合自己的环境中，身心舒泰、心情愉悦，自然做起事情来顺风顺水，高效率。而身处不利于自己的风水环境，自然会出现受压抑、心情烦郁的情况，从而影响我们的运气。第三因素是性格修养。性格修养有先天遗传的因素，也有很大一部分是后天形成的。性格开朗、善良、诚信、乐于助人的人，就会得到大家的认可，人缘也会好，遇事往往就会有很多人来帮你，路也就越走越宽了。“得道多助，失道寡助”，培养自己的修养是很重要的。修养包含知识与涵养，缺乏知识就会耳目闭塞，缺乏智慧；智商高了，情商也得高，有了涵养才能有素质。兼具了好的性格和修养，才能形成良好的心态，才能保持对人对事比较正确的态度和观念，才能形成良好的人脉环境。第四个因素是职业。了解自己的秉性、找到自己的位置，选对适合自己的专业或职业。“男怕入错行，女怕嫁错郎”，上天是公平的，每个人都会有自己的天赋，人处在适合自己的行业中，就能够更好地发挥自己的天赋。有的人会被人评论为“这家伙，天生就是干这一行的”，这样的人，成功的道路就显得轻松很多。“命由天定”和“命运掌握在自己手中”其实并不矛盾，不论上天给我们什么样的“命”，只要我们在了解自己的“命”的基础上，去把握、提升、生旺自己的“运”，一样可以让自己生活得开心、快乐、幸福。

小　结

在命运面前，道家是看透了文明阴暗面和人生不幸的，可谓智者。然而道家采取了逃避、隐退、闲适自然的人生方略，开掘自然文化资源，但是终于因“不撄人心”（鲁迅语）陷于消极。儒家思想一向正视命运与痛苦，以入世、经世、用世作为励志的人生努力，“致君尧舜上，再使风俗淳”，体现了儒流的积极精神。而“学成文武艺，货于帝王家”的待价而沽，不惜异化的仕途经营，也使儒家的发展渐渐变味，甚至走向奴化人格的可悲境地。佛家知无守空，洁身自好，神识透彻，戒律干净，可是将命运完全交给了信仰，苦集死灭，其委运纵化的消极方面也是显而易见的，我们当然赞成对个人前途命运的关怀与探讨，尤其赞同把个人命运放在与人类前途相关的大角度的思索。因为对于个人而言，走出自我、关心他人、尊重他者、关注人类比斤斤计较一己得失要更可敬、可佩，哪怕是遇到巨大的灾难和不幸，也是属于伟大和崇高之列。从总体上看，正确对待人生命运问题，不论是对于个体生命之命运，抑或对于全体人类生存之命运，都是具有重要的人文意义的。

我们之所以在《苦闷文学反思》这个大标题下，紧扣厨川白村和鲁迅的丰功伟绩来展开思路，正是因为他们两位不愧为命运之神的挑战者，不愧为视死如归的勇士。厨川白村与鲁迅一样，都曾经历了家道中落，以至于不能正常读书、学习。厨川白村更为惨痛的是青年断足，中年殒命，即便如此，他仍然留下了那么多的著作和文章，卓越的思想至今仍光芒四射。他像普罗米修斯一样，在世界各种文化中“盗火”，敢于冒天下之大不韪，向日本文化的弊端开火，向日本民族的劣根性操解剖刀。在日本右翼势力抬头、军国主义集团猖獗的20世纪初叶，他这样做，那是需要何等的勇气和智慧。命运捉弄他吗？是的。但是他是命运压力下的强者，是日本民族真正的思想家，是人类文化史上的火炬。鲁迅称自己是封建传统的“贰臣逆子”，是一切黑暗势力“不共戴天”的仇雠，他还谦称自己是新文化的“战士”，是新文学的“斗士”，所以他早就把生死置诸度外。他对内心，以不留情面的自我解剖为抗争命运的利器；对世界，则以为民驱除黑暗和为世界争取光明为终极的目的，这两个方面都说明他是命运巨石下的大力士，是爱真理胜过爱生命的奉献者。这样一个扛起旧世界闸门，放奴隶们走向光明的鲁迅，这样一个“弄文罹文网，抗世违世情，”明知“积毁可销骨”，却甘愿“空留纸上声”的鲁迅，这样一个参透了生死，随时准备赴死，而且早就遗言“死后快点埋掉”，只求“速朽”的鲁迅，这样一个与一切腐恶势力斗争到底，且九死而犹未悔的鲁迅，难道不是命运的克星？

厨川白村与鲁迅都是命运所不能征服的人类英雄。应该说厨川白村是日本国民真正的真善美的光源，正如鲁迅是当之无愧的中华“民族魂”，两者皆是人类思想史上的巨星，文明因他们的精神而更加清澈，世界因他们的成就而益增光辉。有的人活着，却早就是行尸走肉；有的人死了，而且期求“速朽”，却永远活着。在这一点上，命运之神也无可奈何。原来命运也欺软怕硬，人类看来可以做意志之强者。

第八章

文学功能管窥

文学的功能一直以来都是人类所关注的问题，在不同的时代曾经有过不同的阐述。不论是“兴”、“观”、“群”、“怨”、“事父、事君”、“多识”的用意，还是真、善、美、圣、智的要求，无不包含着人们对文学功能的理解和开发。限于篇幅，此处不拟对这个问题全面展开论述，仅就上下文关联的需要，对文学求善与涉恶方面作一些必要的阐发。

第一节　文学的求善功能

“文学求善，文学为了善”，这是古代社会文艺观的基础理论之一。中国自从《尚书》“诗言志”的提出，把上古先王关于诗的看法破天荒地推向了人文世界，被誉为中国诗学的开山纲领。对“言志”说加以精辟发挥的人是孔子，在《论语·阳货》中，记载了孔子一段非常有名的论诗的话：“诗可以兴，可以观，可以群，可以怨。”在《论语·泰伯第八》中指出：“兴于诗，立于礼，成于乐。”前者是文学本善功能的诗学概括，后者是文学史外在社会规范（礼）内化的全过程。育人当始于诗，从礼得到规范，而完成于乐。孔子诗学思想的极致是追求“尽善”和“尽美”，他为中国文学奠定了本、善、求善的大旨。孔子追求的美善兼好的诗学思想，在西汉毛苌那里有了进一步的表述。毛苌在其《诗大序》中说：“风，风也，教也，风以动之，教以化之。诗者，志之所之也，在心为志，发言为诗，情动于中而形于言，言之不足，故嗟叹之，嗟叹之不足，故咏歌之，咏歌之不足，不知手之舞之足之蹈之也。情发于声，声成文谓之音，治世之音安以乐，其政和；乱世之音怨以怒，其政乖；亡国之音哀以思，其民困。故正得失，动天地，感鬼神，莫近于诗。先王以是经夫妇，成孝敬，厚人伦，美教化，移风俗。”[①] 毛诗大序还对诗作了“六义”的区分和解释：“一曰风，二曰赋，三曰比，四曰兴，五曰雅，六曰颂，上以风化下，下以风刺上，主文而谲谏，言之者无罪，闻之者足以戒，故曰风。至于王道衰，礼义废，政教失，国异政，家殊俗，而变风变雅作矣。国史明乎得

① 郭绍虞：《中国历代文论选》，上海：上海古籍出版社 1979 年版。

失之迹，伤人伦之废，哀刑政之苛，吟咏情性，以风其上，达于事变而怀其旧俗也。故变风发乎情，止乎礼义。发乎情，民之性也；止乎礼义，先王之泽也。是以一国之事，系一人之本，谓之风；言天下之事，形四方之风，谓之雅。雅者，正也，言王政之所由废兴也。政有大小，故有小雅焉，有大雅焉。颂者，美盛德之形容，以其成功告于神明者也。”“赋、比、兴是《诗》之异辞所用，风、雅、颂是《诗》之成形，用彼三事，成此三事，是故同称为义。”这段诗学理论是中国儒家诗教的纲领性阐释，后来的“文德”论踵事增华，形成了中国文教史上的“经国之大业，不朽之盛事”，“文以德为本”、“文本其德”、“文之为德”等说法皆本于此。

就文学与道德的关系而言，中国儒家诗教的完整性和丰富性称得上举世独步，不仅对中国自孔子以来的文学发展产生了巨大的作用，对中国周边国家也有深远的影响。儒家思想在漫长的历史过程中，对中国以及中国文化圈的作用在总体上是积极的和有建设性的，“发乎情，止于礼义”的情理兼合观，应该说正面价值要大于负面效应。任何事物无不有副作用，儒家的文艺观亦然。两千多年来，文的关系讲多了，自然会形成德重情敛的一面。不过我们也应看到儒家内部不断有著名文学理论家在发展诗学观点，比如刘勰在其《文心雕龙》一书中，就既讲理，也讲情，尤其讲道。就拿讲道的《原道》篇来说，起首边说“文之为德大矣哉”，但是马上就把文之道追溯到“盖自然耳”。他把情理道和自然的关系处理得相当得体，在文学的情感作用方面也有精彩而丰富的理论拓展。“人禀七情，应物斯感，感物吟志，莫非自然”，“物色之动，心亦摇也”，诸如此类的精辟的论断，可谓旨深意远，都是很难超越的诗学精华。还有如南齐谢赫、宋代严羽、明代胡应麟、清代王士祯等人的“神韵”说，明人李贽的“童心”说，清人袁枚的“性灵”说，都在情与理、道与文、性与灵等关系方面有长足且卓有成效的研究，为人类诗学的发展作出了宝贵的贡献。其实中国文学思想是渊博而浩瀚的，不仅儒家的文学理论源远流长，还有道家法天、法地、法自然的超越性精神，先秦其他学派的文学观念，以及释教传入中国后佛学文艺观的生发变化，诸如此类的学术建树形成了百川归海的洋洋大观，都为中国文学审美思想提供了弥足珍贵的资源。

西方的文学功能论也是源远流长。为什么苏格拉底和柏拉图主张文学是理念的模仿？为什么他们提出用理念来统帅和决定诗文的高下和成败？

说到底，是因为他们提倡的理念，是真善美的统一体，是至高无上的衡量标准。柏拉图之所以要把不按理念行文作诗的人赐桂冠而放逐，根本上就是因为这些文人违背了理念，不符合理想国的理念。亚里士多德在哲学路径上与乃师背道而驰，但是在文学功能上却与其师殊途同归。他在《诗学》中探讨悲剧，借引起怜悯与恐惧之情来使人类的情感得到净化。亚里士多德著名的“净化”说，与柏拉图的真善美统一论，在本质上是同样的用心，都是根源于真，扩大于美，落实于善。这样的论述在后来基督教的学说中也得到了认可。

在求善的聚焦点上，基督教与古希腊古典哲学有着共同的价值交叉和伦理互补。古罗马时代的思想家和后来西方的经典理论家，对古希腊的真善美统一论大都是持赞同的态度。贺拉斯认为：“诗人写诗的目的是给人以益处和乐趣，使读者觉得愉快，并且教人如何生活。”① 他认为诗作要发挥娱乐和教诲的双重作用，要“寓教于乐”。郎吉诺斯认为作者本身就应当胸怀一种崇高的感情。② 托马斯提出了美的三个因素，即完整、和谐以及比例、色彩鲜明。但丁指出“从人性的角度来剖析，认为安全、爱情和个人品德应当是最值得选择的三大主题。”③ 锡德尼（1554—1586）认为诗人生动地模仿，表现善和恶，其目的在于既教导群众，又娱乐群众，诗歌的功能就是寓教导于娱乐之中。在锡德尼之前，文学批评家们只是关心大家在描写什么，在他之后人们才真正关心文艺作品会对群众产生怎样的影响。最伟大的戏剧家是莎士比亚（1564—1616），他通过具有强大艺术力量的形象，从他那些典型的、同时又具有鲜明个性的主人公的复杂关系中，从他们的行动和矛盾中去揭示出他们的性格。戏剧中放射出的强烈的人文主义思想光芒，以及卓越而大胆的艺术技巧，其意义早已超出了他的时代和国家的范围。在莎士比亚的戏剧中，善恶美丑真假都经过高超的艺术处理，观众在其剧作中获得的不仅是美感，还有辨别好坏的品德和智慧。“莎士比亚化”是享誉戏剧史的创作方法，它不只属于一个时代而属于全世纪。在高乃依（1606—1684）看来，只要能引发观众产生怜悯与同

① 张中载：《西方古典文论选读》，北京：外语教学与研究出版社 1999 年版，第 66 页。

② 伍蠡甫、胡经之：《西方文艺理论名著选编》，北京：北京大学出版社 1985 年版。

③ 但丁著，田德望译：《神曲》，北京：人民出版社 2000 年版。

情这两种感情之中的任意一种，就能达到净化心灵的目的。他不否认娱乐，但是非常器重教化，因为二者在悲剧中的效果不能并列，却又缺一不可，将教化寓于快感之中是其剧作的执着追求。比高乃依更加注重悲剧教化作用的是德莱顿（1631—1700），他认为要想真正打动观众，悲剧主人公还应该是一个“有德行的人”，不能是一个恶棍或无赖，否则人们根本不会关心他们是否痛苦，悲剧的感染力自然会受到影响。

孔子说：“不学诗，无以言。”不言而喻，学诗与为人处世的关系非常紧密。兴观群怨，好乐重礼，寓教于乐，求善兼美，这样的审美精神，一直是中国文学思想史上的大原则。而让文学艺术给人以多方面的提升，甚至把文学艺术作为培养健全人格的必由之路，是西方文学思想的基本观点。重视文艺的美育和善化功能，是西方文艺复兴以来的主旋律，也是启蒙运动的审美主张。这样的思想体现在文学活动过程中，自然要求人与文的统一。中国古人讲“文如其人”，西方也有“风格即人”的说法，然而，这一传统在现当代遭到了挑战，反对者的声浪颇高，所言也不是全无道理。不过，从总的方面来看，寓教于乐作为人类善根的发挥和追求，是会不断地绵延和发展的，重要的是必须对美善合一的理念作出与时俱进的补充、改善和更新。从反面汲取营养，由负面反观自己，在恶中改造自我，这也许是当今世界的一大课题。

第二节　文学的涉恶功能

文学是否天然合理？文学是否本身就自给自足、自强自立、自好自重？这是许多美学家和文艺理论家不愿探讨，或者说刻意回避的问题。对此，栾栋先生有较深入的思索。他说：“文学并非天然纯洁无瑕，并非是一块净土。通常说文学有诸多好处，那是就文学与社会其他方面相对而言。不少文学理论家和美学家往往夸大了文学天真无邪的一面，将之推举为抵抗一切负面存在的正义的化身。柏拉图、黑格尔将文学置于向理念升华的环节中审视，马克思将之投放到一定的历史过程中，放到特定生活方式的生产过程中来考察，实际上给人们留下了研究文学本身缺陷和毛病的余地，虽然他们也过分地抬高了文学的地位与作用。”[①] 他还说：“在古代社会，提一提‘净化’、‘疏导’、‘教化’ 等正面的文艺观念，也许就能解决当时思想文化中许多现实问题。现代社会则不然，人们必须直面假丑恶，与社会的阴暗面博弈，与文明的劣根性搏斗，与内在的欲望较量，因而，文艺不能只卖脂粉或专事歌德，首先应该像厨川白村那样直击腐恶，像鲁迅那样痛批瞒和骗的文艺，像二位思想家那样勇敢地去改造国民性并且改造社会。在某种意义上，文艺不可忽略也不可排除自身的恶品质与恶功能。‘对手如凶兽时就如凶兽，对手如羊时就如羊！’鲁迅在一九二五年《忽然想到》一文中的这句话，可以借用来说明逼出来的‘恶文艺’。”[②] 栾栋先生的这些观点是颇有见地的。古希腊人的净化和基督教的净化，只是净化的一个侧面。在文艺发展史上，写真善美的东西是可贵的，但写假丑恶的东西未必就不好。辩证地处理所描写对象的真假善恶美丑，是对作家写作水平和思想境界的考验。

有一些作家及其创作并无恶意，但是其作品成分复杂，甚至涉恶且染恶而有待反复地解蔽、解毒，比如《金瓶梅》、《肉蒲团》中泛滥成灾的色情淫欲，还如《水浒传》中刀尖舔血的嗜杀和忠君旗号下的出卖[③]。在文学长河中，也有一种情况：作家本身就不善，所写东西也不善，但是其人

---

① 栾栋：《文学通化论》手稿。

② 栾栋：《辟文学》手稿。

③ 1975 年 8 月 13 日，毛泽东同北京大学中文系教员芦荻谈了对《水浒传》的一些看法。“《水浒》这部书，好就好在投降。做反面教材，使人民都知道投降派。《水浒》只反贪官，不反皇帝。摒晁盖于一百零八人之外。宋江投降，搞修正主义，把晁盖的聚义厅改为忠义堂，让人招安了。宋江同高俅的斗争，是地主阶级内部这一派反对那一派的斗争。宋江投降了，就去打方腊。”“这支农民起义队伍的领袖不好，投降。李逵、吴用、阮小二、阮小五、阮小七是好的，不愿投降。”“鲁迅评《水浒》评得好，他说：‘一部《水浒》，说得很分明，因为不反对天子，所以大军一到，便受招安，替国家打别的强盗——不替天行道的强盗去了。终于是奴才。’”“金圣叹把《水浒》砍掉 20 多回。砍掉了不真实。鲁迅非常不满意金圣叹，专门写了一篇评论金圣叹的文章《谈金圣叹》。1930 年代初，鲁迅在《三闲集·流氓的变迁》中曾这样评论《水浒传》：“‘侠’字渐消，强盗起了，但也是侠之流，他们的旗帜是‘替天行道’。他们所反对的是奸臣，不是天子，他们所打劫的是平民，不是将相。李逵劫法场时，抡起板斧来排头砍去，而所砍的是看客。一部《水浒》，说得很分明：因为不反对天子，所以大军一到，便受招安，替国家打别的强盗——不‘替天行道’的强盗去了。终于是奴才。”

其作却不乏特殊价值，此类现象也须换个角度审视。作家恶作品亦恶，这种双恶症候，往往也能让人透析社会和人心的阴暗面。萨德和波德莱尔连同他们的作品就具有双恶特征。从历史的角度看，前者展示了启蒙的暗角，唤醒人们关注身体启蒙问题，揭示了现代文明演变中的另一种变数。后者代表了现代主义的裂变，预示了后现代主义的莅临。

文学可以写恶，文学也有权有恶，或本身也能够是恶。乔治·巴塔耶的《文学与恶》给我们揭示了文学的这一方面。他在该书中试图说明，以恶抗恶之文学恶和恶文学也是文学精华之一种。他认为文学之所以对于人的存在极其重要，是因为在文学中所表达的，首先是“恶”，特别是“恶”的最尖锐的形式，也就是“痛苦”。作为恶的最高形式，痛苦是一种占据首要地位的价值，痛苦的极高价值就在于它集中表达了生命本身的奥秘。只有在痛苦中，尤其在极端的痛苦中，人才能真正体验到情欲本能的根底上的力量，人才能由此产生逾越有限经验的意志。正因为这样，文学活动的展开以及对于“恶”的揭示，将导致一种“超道德”的存在。文学的这种特性，又使它变成一种“终于找到的童年”。乔治·巴塔耶的观点是说，通过文学创作，通过创作中喧闹不停的语言运用以及在喧闹声中表现出来的叛逆情绪，虽然也显示文学是一种“恶”，但同时又呈现出文学的天真朴素的性格。但是不可否认，作为“终于找到的童年”的文学又显示出对于“恶”的无能为力。在这种情况下，从事文学创作的人，必须在叛逆的暴力性和行动中证实自己的生存。

作家当然应该多写一些真善美的作品，但是也不可让真善美的亮光染红人类的眼睛，用一种颜色遮蔽住真实的世界。阳光下的罪恶比黑暗中的罪恶更邪恶，邪恶披上阳光的外罩更具有欺骗性。在这种意义上，乔治·巴塔耶的《文学与恶》的存在，补充了文学的多样性。为了在人生的有限经验中探索“不可能性”的存在，作家们的创作目的，当然不是局限于有限的经验存在的范围内，而是相反，力图在有限的经验中寻求突破有限而达到无限的种种可能性。在有限的经验中，内在的心灵经验是最宝贵的，因为正是内在经验有可能引导走向逾越的道路。今天，我们所面临的处境是前所未有的自杀式毁灭。如果这些都将成为我们文化建设的成就或者文学的使命，那人类离末日也不远了，因为人类不图自救、不复寻求生命意义之日，也就是世界毁灭之时。

第三节　关于文学的遐思

文学能让人消遣，能让人怡情悦性，能给人快乐，能让人从苦闷中摆脱出来，哪怕是暂时的减负或虚拟的逃离，这是人尽皆知的文学功能特点。但这只是文学的一个方面，它还有其他方面，至少文学不只是一种让人们借助文字遁世的渠道，也不只是让文字本身巧妙逃逸的游戏。真正负责任的文学必定直接或间接地将人和文字一并牵入现实，对现实有所影响，进而有所干预，甚至有所变革！文字是这个世界上弥足珍贵的财富，文学亦然。有人认为现时代的文学无法拯救众生，正在失去自身存在的理由和意义，沦落为时代的文字垃圾。这种批评不无根据。每年生产的所谓文学作品估计都超过了人类历史上曾有文学作品的总和，可又有多少作品具有真正的文学品质呢？今天的写作和生活、写作和人格实践的分裂愈加普遍和严重，我们目睹了那么多的所谓文学作品，为了取悦大众、麻木世人，放弃了精神的承担与责任。前苏联的法捷耶夫、高尔基和索尔仁尼琴等著名作家承担了一个民族的精神苦难，中国的鲁迅、巴金、老舍和曹禺等文坛巨匠也是民族解放的旗帜。他们的作品不仅揭露了社会的堕落与黑暗，同时也成就了自己，照亮了世界。文学具有现实关怀与人文关怀的品质，这一点无论如何不可荒废。法国作家萨特说过，文学最重要的特性与功能是介入现实和干预生活，不管采用什么样的艺术方式。[①] 荷马史诗如此，《诗经》如此，屈原如此，司马迁如此，文学史上流传后世、当得起“文学”二字的作品，莫不如此。就以鲁迅、巴金而论，除了他们艺术上的创造性之外，更重要的是，他们的作品体现了对国家民族命运的忧思，对时代社会变革的关注，对国民灵魂的剖析，对人民命运的关心，给人以思想情感的震撼和精神鞭策的力量，对时代生活和社会变革产生了积极的影响。

---

① 赖大仁：《“好文学”的两大品质：有现实关怀与人文关怀》，《光明日报》2011 年 11 月 7 日。

反思当今文学被庸俗化、泡沫化和边缘化的内在原因，当今的文学是否过于远离现实、远离生活、远离人性关怀？是否过于“自我”而缺少现实批判精神和责任担当？如果文学不能介入现实，不能影响生活，不能反映人们心底的愿望诉求，不能作用于世道人心，人们又为何要关注文学？在对社会历史人生人性的认识感悟及艺术表现上，或者在人物形象或意象意境的创造上，或者在文学叙事与艺术结构上，或者在文学语言与文体风格上，哪怕在某一个或几个层面上，如果有一些新的探索，能提供某些新鲜的文学经验，就有可能得到更多的关注。文学以艺术创新与超越的魅力吸引人们，以思想情感的力量介入现实、影响生活和温暖人心是文学最重要的品质。当今时代并非不需要文学，而是需要具有独特文学品质的“好文学”。我国现代作家鲁迅先生的作品除了在艺术性、创造性方面开拓之外，更重要的是体现了对国家民族命运的忧思，对时代社会变革的关注，对人民命运的关心，并对时代和社会变革产生了深远的影响。文学作品在题材方面要能够直击现实，直指当下时代之痛，正视时代叙事的处境，对“他人的痛苦”感同身受。可是如今满目充耳的是对传统的想象或者国际化、全球化的想象。

无可否认，当今的科技在飞速发展，社会物质生活在日益丰富，但是人的精神却在委顿，心田却在枯索。那么靠什么来激励精神？靠什么来滋润心灵？对物质的无限度追求，必定带来感情的凋零以及道德体系的崩溃。流水线将各不相同的生命变成工号，具体的人被符号化、格式化，真实的情感、内在的丰富性被机器抽离。对国民灵魂之麻木的深刻解剖，揭示出人们的盲目和愚昧。对金钱的狂想，已经让人谵妄，遮蔽了常识和理性。金钱已经成为现代生活的主角，支配着大部分人的选择，它是全球化时代的永恒在场者。现代社会的压力，让不少人卷入巨大的生活洪流，感觉自己像溺水者，被裹挟得透不过气来。当文化消费主义盛行于世的时候，狂欢过后的寂寞与孤独、痛苦与凄楚从四面八方不由分说地袭来之际，许多作家无力面对纷繁芜杂的现实，缺少能力去记录和反映快速变化着的社会。小说的想象力疲软的背后是思想的贫乏和历史意识的单薄，有的作家的目光被锁定在印数、奖项、排行榜等光环的蛊惑中，“写什么”和“怎么写”是他们的必修课。写作是“介入”，“介入”至今仍是超越的基础。作家通过写作与读者、与世界建立起意义关系，写作让作家敞开主体的内心，寻求灵魂的自由，同时捍卫日常生活中的精神性。巴尔扎克的梦想是当一名忠实的时代“书记员”。写作当代就是写作未来，因为现在是永远消逝的时刻，只有在过去与未来的互动中，现在才能产生真实的意义。在这个满目摇晃的当代，“书记员”依然是个崇高而且必需的目标，它调整着小说家的虚构，使想象不至于像浮萍一样四处飘零、无处皈依。

2011 年 10 月 13 日，在佛山南海黄岐广佛五金城发生了一起“小悦悦事件”。2 岁的小悦悦（本名王悦）相继被两车碾压，7 分钟内，18 名路人路过，但都视而不见，漠然而去，最后一名拾荒阿姨陈贤妹上前施以援手。2011 年 10 月 21 日，小悦悦经医院全力抢救无效，在零时 32 分离世。2011 年 10 月 29 日，小悦悦遗体在广州市殡仪馆火化。当今世界是一个信息瞬息万变的时代，“小悦悦事件”已经淡出人们的视线，但是这件事所折射出的问题是显而易见的，是对中国文化的巨大讽刺，是对国民灵魂麻木的深刻揭示。如果说鲁迅在他那个时代，曾经大声疾呼过“救救孩子”，那么，残酷的现实又一次警示人们，不仅要“救救孩子”，而且要“救救大人”！

1919 年，鲁迅发表了寓意深远的小说《药》，其中描述了革命者夏瑜的鲜血被愚昧的乡民当成药物。这就是鲁迅在愤慨和哀叹中写成的令人触目惊心的“人血馒头”。精神愚昧！心灵麻木！人们怕惹祸的麻木！对付愚昧与麻木，难道还要续写去吃蘸血馒头的历史？万物的灵长们，如果连最基本的道德底线都没有了，那还配做人吗？人心何其冷漠，有人急需援助，路人可以无动于衷。我们丢失了什么？反思现实的社会，虽然改革开放给中国带来了巨大的变化，GDP 跃升世界第二位，但我们的社会价值观已经退步了，我们放弃了太多。这个社会每个人都需要反思，需要坚守自己的道德底线，需要寻找心底最朴实平凡的良心，只有这样社会才会有前途。“小悦悦事件”不只有损中国人的形象，而且暴露出了一个重大的问题——民族的堕落！文学能唤醒麻木吗？让文学承担这么沉重的担子，可能吗？我们当然不能把太多的责任推给文学艺术，还有许多个社会部门应该负起责任。但是作为救心的“药膳”，作为救治精神的无边墙的“医护场所”，文学艺术绝不能萎缩成醉生梦死的麻醉制造厂，更不能堕落为比臭水坑还要恶心的娱乐沼池。文学啊，只有人类有文学！艺术啊，也只有人类有艺术！中国人应该怎么做？该行动了！文学是寂寞的，也是高尚的。在这个资本称霸、蔑视心灵的现代化时代，应扛起精神担当的大旗，敢于横刀立马，给这个麻木乃至萎缩的社会刺出几滴鲜红的血，对这个媚俗的时代、麻木的时代，喊憎，喊打！

小结

有一些问题不断被人们提问，又不断被否定，翻来覆去地审思，很难拿出一个被大多数人赞同的定论。栾栋先生把这类问题称作“问题结”。在他看来，关于文学与善恶的关系问题，就是一个“问题结”。① 笔者在研究厨川白村和鲁迅的文学思想之时，关于文学是什么的追问，反复地浮上脑海，诚所谓“剪不断，理还乱”。尽管这个问题因众说纷纭而难成定论，可还是不得不谈论这个问题。因为这个“结”牵挂着关于厨川白村和鲁迅研究的关键之处。运用“辟文辟思辟学”的“辟解”方法，笔者解析了文学与善恶关联的诸多方面。诚然，文学是审美的集中体现，也是人类精神的家园；文学是灵魂的驿站，也是抗争异化的堡垒；文学是苦闷的象征，也能给人以痛而可快的愉悦。因此，厨川白村和鲁迅等人，才那么看重文学与苦闷的关系。“寓教于乐”，人类的文化发展史一再证实这则古训的重要性。古今中外有出息、有担当的文学家和理论家无不在这个节点上下足了所能下的工夫。文学不应仅仅成为人们高蹈的桥梁，也不应一味去做催眠的小曲和浪漫的摇篮，尤其不应成为人们麻醉自己的温床。“文学应该是解除郁闷心结，破除精神魔障，突破残酷现实的‘一种药膳’，是重新酿造生活的‘勾兑’，是对苦闷现实‘辟文辟学辟思’中的‘辟解’。”栾栋先生在《原创论》讲义中的这段话，可做这一章反思文学的小结。

---

① 栾栋：《原创论》手稿。

第九章

文学特征反思

文学是什么？千百年来众说纷纭，人言各殊。在相关语境下，这个问题又可以转换成另一种提问，即什么是文学？什么是文学的问题也可以倒过来提问，即什么不是文学？与之连带的还有相关问题，诸如，文学与历史、哲学的关系如何？为什么文学在现今世界被边缘化？什么样的文学能够经得起时间的淘洗，成为经典？为什么浩如烟海的文学作品会销声匿迹，甚至已经无法找到些许蛛丝马迹？为什么有一些文学思想却可以光照千秋？这些问题都是我们经常思考和讨论的。它们在变脸、变心、变格、变位，而且常变常新。

给文学核定本质是一件难事。自古以来，有理念论，情志论，上帝光辉流溢论，意识形态论，现实生活反映论，审美精神表现论……这些理论都有其道理，但也都有其局限。栾栋先生在论及文学研究方法时曾说："研究文学者不能不涉及对文学本质的思索，然而这个问题确实很复杂，不易把握。如果说文学的本质论太难于把握，就像老虎吃天无处下爪，我们就从文学特征入手吧。"① 本章就从文学的几个重要特征切入，力求对文学特征有一个多维度的观照。

第一节　摹仿的文学观

就西方文学思想而言，探索其特征，最不坏的方法，莫若溯源。厨川白村关于文学的思考，一直有一个时隐时现的前提，那就是理清从古希腊到近现代的西方文艺理论脉络。我们不宜事无巨细地引证前人的成说，只举几个相关的大端，以推进本论文中厨川白村与鲁迅文学思想的核心。在古希腊思想的上游，柏拉图文艺观影响了两千年来的西方学者。他在《会饮篇》中认为，审美活动包括文艺的生成，说到底是对理念的"摹仿"②。这就是说，摹仿触及到了文艺的大旨，"摹仿理念"说就是他的文艺本质论。作家和文艺审美的个体是通过神灵附体的"灵感"或"过去美好情景

① 栾栋：《释"神思"》手稿。

② 柏拉图著，朱光潜译：《柏拉图文艺对话集》，北京：人民文学出版社 2008 年版。

的回忆”达到审美的境界，即分有理念的福祉和进入理念的王国。柏拉图实际上是从不同侧面汇聚到一个中心，文艺的本质即理念。他的以“摹仿说”、“灵感说”和“回忆说”为基础的文艺创作理论，以及以追求真善美为宗旨的功利主义文艺功用论，奠定了西方世界文艺思想的基础，后世所有的文艺理论家，不论追随他还是批判他，无不受其启发。

他的学生亚里士多德把他的“摹仿”观颠倒了过来，用摹仿现实来解释文艺的根本问题。理念不再被看作事物的本源，实在的世界成为关注的重点。他在《诗学》的第二章《摹仿的对象》中认为：“悲剧和喜剧分别摹仿两类不同的人物。”① 在柏拉图那里，“摹仿”是判定正误的分水岭。一般人只是在摹仿万事万物的具体体现，而不是事物的本源——即永恒而且不朽的理念，所以常见的摹仿者都是拙劣的摹仿者，只有那些能够凭着神赋的灵感描绘出事物本源的诗人才是真正的文学家。在亚里士多德那里，理念不再举足轻重，而摹仿活动本身则凸显重要性。他在其《诗学》中指出：艺术的本质是摹仿，摹仿是人的本能，人通过摹仿既可以满足自己的求知欲，又可以获得审美的愉悦，摹仿的对象不是理念，而是现实中的好的事物。《诗学》的核心是对悲剧的讨论。他认为悲剧应当是一个完整的有机整体，通常由六个要素——情节、性格、思想、台词、扮相和音乐组成。他认为悲剧是借引起怜悯与恐惧之情来使人类的情感得到净化。

概而言之，柏拉图和亚里士多德都注意到了摹仿，但是各人的出发点不同，得出的结果迥异。对后世来讲，他们的方法论意义更大过具体的结论。文学艺术离不开摹仿，摹仿既是创作和欣赏文艺作品的方法的聚焦点，也是思索文艺本质及其特征的理论导引点。后来的文艺理论家，如贺拉斯，郎吉诺斯，布瓦罗，狄德罗，马克思，车尔尼雪夫斯基等人，都对亚里士多德的诗学思想有所继承。他们强调的重点逐渐移到了摹仿对象、底蕴及其所产生的精神作用，如追求崇高，热爱生活，寓教于乐，反映世界等。可以说，西方文艺理论名家辈出，著述不胜枚举，究其方法，都与“摹仿”说有千丝万缕的关联。就思想的丰富性和深邃性而言，柏拉图的“灵感”说和“回忆”说则给后世留下了另一种理论种芽。近代以来的现代主义诸流派，都可以上溯到柏拉图的这个源头，表现论，文艺思想，移

① 亚里士多德著，罗念生译：《诗学》，北京：人民文学出版社 2008 年版。

情说，宣泄论，唯我主义，凡此种种，都与柏拉图的后一种理论有一定的渊源。或“镜”（反映，摹仿），或“灯”（表现，投射），西方的文艺理论在二者之间徘徊。

第二节　象征的文学观

如何走出“摹仿”说和“表现”论的笼罩，提出与二者有所不同的文学思想来，这个想法一直让近代以降的西方思想家费心费力。象征主义是一种颇有成效的尝试，象征主义诗人波德莱尔（1821—1867）认为：人们之所以能从某些事物上感受到美，完全是出于一种对于上天的感应。在自然界的万事万物和人类的精神世界之间，存在着一种内在的感应关系，诗人的任务就是通过自己的想象力来穿越事物的表象，透视现实世界，发现自然与人类之间的感应关系。而要想做到这一点，最有效的方式就是学会使用象征的方式进行创作。他还提出了“重灵性”的观点，所谓的灵性，其实就是思想。他强调创作者们要学会围绕一个核心的思想来组织所有象征性的形象，他相信无论形式如何，最重要的是作者所提出的观念。①

弗洛伊德关于文学艺术的论述很有启发性。他说：“文学艺术的创造实质上是一种对性欲的转移和升华。”② 在这里他给文学艺术下了一个精神分析学方面的定义。这个定义在文艺发展史和理论学说史上都具有创辟性的贡献。在他看来，文学艺术具有重要的改善人类内部生活，调节外部生活的双向作用。他指出：“在艺术创作的过程中，创作者通过在内部的精神生活中寻求满足，来使自己独立于外部世界。”为了说明这一观点，他还提出了“白日梦”的理论。我们看到，正是这种“白日梦”的思想，给文艺理论家提供了难得的支点，厨川白村就是在这个意义上提出了文学是苦闷的象征的命题。艺术家们通过自己的创作来进行逃避，钻进自己想象的世界，就像很多人喜欢通过做“白日梦”来实现自己的理想一样，只不

① 帕斯卡尔·皮亚著，何家炜译：《波德莱尔》，上海：上海人民出版社 2012 年版。
② 弗洛伊德著，高兴、成煜译：《梦的解析》，北京：北京出版社 2008 年版。

过艺术家们可以通过艺术加工的手法，让自己的白日梦能够带给观众巨大的审美快感罢了。虽然弗洛伊德的学说有泛性论和唯性论的弊端，但是其贡献还是不可忽视的。至少，他的精神分析学理论对象征主义文艺思想有一种夯实基础的作用。

如果我们不拘泥于名词和概念，就会看到寻找文艺底蕴的想法是理论家们很在意的事情。比如诗人叶芝（1865—1939），就执着地寻求诗歌所要表达的非现实的真实，用他的话说，文艺创作的目的就是要表达“最高真实”。要想表达“最高真实”，最直接的方法就是要回到人的内心，不要纠缠客观细节，学会用象征的语言来表现人们的心灵世界，去抓住人物内心的幻想。一种感情只有找到它的表现形式，也才算是真正地存在，这些表现形式之间越是协调，就越能表达出创作者的内心情感。他把象征分为感性象征和理性象征，感性象征只能唤起人们的感情，不能引起深切的感动，而理性的象征却可以帮助人们透过表象，看清事物的本质。

文学离不开象征。厨川白村、鲁迅等文学理论家敏锐而深刻地认识到了这个问题，但是并非所有的文学思想家都能意识到。抓住象征问题谈文学，是一个切中肯綮的举措，然而对象征的理解和开掘也有一个粗浅和精深的区别。栾栋先生在《诗说》讲义中对这一点有独到的见解。他说：“文学是语言的艺术。人们一般以为把话说好就有文采，把话说到准确生动就是文学，这样的看法还不到位。把话说到有文采，说到准确生动，那只是涉及了文学的基本要素，要想在文学的领域登堂入室，还必须领悟和运用象征的手法。如果说用好语言，把话说到准确生动就是文学，那古人为什么要说‘言不尽意’。文学必须有象征。象征者，神之形，文之眼，意之缘，故而可谓文学之精髓，审美之要领。正是由于这个原因，所以古人才说‘立象以尽意’。‘象’不仅是形式，不仅是材质，而且是灵感的媒介，审美的脉络，点睛的触点，渊深的近传。《周易》最富于象数义理，贯穿数义理者，是象。《周易》之所以被人称为神妙，善用‘象’就是其奥妙之一。象征不是一个与形式对应的内容，而是灵犀聚散的焦点，是神机开合的枢纽。文学，特别是小说和诗歌，是否紧扣象征而为文为诗，实在是成败的要领所在。”[1] 栾栋先生的这段话，讲清楚了象征究竟是什么的

---

① 栾栋：《诗说》手稿。

复杂问题。在他看来，象征不是人们通常望文生义地解释，即非要以“象”去“征”什么，而是以“象”为“征”的酿造，象征本身就是艺术建构，本身就在营造境界。这个论证，比西方象征主义者从一己感受出发去解说象征要透彻得多。至少此解给了象征以非线性的、开放性的圆通阐发。

第三节　实证的文学观

在科学技术迅速发展的阶段，实证文艺与日俱增。我们自然会想到法国的自然主义小说家左拉和理论家丹纳（1828—1893），他们那种以科学技术为基准的文学思想，展示出了实证主义文学理论的特色。左拉的笔尖就像医生的解剖刀，他所谓的一丝不苟的写实主义，其实就是实证主义文学的典型代表。

丹纳的理论表述，道出了实证主义文艺观的学术理念。丹纳认为，理性已经渗透到自然科学的每个角落，理所当然地应当进入人文社会科学领域，文学艺术领域亦然。他讲的理性的扩展，就是要把人文社会科学方法纳入到观察科学的范畴，把观察的方法引入人文社会科学。丹纳认为，文学艺术与“种族、时代、环境”三元素之间有着非常密切的关系。他强调三者对精神文化的制约作用，种族是“内部动力”、时代是“后天动力”、环境是“外部压力”。他认为艺术批评有自己的客观尺度，艺术品表现事物特征的重要程度、有益程度、效果的集中程度。艺术的本质在于把一个对象的主要特征，表现得越占主导地位越好，越明显越好。丹纳的理论与左拉的创作观相辅相成。

左拉提出自然主义创作理论，主张以科学实验方法从事文学创作，按生物学定律描写人，无动于衷地记录现实生活的方方面面。进一步看，他非常强调资料考证和客观描写，坚持要求文学创作者们从收集大量资料开始，用科学的哲学观点去全面解释人生，从纯物质的角度去看待人的行为与表现。他相信，缺点和恶癖是家族中某一成员在功能上患有疾病的结果，一旦弄清楚了原因，便可以用医疗与教育相结合的办法予以克服，从而使人性臻于完善。左拉的文学观与丹纳的学术思想互相印证，折射出科技进步过程中文学及其理论的急剧变化，披露出科技的双刃剑效应，即给人类带来好处的同时，也在无情地分割社会、分割心理、分割文学。这是人文世界所遭遇的另一个战场，不论其好坏，是非曲直，人们总要面对，哪怕是惶恐如凄风苦雨，沉闷似难解的方程。

自然主义在日本盛行期间，厨川白村没有简单地肯定或否定自然主义，而是用学院派的研究方法和态度，对欧洲自然主义进行了追根溯源式的评述，并从现代主义的角度提倡新浪漫主义。

第四节　苦闷的文学观

实证主义文论能给人以具体的局部的经验性直白，却不能透过科技手段或经验体会，抵达意识的深层和精神的不返点。人生依然有苦闷，文学仍旧与苦闷剥离不开。苦闷的文学一如苦闷的现实，这不是实证主义文学及其理论所能深透挖掘的人文现象。有两位哲学家对苦闷有过发人深省的钻研，他们是叔本华和尼采。

叔本华是一位探索意志问题的哲学家。提及意志，自然脱不开磨炼与痛苦。他认为，人之所以痛苦，就是因为他们的精神世界中有一些理性所不能达到的境界，痛苦的根源，就在于一些明知故求的欲望，或莫名其妙的欲望。在他看来，欲望导致痛苦，欲望即痛苦所由来。人类到底为什么需要艺术？因为艺术是人类把握世界最直接的方式，科学只能帮助人类认识世界的表面规律，而艺术则可以帮助人类直接把握世界的本质。艺术创作者们的目标首先是要认识这个世界的本质，然后通过自己的创作来向世人传达自己的认识。叔本华认为悲剧是最高的艺术，是所有艺术形式的巅峰，只有悲剧才能最真实、最根本地反映了一个人所处的社会现实。悲剧有三种类型：第一种，剧中的角色本身就是不幸命运的源头，他所承受的一切悲剧都是咎由自取的，都是由他本人的性格和做法造成的；第二种，剧中人物本身没有缺陷，他所遭遇的不幸完全是由于命运的安排或者是偶然的错误导致的，这类人因为不能摆脱命运的摆布而成为悲剧；第三类，悲剧的产生是由于剧中人所处环境的不同而造成的，在这种悲剧当中，当事人的任何一方都不应当受到责怪，他们之所以陷入悲剧，完全是由于他们的社会环境导致的对立，这种对立发展到极致，便产生了悲剧。第三种悲剧其实就是人类命运的真实写照。叔本华把由人组成的社会看成是一个没有正义、毫无理性的地方，即便是在道德上毫无缺陷的人都可能随时陷入悲剧之中，这些人所背负的苦难其实是与生俱来的，即“人生是悲剧的诞生”。欲望是痛苦之源，即自我是悲剧之源，命运是悲剧之源，社会环境是悲剧之源。叔本华为此而强化意志学说，解析死亡的内涵，阐发艺术的作用，借此以突破痛苦之劫。在这个意义上，叔本华已经给另一位哲学家传递出了解释痛苦的接力棒，后者就是尼采。

尼采认为悲剧的最根本原因就在于酒神狄奥尼索斯和日神阿波罗的综合作用。日神象征着一种美、理智、克制的力量；而酒神则象征着一种狂喜、激情和惊骇的力量。当一个人处于日神状态时，他会变得富有理智，在情感上能够节制自己，能够在一定程度上抵御外界刺激，在日常生活中获得一种平静的乐趣；而处于酒神状态的人，则会变得亢奋，整个人如痴如狂，在情感上毫无节制，体会到自身与自然本体融合的最高欢乐。人一旦内心的激情和狂热被现实的形象点燃，激情就变得无法节制，于是悲剧就产生了。尼采认为至强至高的“生命意志”绝不表现在悲惨的生存斗争中，而是表现于一种“战斗意志”、一种“强力意志”、一种“超强力意志”。他呼唤一种“超人”的出现，超人凭借其超群拔俗的强力意志，穿越蒙昧和庸俗，实现永恒的轮回，完成上帝死了以后对人世的拯救。

众所周知，文学自古就是“存在战场”上诸多势力较量的体现。就拿古希腊哲学中的“摹仿”论来说吧，不论是柏拉图的文艺摹仿理念观，抑或赫拉克利特、德谟克利特的文艺摹仿自然说，都程度不等地遮蔽了苦闷问题。柏拉图要人们像热爱神那样地生活，亚里士多德要人们摹仿好人，这些贵族思想家们多多少少忽略了劳动阶层的艰难困苦。即便在近代的哲学家那里，文学的艰涩特征也一直被学者们所悬置。古典主义哲学家康德认为文学是基于理性的自由创造，黑格尔认为：“文学是理念的感性显现。”在这些哲人智者那里，苦难是被理性过滤了的，或者说是被逻各斯格式化了的，在某种意义上，格式化就是“虚假的幸福化”。后来的蔼理斯认为“文学是自我表现”，克罗奇进而认为“表现是文学的一切”。[①] 苦闷被提到了议事日程上。到弗洛伊德笔下，探索苦闷的触须进入了潜意识和无意识的深层。他认为“文学是性欲的升华”，性欲的经磨历劫和突围嬗变，为文艺理论的发展提供了别开生面的新纪元。相对于弗洛伊德的个体关照，荣格则更多地把注意力投向了群体、种族和人类。他认为“文学是集体无意识的成型”。在这个向度，厨川白村很好地汲取了精神分析学和现代心理学的成果，将文学直接界定为人类活力遭受压抑的产物。他说得很清楚：“文学是苦闷的象征。”

存在主义文艺是社会和精神苦难的承载者与抗争者，萨特和加缪便是此类文学的代表。萨特认为：“文学最重要的特性与功能是介入现实和干预生活，不管采用什么样的艺术方式。”[②] 而加缪则认为：“文学是反抗者。”[③] 昆德拉的说法更为剀切，他在《小说的艺术》中称小说家为“存在的探索者”，而把小说的使命确定为“通过想象出的人物对存在进行深思”，“揭示存在不为人知的方面”。他还说：“人处在一个真正的缩减的漩涡中。”[④] 这些论述让人想起德国现代哲学家胡塞尔的先见之明：“‘生活世界’在漩涡中宿命般地黯淡，存在坠入遗忘。”我国哲学家周国平对当前现状的描述，正好印证了胡塞尔的预言。周国平指出：“在这个时代漩涡中，爱情缩减为性，学习缩减为看电视，大自然缩减为室内养花，真正的冒险缩减为假冒险的娱乐设施……一切的精神价值缩减为实用价值，永恒的怀念和追求缩减成当下的官能享受。一切的意义与价值都被这‘漩涡’所吞噬，剩下的只是浑浑噩噩、稀里糊涂地活着。”预见和抨击这些现象是发人深省的，问题是人们如何才能跳出这种“漩涡”。也许行动可以做到，至少文学行动就是一种思路。法国的评论家、思想家和小说家乔治·巴塔耶（1897—1962），就是文学行动的倡导者。在他看来，作家首先是一个行动者，并不只是思想者或幻想者。对于人来说，最重要的行动就是

---

① 朱立元主编：《当代西方文艺理论》，上海：华东师范大学出版社 1997 年版。

② 赖大仁：《“好文学”的两大品质：有现实关怀与人文关怀》，《光明日报》2011 年 11 月 7 日。

③ 加缪著，吕永真译：《反抗者》，上海：上海译文出版社 2010 年版。

④ 张志庆：《存在的勘探者——米兰·昆德拉》，《山东大学学报》（哲学社会科学版）1999 年第 2 期。

文学创作。在文学中，行动就意味着把人的思想、语言、幻想、情欲、探险、快乐、追求、探索奥妙等，推到了极限！“在一切活动中，文学是最基本的；否则它就什么都不是。”①

苦闷是社会和心理的基本色调，苦闷是文学和艺术的基本内涵，苦闷是审美与疗救的激励元素，苦闷是个体和人类进步的催化剂。从这个意义上讲，厨川白村的《苦闷的象征》堪称为不朽的杰作。鲁迅的作品可谓苦闷的表达，他的《野草》、《彷徨》都是他精神焦虑、忧愤的集中体现。他把绝望、痛苦的内心情怀以及周边人的生存百态塑造为祥林嫂、闰土、孔乙己等鲜活的人物形象，在中国文坛以及社会中广为流传，甚至现在已经成为了商品的招牌被注册为专利。

第五节　檃栝的文学观

“若有人提问：有没有一种文学思想可集各类文学特征论之大成？我的回答是：很难找得到。”这是栾栋先生在其《文艺学通论》手稿中的自问自答。尽管找不到一种集大成的圆通的理论，但是学界对这个问题的探索还是不绝如缕。上述几种文学观都包含了这种意图。这里我们对栾栋先生的檃栝思想略作援引，或可从中得到较多的启发。檃栝学是栾栋先生从中国上古文化中揭示出的一种思想智慧。他在《另一种诗学》讲义中有这样论述：“檃栝二字的出现可上溯到三代（夏商周），不晚于春秋。战国流传为广。推其渊源，檃栝思想形成的原始氛围，当更早于三代文化。今天来溯源考求，檃栝有启蔽归藏、隐秀兼合、考量矫正等含意，至少能将其演变轨迹推溯到远古、上古时代，即文字创生早期。檃栝二字的偏旁部首，会意通转不似今人。隐加木，舌依木，并非无意。发人深思的是该词的潜含之意，谦和的檃栝，竟是檃而能矫，栝而可射。古人造字，檃字隐以木。

---

① 乔治·巴塔耶著，董澄波译：《文学与恶》，北京：北京燕山出版社 2006 年版，第 9～10 页。

早先的栝字，用木不用扌，识木可谓深沉，颇有山林守的意味。”① 在其所主编的《人文学概论》中，他有进一步阐发，“檃栝文化，兼通含义深邃。自然人文中有人文自然，逊进逊退处有归藏境界。人文自然中有自然人文，自强不息中有厚德载物”②，“宇宙文化中有未来消息”③。

栾栋先生讲的自然人文，“是指源于太初，根于古朴，出于本真的原始性文化。他讲的人文自然，是指文不离质，美不弃丑，善不嫌恶的文化中的自然元素。他讲的宇宙人文，是指造化弄人，天人两误，他星难耐的太空苦旅”④。就其自然人文而言，神话、巫术、图腾、星相、原始谣言、《山海经》、《黄帝内经》、《老子》、《庄子》，诸如此类自然生发却又趋向人文的精神意识均属此类。从人文自然来看，《连山》、《归藏》、《周易》、《论语》、《诗经》、《楚辞》、《吕氏春秋》、《淮南鸿烈》，举凡渗透着自然元素的人文典籍皆可归入这个统绪。在宇宙人文角度，人类的生死考验刚刚开始，目前各国科幻文艺作品，比如外星人造访地球，人类遨游太空，与宇宙中另类智慧存在的神秘接触，这样的文艺创作虽然充斥着地球人的稚气的想象，但是毕竟表达出了人们深入太空的理想，至少可以算作创造宇宙人文的热身思想。

从人类文化发展史来看，自然人文已经进入了人文的畛域，但是毕竟还不是十足的人文，其植根于自然，胶着于自然，也包孕着更多自然而然的情感性的东西。前文艺萌芽中大多为这一类样态，其形态多怪力乱神，多朴然，多稚气，多荒诞，多任情。在人文自然当中，人文精神相当明显，然而其中仍然包含着丰富的自然资源，比如《周易》、《论语》、《诗经》、楚辞中的血缘伦理和自然风情。在人文自然的范畴中，道德因素在增长，影响文艺质量的说教性的东西也在加强，出类拔萃的文艺作品无不是饱含自然的人文成果。就拿发乎情止于礼的《诗经》来说，孔子的贡献更多地在伦理文学方面，没有被孔子删改过的诗歌是在自然风情方面。去古未远，前经典脉络依稀可见，因而尚有不少渗透着自然元素的人文好诗。在宇宙人文的门槛，我们目前只能凭栏远眺，待船看航，艰难的太空

---

① 栾栋：《另一种诗学》手稿。

② 栾栋：《人文学概论》，广州：暨南大学出版社 2012 年版，第 366～367 页。

③ 栾栋：《人文学概论》，广州：暨南大学出版社 2012 年版，第 367 页。

④ 栾栋：《另一种诗学》手稿。

苦旅，是人类茫茫的探险之路，是人类不致灭绝的必由之途，星际移民的漂流瓶已经抛向天宇河汉，回音渺茫，前途未卜，期待遥远而漫长。正因为文学可作上述三种擘画，栾栋先生给文学下了这样的定义："文学是多面神，古来很难解说明白。文学是九头怪，今天依然变化多端。文学是星云曲，比兴风雅与天地参。"① 说实在的，笔者和许多人一样，还不能完全理解栾栋先生的隳栝学思想，但是就他关于文学的三大隳栝性的解析，已经让我们感受到其包举环宇的思想气度和吞吐太荒的学术格局，窥测到其原始要终的宏制伟构和酷爱生态的人文深旨，领略到地球人的生存危机和另一种意义上的苦闷的象征。隳栝学充满了忧患意识，展示了关于人类文学的另一种思索。栾栋先生在讲授隳栝学的课堂上，曾喟然长叹："文学归藏，只是小道。文学辟化，势在必然。文学他化，在所不辞。文学通化，此其时也！"在我们看来，栾栋先生撰写并发表了《文学归藏论》②，已经是解读和保护文学的大举措，然而在他看来"只是小道"，文学辟化和他化的不懈努力才是壮举。而其文学通化的大文学观，又是何等丰富瑰丽的想象。③ 在隳栝学的宇林宙丛中，文学之星河既有高处不胜寒的孤独苦闷，也有光辉灿烂的博大气象。那样一种在浩瀚宇宙中"树木树人"的隳栝之学，即便算不上人类走向宇宙的福音，至少是为人类未来而忧心忡忡的擘画。他开发隳栝学的良苦用心，可借他在《人文学概论》中的一段话来描述："木隐，木舌，纪岁月于年轮，守大块于寂然，有深德而不绚，含大美而不言，折射出一种天地气象，蕴藉着一种宇宙情怀。这一真谛自远古以至当今有如潜龙在渊，其作为人类的一种伟大思想的种源和精神智慧，间或被哲人智者领悟和波及，然而总体上处于待开发状态。"④

---

① 栾栋：《辟文学通解》，《文学评论》2008 年第 3 期。
② 栾栋：《文学归藏论》，《文学评论》2004 年第 1 期。
③ 栾栋：《文学通化论》，《文学评论》2011 年第 4 期。
④ 栾栋：《人文学概论》，广州：暨南大学出版社 2012 年版，第 200 页。

小　结

文学是什么？答案是举不胜举的，因为文学的体性是千姿百态的，文学家和文学理论家是数不胜数的，人类文化是浩如烟海的。人类恒河沙数，人文丰富多彩，时空无边无际。在其间生发变幻的文学，展示给我们的是高深难测的无限谜团。在前人和今人成果的基础上，我们作了这样一次检索和盘点。面对文学的本质特征问题，摹仿文学观在理念与现实两极摇摆，象征文学观在何象与何征问题上撕扯，实证文学观在写实与表证当口拘泥，苦闷文学观在苦难与郁闷之间纠结，在以上四个大端之中，实际上囊括了再现论、表现论、反映论、本体论、异体论等多种多样的文学理论的歧义，出于行文所限，笔者只从大处分说，而没有细致展开。换句话说，即便大幅度展开论述，也无法理出头绪来。笔者的研究不忘本质，笔下紧扣特征，但又刻意抓特征而避本质，因而摹仿、象征、实证、苦闷几个关键性的纲目，已经为本章找到了提挈这一问题的要领。栾栋先生的檃栝学思想，为我们提供了将各种文学本质特征学说统合起来的大文学观念。其辟文、辟思、辟学的辟解和归藏、归潜、归化的归念，让我们品味出了文学通化的大旨，领略到了不同于习见文史分类的开阔视野。自然人文—人文自然—宇宙人文，原始要终，通化生态，树木树人，继往开来。在檃栝学的化感通变过程和有无互生视域，文学以另一种新姿态进入化境。

结论

厨川白村和鲁迅，两个响亮的名字，感召我们完成了这样一次思想的苦旅。回头看，是这样一部著作——《苦闷的象征》，把两位文学巨匠连在了一起；是这样一个认知——“改造国民性”，让这两位思想大师苦苦求索，奋斗终生；是这样一处焦点——以文学救治，使这两位文化旗手一往无前，九死未悔；是这样一项德目——真理之正直，最终使两位伟人超越了俗常，在人文的高端殊途同归。当然，正是这样一种可比性，让我们经历了研究思想家和突破比较方法局限的尝试。

厨川白村和鲁迅抓住了所有人都经受过的心情——苦闷，在这个精神的暗道艰难摸索，将自身燃成火把，给世界带来光明。在两位巨人的笔下，苦闷是文明的本真，因为它是生命冲力和压力的“本我”存在，是凡人必经的大限范围内的难过，是历史画卷明显和暗衬的底色。在那里，他们阅读了叔本华、尼采、弗洛伊德、柏格森，反思了宗教、文艺、政治等社会各个领域；在那里，他们有了如何正确地爱自己民族的共识，有了落实这种大爱的途径和方法——改造国民性。这样的理念，即追求真理之正直的理念，使他们把求真作为前提，把取正作为良心，完成了对各自民族、民族文化的真爱和大爱，既哀其不幸，怒其不争，也悯其饥寒，救其精神。这样的举措，践履了“立人”、“成人”、“正人”的历史使命，并由之成为真正的民族灵魂和人类的精英。

在哲学的意义上，苦闷是造化弄人。我们从两位大师对苦闷的共鸣，解读了不可解读的人生无奈——命运无常。不论是佛解苦谛，抑或哲释宿命，自古智者诠诂，举不胜举。然而任何一种解释，都无法穷尽命运的真相，充其量只能撩起命运女神面纱之一缕。本书孜孜矻矻，心得只是一点，命运无常，但也有意，因为她是必然与偶然的同在，是能动与被动的制衡，是无情与有情的契合，是造化与自化的共振。一个常人，一个民族，一个时代，一种文化，其既成之成是身不由己，但是其未然之然毕竟可择。所谓“天作孽，犹可违，自作孽，不可活”，讲的就是这个道理。虽然世界事事难免有恶，但是人生时时要想救赎。尽管人性有恶，可是求善意志绝不能放弃。一个人，一个民族，一个国家，如果作恶多端，而且怙恶不悛，实在是搬石砸脚，饮鸩止渴，自取灭亡。在这个意义上，任何事物，其悲惨结局并非全是天定，实亦咎由自取。聆听天命，实际上就是体悟洁身自好，就是努力自我改造。厨川白村与鲁迅的身世和毕生的作为，以及他们对各自民族特性的反思，给我们提供的正是这样的启示。

文学是苦闷的象征。这是两位思想大师在学术问题上的又一次叠合，也是他们留给中日文学乃至世界文学的一份厚礼。用苦闷解释文学，并非他们的独创，弗洛伊德等西方学者已经捷足先登。但是将之与象征密切相连，作为文学的核心原理，却是两位杰出思想家的苦心孤诣。用象征说文艺，甚至将象征作为一种文艺创造的基本方法，也不是两位文学巨擘的首创，法国乃至西方的象征派文学家、艺术家们早就做过这样的钻仰。然而把象征化看作是文学的精神，则是两位文学大师不谋而合的旨趣。厨川白村把象征化解释为“梦幻”、“改装”、“拉进”，对世界的另一类处理，即审美的变相。鲁迅把象征化视为“文神”、“艺理”、“诗化”，即抗争黑暗社会的精神活动，或曰“为人生”的创造。从新文化的发轫之艰难而论，厨川白村与鲁迅都堪称先驱者。他们尤其在文艺理论的创辟和审美思想的推动方面，作出了杰出的贡献，称他们“得风气之先，开理路之正，成一家之言”，可谓允当。[①] 在鲁迅一方，他比厨川白村还要高出一筹的是文学成就卓著，如果要论其等级，称之为国际一流的大师一点也不过分。鲁迅是中国文学的骄傲，也是世界文学的光荣。

厨川白村和鲁迅都是人文思想的高端。中日有这两位文化人，说明这两个民族确实有值得称道之处。尽管这两个民族都曾经来路坎坷，去向曲折，但是只要有这样的思想家，那还是有希望的因子的。东方有这两位文学家，也昭显亚洲有文学的种源，有成就文学巨匠的资质，有在文学及其思想深处开掘的大手笔。这不是什么奖项所能鉴定的高与大，而是需要人

① 栾栋：《原创论》手稿。

民和历史给予肯定的美和善。中日有这样两位思想家，是东亚的福祉，是人类的福音。他们对各自民族劣根性的批判审思，对各自民族优越性的谦虚低调，对改造国民性的认真执着，足以说明他们是伟人。他们对各自民族的爱是大爱，是爱之以德的真诚，是站在人类良知和道德的高度去推进正义的事业。他们体现出的是一种伟大的文化意义，即今天人们津津乐道的人文精神。

厨川和鲁迅都以光明磊落的人生历程和真善美的境界追求，成就了各自的精神价值。他们两人生前身后的际遇不尽相同。他们都是艰难困苦的产儿，是一切腐恶势力的对手，确切些说，是整个黑暗社会和压迫性传统的“贰臣逆子”。这样的人物，是注定要饱受灾难的考验的。这就是所谓经磨历劫，“玉汝于成”。大苦大难可以成就大英雄，这个历史的法则，在厨川白村和鲁迅身上再次得到印证。他们两位都是普罗米修斯式的“盗火者”，这样的人自然得吃尽人间苦，由之实现大作为。相比较而言，厨川白村比鲁迅更具悲剧意味。他所生长的土壤和气候，是最不习惯自我反省和深刻检讨的海岛民族文化和耻恨失正的“菊刀”环境，更有甚者，其所处的时代又赶上了军国主义甚嚣尘上的岁月，所以他在生前没有受到充分的推举，死后也没有得到应有的尊崇。鲁迅比厨川白村幸运，在总体上看，他在生前死后都被社会各界高度认可，国人称其为“民族魂”，应该说是恰如其分的评价。当然，对鲁迅而言，他生前并非无对手，死后也并非全是颂歌。辱骂和泼污者有之，批评和纠偏者也大有人在。重要的是中华民族广大的知识阶层是有正义和公允的见解的，唯其如此，鲁迅打不倒，民族魂常在。所有的批评只能说明鲁迅精神永存，所有的攻击只能让攻击者自己受损。那些认为鲁迅跟着西方人贬低中华民族的观点，只能说明鲁迅关于批判民族劣根性和改造国民性的思想是不可或缺的，在今天依然意义重大。对于日本民族来讲，厨川白村的思想得到大力弘扬之日，才是这个岛国日神精神真正光芒四射之时。从当前的情况来看，这一天还相当遥远。

在文艺思想的方法方面，厨川白村与鲁迅给我们留下了丰厚的遗产。关于“苦闷的象征”那样的文学命题，关于象征化的特点和创演原理，关于文艺研究既上天路又接地气的方略，关于文艺尚善涉恶的功能求索……诸如此类的理论和实践，都是弥足珍贵的文艺学瑰宝，是审美思想方法中的高招，至今都具有不可低估的价值。就拿如何把握思想的超越性和写作的现实性之间的那个“度”来说，厨川白村和鲁迅的实践活动，不啻两座光辉的灯塔，很值得我们认真钻研。他们的苦闷观让人直切社会生活和精神世界，他们的象征说又使我们能够登高望远且不落空套。他们那种对社会负责，对劳苦大众关爱的精神和态度，为所有的理论工作者树立了楷模。他们立足本土而又放眼世界、洋为己用并且大胆拿来的胸襟气魄，在今天也是毫不过时的学习态度。有一些理论家和文学家如昙花一现，过去了，也就过去了。厨川白村和鲁迅与之相反，他们的思想因为穿透了时空，所以永恒。栾栋先生称厨川白村和鲁迅是文学思想的常青树，赞扬他们的文本中有古色古香，也有现代精神，还有后现代意味。这样一种超越性和切实性正是厨川白村与鲁迅文学思想的魅力所在，也是两位已作古学者的不朽之处。

我们对厨川白村和鲁迅的比较研究告一段落。掩卷深思，这样的探索本身也是向厨川白村和鲁迅学习的具体体现，在研究方法上尤其如此。厨川白村和鲁迅对东西方文化的研究，自然也有比较，但是他们的比较不是目的，甚至不是基本的手段，因为他们是以超越比较的方法来推进自己的研究。当我们读《苦闷的象征》或《摩罗诗力说》的时候，比较的色彩几乎褪尽，几种文化的芥蒂大都消弭，包括常人自觉不自觉地带有的狭隘民族主义的意识也一扫而光，留下的感受则是一种创制，一种升华，一种自新。当我们赏析《出了象牙之塔》或《野草》之时，问题类别淡化，学科意识归藏，剩下的反而是心向往之的感佩，是目击道存的通觉，是赏析一种全新创造时的震撼。栾栋先生将这种学术提升归纳为“熔铸”性研究。我们穿越了厨川与鲁迅的文学殿堂，追溯了两位文学大师的文化渊源，辨析了二者在苦闷文学思想方面的同振与共鸣，解苦谛，释命运，谈人文，说象征，思文学……问题意识与谜团探究合观并行，不拘陈说与文本解读合二为一，紧扣机枢与界外考量穿插交接，自家见识与借光他者深度契合，入之，出之，熔之，铸之，较之习见的比较研究远为艰辛。但是正如“苦闷的象征”这一命题所启示的，苦中有甜，闷中有乐。“熔铸”研究的方法让我们尝到了突破比较研究套路的苦尽甘来。

“熔铸”研究是脱俗脱熟的陌生化过程，创新努力是春蚕食桑、抽丝作茧而又破茧化蝶、扑翅学飞的求索过程。鲁迅说：“其实地上本没有路，走的人多了，也便成了路。”这应该是所有从事学术研究者的励志词，同时也是不甘重复或矢志创新者的座右铭。

参考文献

一、中文专著

1. 包忠文：《鲁迅的思想和艺术新论》，南京：南京大学出版社 1989 年版。

2. 鲍晶编：《鲁迅“国民性思想”讨论集》，天津：天津人民出版社 1982 年版。

3. 曹聚仁：《鲁迅评传》，上海：复旦大学出版社 2006 年版。

4. 陈安湖：《鲁迅论稿》，长沙：湖南人民出版社 1980 年版。

5. 陈安湖：《鲁迅研究三十年集》，武汉：华中师范大学出版社 1988 年版。

6. 陈鸣树：《鲁迅小说论稿》，上海：上海文艺出版社 1981 年版。

7. 陈坚：《烦恼即菩提——天台“性恶”思想研究》，北京：宗教文化出版社 2007 年版。

8. 陈平原：《中国大学十讲》，上海：复旦大学出版社 2002 年版。

9. 陈万雄：《五四新文化的源流》，北京：生活·读书·新知三联书店 1997 年版。

10. 程麻：《沟通与更新——鲁迅与日本文学关系发微》，北京：中国社会科学出版社 1990 年版。

11. 辞海编辑委员会：《辞海》，上海：上海辞书出版社 1999 年版。

12. （后秦）鸠摩罗什译，道生等注译：《维摩诘经今译》，北京：中国社会科学出版社 2003 年版。

13. 邓晓芒：《新批判主义》，武汉：湖北教育出版社 2001 年版。

14. 杜一白：《鲁迅思想论纲》，银川：宁夏人民出版社 1983 年版。

15. 杜一白：《鲁迅研究史稿》，沈阳：辽宁大学出版社 2000 年版。

16. 冯光廉、刘增人、谭桂林：《多维视野中的鲁迅》，济南：山东教育出版社 2002 年版。

17. 韩长经：《鲁迅与俄罗斯古典文学》，西安：陕西人民出版社 1983 年版。

18. 黄晋凯：《〈象征主义·意象派〉序》，《象征主义·意象派》，北京：中国人民大学出版社 1989 年版。

19. 黄庆萱：《修辞学》，台北：三民书局有限公司 1953 年版。

20. 高行健：《关于巴金的传奇》，《文坛老将》，广州：花城出版社 1961 年版。

21. 关滢、江天：《修辞谈要》，西宁：青海人民出版社 1980 年版。

22. （清）郭庆藩撰，王孝鱼点校：《庄子集释》，中华书局 2004 年版。

23. 郭沫若：《桌子的跳舞》，《郭沫若全集（文学编）》（第 16 卷），北京：人民文学出版社 1989 年版。

24. 郭沫若：《三叶集·郭沫若致宗白华》，《郭沫若全集（文学编）》（第 15 卷），北京：人民文学出版社 1990 年版。

25. 瞿平等注译：《净土诸经今译》，北京：中国社会科学出版社 2003 年版。

26. 康东元：《日本近现代文学翻译研究》，上海：上海交通大学出版社 2009 年版。

27. 老舍：《老舍全集》（第 16 卷），北京：人民文学出版社 1999 年版。

28. 雷世文：《鲁迅研究大纲》，北京：清华大学出版社 2010 年版。

29. 李强：《厨川白村文艺思想研究》，北京：昆仑出版社 2008 年版。

30. 林非：《鲁迅小说论稿》，天津：天津人民出版社 1979 年版。

31. 刘柏青：《鲁迅与日本文学》，长春：吉林大学出版社 1985 年版。

32. 刘再复：《鲁迅美学思想论稿》，北京：中国社会科学出版社 1981 年版。

33. 鲁迅：《鲁迅全集》，北京：人民文学出版社 2005 年版。

34. 鲁迅：《鲁迅译文集》（第 1 卷），北京：人民文学出版社 1958

年版。

35. 鲁迅博物馆·鲁迅研究室·《鲁迅研究月刊》选编：《鲁迅回忆录》（专著上中下），北京：北京出版社 1999 年版。

36. 鲁迅研究室编：《鲁迅藏书研究》，北京：中国文联出版公司 1991 年版。

37. 栾栋：《美学的钥匙——论马克思劳动学说的美学意义》，西安：陕西人民出版社 1983 年版。

38. 栾栋：《感性学发微——美学与丑学的合题》，北京：商务印书馆 1999 年版。

39. 栾栋：《原创论》手稿。

40. 栾栋：《诗说》手稿。

41. 栾栋：《人文学举要》讲稿。

42. 栾栋：《文艺学十五讲》讲稿。

43. 栾栋：《比较文学十五讲》讲稿。

44. 罗钢：《历史汇流中的抉择》，北京：中国社会科学出版社 2000 年版。

45. 马良春：《鲁迅思想研究》，北京：中国社会科学出版社 1981 年版。

46. 闵抗生：《地狱边沿的小花——鲁迅散文诗初探》，西安：陕西人民出版社 1981 年版。

47. 倪墨炎：《鲁迅后期思想研究》，北京：人民文学出版社 1984 年版。

48. 彭定安：《鲁迅思想论稿》，杭州：浙江文艺出版社 1983 年版。

49. 彭定安：《鲁迅学导论》，北京：中国社会科学出版社 2001 年版。

50. 彭定安：《走向鲁迅世界》，沈阳：辽宁教育出版社 1992 年版。

51. 平心：《人民文豪鲁迅》，上海：上海文艺出版社 1981 年版。

52. 破瞋虚明注译：《大般涅槃经今译》，北京：中国社会科学出版社 2003 年版。

53. 蒲松龄著，孟繁华等校注：《聊斋志异校注》，济南：齐鲁书社出版社 1998 年版。

54. 邵建：《20 世纪的两个知识分子：胡适与鲁迅》，北京：光明日报出版社 2008 年版。

55. 苏雪林：《我论鲁迅》，台北：传记文学出版社 1979 年版。

56. 舒芜等编：《中国近代文论选》，北京：人民文学出版社 1981 年版。

57. 孙昌熙：《鲁迅“小说史学”初探》，济南：山东教育出版社 1988 年版。

58. 孙翠宝主编：《智者的思路——20 世纪西方哲学思维方式》，上海：复旦大学出版社 1989 年版。

59. 孙郁：《20 世纪最忧患的灵魂》，北京：群言出版社 1993 年版。

60. 孙郁：《鲁迅忧思录》，北京，中国人民大学出版社 2012 年版。

61. 孙郁：《鲁迅与陈独秀》，贵阳：贵州人民出版社 2009 年版。

62. 汪毅夫：《鲁迅与新思潮：论鲁迅留日时期的思想》，西安：陕西人民教育出版社 1996 年版。

63. 王得后：《〈两地书〉研究》，天津：天津人民出版社 1982 年版。

64. 王富仁、赵卓：《突破盲点：世纪末社会思潮与鲁迅》，北京：中国文联出版社 2001 年版。

65. 王富仁：《历史的沉思：鲁迅与中国现代文学论》，西安：陕西人民教育出版社 1996 年版。

66. 王富仁：《鲁迅前期小说与俄罗斯文学》，西安：陕西人民出版社 1983 年版。

67. 王富仁：《先驱者的形象——论鲁迅及其他中国现代作家》，杭州：浙江文艺出版社 1987 年版。

68. 王家平：《鲁迅域外百年传播史 1909—2008》，北京：北京大学出版社 2009 年版。

69. 王乾坤：《由中间寻找无限——鲁迅的文化价值观》，西安：陕西人民教育出版社 1996 年版。

70. 王希杰：《汉语修辞学》，北京：北京出版社 1983 年版。

71. 王秉钦：《文化翻译学》，天津：南开大学出版社 1995 年版。

72. 王德春：《修辞学词典》，杭州：浙江教育出版社 1987 年版。

73. 王向远：《中日现代文学比较论》，长沙：湖南教育出版社 1998 年版。

74. 王世家、止庵：《鲁迅著译编年全集》（第 4 卷），北京：人民出版社 2009 年版。

75. 王元化主编：《释中国》，上海：上海文艺出版社 1998 年版。

76. 魏韶华：《“林中路”上的精神相遇：鲁迅与克尔凯郭尔比较研究》，北京：中国社会科学出版社 2004 年版。

77. 吴钧：《鲁迅翻译文学研》，齐鲁书社 2009 年版。

78. 吴士文：《修辞讲话》，兰州：甘肃人民出版社 1982 年版。

79. 吴俊：《鲁迅评传》，南昌：百花洲文艺出版社 1992 年版。

80. 徐麟：《鲁迅：在言说与生存的边缘》，济南：山东文艺出版社 1997 年版。

81. 徐明德：《鲁迅文化心理结构解析》，重庆：重庆出版社 1999 年版。

82. 许怀中：《鲁迅创作思想的辩证法》，福州：福建人民出版社 1980 年版。

83. 许怀中：《鲁迅与文艺思潮流派》，长沙：湖南人民出版社 1985 年版。

84. 许寿裳：《我所认识的鲁迅》，北京：人民文学出版社 1978 年版。

85. 许寿裳：《亡友鲁迅印象记》，桂林：广西师范大学出版社 2010 年版。

86. 薛绥之：《鲁迅生平史料汇编》，天津：天津人民出版社 1980 年版。

87. 乐黛云：《国外鲁迅研究论集（1960—1981）》，北京：北京大学出版社 1981 年版。

88. 姚春树：《鲁迅与厨川白村及鹤见祐辅——关于鲁迅杂文理论主要渊源的探讨，《鲁迅与中外文化》，厦门：厦门大学出版社 1987 年版。

89. 姚文元：《鲁迅——中国文化革命的巨人》，上海：上海文艺出版社 1959 年版。

90. 叶渭渠：《日本文学思潮史》，北京：北京大学出版社 2009 年版。

91. 叶渭渠：《日本小说史》，北京：北京大学出版社 2009 年版。

92. 郁达夫：《郁达夫文集》（第 4 卷），广州、香港：花城出版社、生活·读书·新知三联书店香港分店 1982 年版。

93. 易竹贤：《鲁迅思想研究》，武汉：武汉大学出版社 1984 年版。

94. 袁良骏：《鲁迅研究史》（上卷），西安：陕西人民出版社 1986 年版。

95. 张恩：《鲁迅与郭沫若比较论》，天津：天津人民出版社 1989 年版。

96. 张梦阳：《1913—1983 鲁迅研究学术论著资料汇编》，北京：中国文联出版公司 1985—1989 年版。

97. 张梦阳：《中国鲁迅学通史》，广州：广东教育出版社 2002 年版。

98. 张梦阳：《鲁迅学：在中国，在东亚》，广州：广东教育出版社 2007 年版。

99. 张梦阳：《悟性与奴性——鲁迅与中国知识分子的“国民性”》，郑州：河南人民出版社 1997 年版。

100. 张尚仁：《欧洲认识史概要》，北京：人民出版社 1983 年版。

101. 张远山：《汉语的奇迹》，昆明：云南人民出版社 2002 年版。

102. 张杰：《鲁迅：域外的接近与接受》，福州：福建教育出版社 2001 年版。

103. 章培恒、陈思和主编：《开端与终结——现代文学史分期论集》，上海：复旦大学出版社 2002 年版。

104. 章培恒、梅新林主编：《中国文学古今演变研究论集》，上海：上海古籍出版社 2002 年版。

105. 章太炎著，张昭军编：《章太炎讲国学》，北京：东方出版社 2007 年版。

106. 赵英：《籍海探珍——鲁迅整理祖国文化遗产撷华》，北京：中国文史出版社 1991 年版。

107. 郑欣淼：《鲁迅与宗教文化》，西安：陕西人民教育出版社 1996 年版。

108. 中国社会科学院文学研究所鲁迅研究室编：《鲁迅与中外文化的比较研究》，北京：中国文联出版公司 1986 年版。

109. 钟敬文著译，王得后编：《寻找鲁迅·鲁迅印象》，北京：北京出版社 2002 年版。

110. 钟敬文、林语堂等：《永在的温情——文化名人忆鲁迅》，石家庄：河北教育出版社 2000 年版。

111. 周启明：《鲁迅的青年时代》，北京：中国青年出版社 1957 年版。

112. 周海婴、周令飞：《鲁迅是谁》，北京：金城出版社 2011 年版。

113. 周振甫：《文心雕龙今译》，上海：中华书局 1986 年版。

114. 周作人：《周作人自编文集》，石家庄：河北教育出版社 2002 年版。

115. 周作人：《鲁迅的青年时代》，石家庄：河北教育出版社 2002 年版。

116. 张梁编选：《语丝》（作品选），北京：人民文学出版社 1988 年版。

117. 周作人：《关于鲁迅》，乌鲁木齐：新疆人民出版社 1997 年版。

118. 朱自清：《朱自清全集》（第 3 卷），南京：江苏教育出版社 1988 年版。

119. 朱文华：《鲁迅、胡适、郭沫若连环比较评传》，上海：上海文艺出版社 1991 年版。

120. 靳明全：《中国现代作家与日本》，济南：山东文艺出版社 1993 年版。

121. 靳明全：《日本文论史要：古代中世近世近代部分》，北京：中国社会科学出版社 2010 年版。

122. 支克坚：《胡风论》，南宁：广西教育出版社 2000 年版。

123. 方长安：《选择·接受·转化》，武汉：武汉大学出版社 2003 年版。

124. 工藤贵正：《厨川白村著〈近代的恋爱观〉在民国文坛中的影响》，《鲁迅：跨文化对话：纪念鲁迅逝世七十周年国际学术讨论会论文集》，郑州：大象出版社 2006 年版。

125. 马兴国：《论厨川白村的〈苦闷的象征〉》，《日本文化教育研究文集》，沈阳：辽宁教育出版社 1992 年版。

126. 叶课渠、唐月梅著：《日本文学史》（近代卷），北京：经济日报出版社 2000 年版。

（二）已翻译为中文的外文著作

127. 北冈正子著，何乃英译：《摩罗诗力说材源考》，北京：北京师范大学出版社 1983 年版。

128. 波兹德列娃著，吴兴勇、颜雄译：《鲁迅评传》，长沙：湖南教育出版社 2000 年版。

129. 勃兰兑斯著，张道真译：《十九世纪文学主流》，北京：人民文学出版社 1980 年版。

130. 川端康成著，叶渭渠译：《川端康成散文・下》，北京：中国广播电视出版社 1999 年版。

131. 厨川白村著，鲁迅译：《苦闷的象征》，南京：江苏文艺出版社 2008 年版。

132. 厨川白村著，罗迪先译：《近代文学十讲》，上海：学术研究会丛书部 1921 年版。

133. 厨川白村著，樊从予译：《文艺思潮论》，北京：商务印书馆 1924 年版。

134. 厨川白村著，夏丏尊译：《近代人恋爱观》，上海：开明书店 1928 年版。

135. 厨川白村著，绿蕉・大杰译：《走向十字街头》，上海：启智书局 1930 年版。

136. 鹤见祐辅著，陈秋帆译：《明月中天：拜伦传》，长沙：湖南文艺出版社 1992 年版。

137. 汉斯・比德曼著，刘玉红等译：《世界文化象征辞典》，桂林：漓江出版社 2000 年版。

138. 黑格尔著，朱光潜译：《美学》（第 2 卷），北京：商务印书馆 1979 年版。

139. 李欧梵著，尹慧珉译：《铁屋中的呐喊》，石家庄：河北教育出版社 2000 年版。

140. 马克思著：《马克思恩格斯全集》（第 42 卷），北京：人民出版社 1979 年版。

141. 木山英雄著：《文学复古与文学革命——木山英雄中国现代文学思想论集》，北京：北京大学出版社 2004 年版。

142. 内山完造著，尤炳圻译：《活中国的姿态》，兰州：敦煌文艺出版社 1995 年版。

143. 内山完造著，尤炳圻译：《一个日本人的中国观》，上海：开明书店 1936 年版。

144. 内山完造，渡边秀方，原惣兵卫著，尤炳圻、高明、吴藻溪译：《中国人的劣根优根：日本人眼中的近代中国》，南昌：江西人民出版社 2008 年版。

145. L. R. 帕默尔：《语言学概论》，北京：商务印书馆 1983 年版。

146. 任博克著，吴忠伟译，周建刚校：《善与恶——天台佛教思想中的遍中整体论、交互主体论与价值吊诡》，上海：上海古籍出版社 2006 年版。

147. 叔本华著，石冲白译：《作为意志和表象的世界》，北京：商务印书馆 1982 年版。

148. 史沫特莱等：《海外回响——国际友人忆鲁迅》，石家庄：河北教育出版社 2000 年版。

149. 藤井省三著，陈福康译：《鲁迅比较研究》，上海：上海外语教育出版社 1997 年版。

150. 丸尾常喜著，秦弓译：《“人”与“鬼”的纠葛：鲁迅小说论析》，北京：人民文学出版社 2005 年版。

151. 丸尾常喜著，秦弓、孙丽华等译：《耻辱与恢复：〈呐喊〉与〈野草〉》，北京：北京大学出版社 2009 年版。

152. 丸山真男著，王中江译：《日本政治思想研究》，北京：生活·读书·新知三联书店 2001 年版。

153. 丸山真男著，欧建英译：《福泽渝吉与日本近代化》，上海：学林出版社 1992 年版。

154. 丸山升著，王俊文译：《鲁迅·革命·历史：丸山升现代中国论文集》，北京：北京大学出版社 2005 年版。

155. 韦勒克、沃伦著，刘象愚等译：《文学理论》，北京：生活·读书·新知三联书店 1984 年版。

156. 西乡信纲等著，佩珊译：《日本文学史——日本文学的传统和创造》，北京：人民文学出版社 1978 年版。

157. 西奥多·米尔斯著，温凤龙译：《小群体社会学》，昆明：云南人民出版社 1988 年版。

158. 小田岳父著，范泉译：《鲁迅传》，上海：开明书店 1946 年版。

159. 谢曼诺夫著，王富仁、吴三元译：《鲁迅纵横观》，杭州：浙江文艺出版社 1988 年版。

160. 伊藤虎丸著，孙猛等译：《鲁迅、创造社与日本文学：中日近现代比较文学初探》，北京：北京大学出版社 1995 年版。

161. 伊藤虎丸著，刘柏青、金训敏合编：《日本学者研究中国现代文学论文选粹》，长春：吉林大学出版社 1987 年版。

162. 伊藤虎丸著，李冬木译：《鲁迅与日本人——亚洲的近代与"个"的思想》，石家庄：河北教育出版社 2000 年版。

163. 伊藤虎丸著，李冬木译：《鲁迅与终末论——近代现实主义的成立》，北京：生活·读书·新知三联书店 2008 年版。

164. 伊藤漱平、中岛利郎编，杨国华译：《鲁迅·增田涉师弟答问集》，上海：华东师范大学出版社 1989 年版。

165. 与谢野晶子著，张娴译：《与谢野晶子论文集》，上海：开明书店 1926 年版。

166. 竹内好著，李心峰译：《鲁迅》，杭州：浙江文艺出版社 1986 年版。

167. 增田涉著，由其民、周启乾译：《西学东渐与中日文化交流》，天津：天津社会科学院出版社 1993 年版。

168. 增田涉著，钟敬文译：《鲁迅的印象》，长沙：湖南人民出版社 1980 年版。

（三）中文期刊

169. 艾斐：《从扬弃式的摄取到创造性的运用——论鲁迅采撷域外文化的态度和方法》，《天津师范大学学报》1986 年第 6 期。

170. 艾斐：《论鲁迅摄取域外文化的态度和方法》，《青海社会科学》

1990年第4期。

171. 白烨：《关于文学概论讨论中提出的问题》，《文学评论》1982年第4期。

172. 鲍明晖：《梦无意识心灵——〈野草〉解读》，《华中师范大学研究生学报》2005年第2期。

173. 陈方竞：《论〈故事新编〉的深层意蕴》，《文艺研究》1993年第1期。

174. 陈方竞：《〈苦闷的象征〉与中国新文学关系考辨》，《中山大学学报》（社会科学版）2008年第5期。

175. 陈平原：《作为文学史家的鲁迅》，《学人》1993年第1期。

176. 陈鸣树，《论鲁迅的审美特点及其对创作的影响》，《复旦学报》（社会科学版）1981年第6期。

177. 陈妙云：《论象征散文与象征手法》，《华南师范大学学报》（社会科学版）1986年第3期。

178. 陈越：《论鲁迅散文中的人格光彩》，《浙江广播电视高等专科学校学报》2000年第1期。

179. 陈占彪：《鲁迅学术活动之动因探析》，《河北师范大学学报》（哲学社会科学版）2008年第6期。

180. 程麻：《日本随笔和鲁迅杂感》，《聊城师范学院学报》（哲学社会科学版）1987年第4期。

181. 程麻：《〈苦闷的象征〉和鲁迅的文艺心理学思想——论文学创作的心理动力问题》，《福建论坛》（文史哲版）1986年第5期。

182. 程中原：《没有私交的深情——有关张闻天与鲁迅的史料述评》，《瞭望周刊》1987年第41期。

183. ［日］厨川白村著，黄乔生译：《论英语之研究》，《鲁迅研究月刊》2006年第4期。

184. ［日］厨川白村著，蒋寅译：《文学家和政治家》，《绍兴鲁迅研究专刊》1984年第2期。

185. 楚图南：《鲁学术的新精神》，《新动向》1939年第3期。

186. 戴成法：《“拿来”的“象征主义”——鲁迅散文诗集〈野草〉创作特色管窥》，《常州工业技术学院学报》1995年第1期。

187. 邓美华：《用新的眼光审视〈中国小说史略〉》，《阴山学刊》2001 年第 3 期。

188. 邓政：《试论鲁迅杂文与中国传统小品文之关系》，《邵阳师范高等专科学校学报》2002 年第 3 期。

189. 杜瑞华：《简论文学意象生成的心理机制》，《山东师范大学学报》（人文社会科学版）2008 年第 3 期。

190. 樊篱：《鲁迅与普列汉诺夫的艺术论》，《长沙水电师院学报》（社会科学版）1987 年第 1 期。

191. 方长安：《五四文学发展与厨川白村的〈苦闷的象征〉》，《江汉论坛》2002 年第 9 期。

192. 方长安：《形成、调整与质变——周作人“人的文学”观与日本文学的关系》，《文学评论》2004 年第 3 期。

193. 方长安：《日本文学知识与鲁迅对文学“关系”的言说》，《福建论坛》（人文社会科学版）2007 年第 11 期。

194. 方长安：《鲁迅文学观的发生与日本文学经验》，《广东社会科学》2008 年第 1 期。

195. 冯友兰：《论命运》，原载于昆明《中央日报·星期专论》1942 年 11 月 29 日。

196. 傅瑛：《试论中国现代象征散文之诞生》，《淮北煤师院学报》（社会科学版）1994 年第 4 期。

197. 关鸿，《压抑：情感与智慧的痛苦》，《书城》1994 年第 6 期。

198. 管希雄：《弗洛伊德与鲁迅小说中精神病患者形象》，《温州师专学报》（社会科学版）1985 年第 1 期。

199. 高道一：《鲁迅与〈民众文艺周刊〉的资料剪辑》，《鲁迅研究月刊》2003 年第 6 期。

200. 高岭：《鲁迅对精神分析学说的接受与运用》，《北京广播电视大学学报》2004 年第 1 期。

201. 高剑莉：《厨川白村作品研究》，《成功（教育）》2011 年第 10 期。

202. 工藤贵正、许丹诚：《厨川白村著作在台湾的传播》，《华文文学》2010 年第 4 期。

203. 古大勇：《在表现主义的潜冲与暗滋下——〈野草〉创作方法新论》，《淮北煤炭师范学院学报》（哲学社会科学版）2005 年第 1 期。

204. 郭宏安：《“随笔”：碰撞之中的文类》，《外国文学评论》2001 年第 3 期。

205. 郭太安：《生命·个性·自我表现——厨川白村与郭沫若的早期文艺思想》《聊城师范学院学》（哲学社会科学版）1988 年增刊。

206. 郭预衡：《关于鲁迅治学方法的探讨》，《北京师范大学学报》1979 年第 1 期。

207. 顾国柱：《鲁迅与弗洛伊德》，《中州学刊》1987 年第 5 期。

208. 顾农：《鲁迅学术著作概观》，《长沙水电师院学报》（社会科学版）1987 年第 1 期。

209. 韩素玲：《简论田汉早期剧作的主题》，《齐鲁学刊》1996 年第 3 期。

210. 贺昌：《再谈〈秋夜〉的象征问题——兼与张觉先生商榷》，《鲁迅研究月刊》2000 年第 4 期。

211. 贺昌盛：《周氏兄弟的象征观》，《鲁迅研究月刊》2002 年第 8 期。

212. 黄德志：《厨川白村与中国新文学》，《文艺理论研究》2000 年第 2 期。

213. 黄德志、沈玲：《鲁迅与厨川白村》，《鲁迅研究月刊》2000 年第 10 期。

214. 黄德志：《厨川白村在现代中国的译介与传播》，《常熟理工学院学报》2008 年第 9 期。

215. 黄岚：《梁遇春和英国小品文的影响》，《云南师范大学学报》（哲学社会科学版）2000 年第 5 期。

216. 黄乔生：《关于〈鲁迅译文集〉中一篇未译的英语演讲》，《鲁迅研究月刊》2006 年第 4 期。

217. 黄科安：《“随笔”文类内涵的多样性和丰富性》，《文艺理论研究》2003 年第 6 期。

218. 黄科安：《“奴”与“人”：灵魂的审判和拷问——鲁迅随笔综论之四》，《泉州师范学院学报》2004 年第 1 期。

219. 黄科安：《鲁迅与现代随笔观念的探索与构建》，《中国现代文学研究丛刊》2004 年第 2 期。

220. 黄科安：《“枭鸣”：鲁迅随笔的异端思维与言说方式》，《杭州师范学院学报》（社会科学版）2004 年第 3 期。

221. 黄科安：《外国随笔：中国现代知识者的引进与实践》，《外国文学研究》2004 年第 4 期。

222. 黄科安：《“五四”时期外国散文理论的译介与效应》，《广播电视大学学报》（哲学社会科学版）2009 年第 2 期。

223. 黄善明：《论“五四”后周作人文艺思想之转变》，《山东社会科学》2000 年第 1 期。

224. 黄万华：《艺术借鉴：沦陷区散文同外来文化影响相处的基本格局》，《社会科学辑刊》1995 年第 1 期。

225. 黄梓荣：《“具象化的心象”——简析鲁迅〈影的告别〉和〈墓碣文〉》，《中国社会科学院研究生院学报》1986 年第 4 期。

226. 何卫：《郁达夫与厨川白村文艺思想之比较探析》，《北京航空航天大学学报》（社会科学版）2007 年第 1 期。

227. 何新：《摩罗诗人的铁屋呐喊——〈狂人日记〉新论》，《河北广播电视大学学报》2010 年第 3 期。

228. 洪焌荧：《文学想象与现代散文话语的建立（1925—1935）（下）》，《中国现代文学研究丛刊》2004 年第 2 期。

229. 胡从经：《〈未名丛刊〉与〈乌合丛书〉广告子目考索（续）——鲁迅佚文钩沉》，《社会科学刊》1982 年第 1 期。

230. 集：《〈苦闷的象征〉两种全译本》，《出版史料》2004 年第 2 期。

231. 金灿然：《鲁迅与故国》，《鲁迅研究丛刊》1941 年第 1 期。

232. 靳丛林：《热情的选择：近代日本文学在中国》，《鲁迅研究月刊》2001 年第 2 期。

233. 景尼：《松原宽评厨川氏〈苦闷的象征〉之难点》，《晨报附刊》1925 年 2 月 4 日、2 月 6 日、2 月 10 日。

234. 《〈狂人日记〉的“意识流”手法》，《文艺理论研究》1982 年第 3 期。

235. 李长之：《文学史家的鲁迅》，《人民文学》1956 年第 11 期。

236. 李丛中:《苦闷心态的征服与超越——创作心态剖析之二》,《蒙自师范高等专科学校学报》1995 年第 1 期。

237. 李强:《中国厨川白村研究评述》,《国外文学》2007 年第 4 期。

238. 李强:《“现代”视野中的厨川白村与〈近代的恋爱观〉》,《日本研究》2008 年第 2 期。

239. 李强:《日本厨川白村研究简述》,《日语学习与研究》2010 年第 2 期。

240. 李强:《厨川白村“现象”与“本体”的研究——谈学术研究的问题意识与方法论》,《日本研究》2010 年第 4 期。

241. 李霁野:《纪念许寿裳先生》,《天津师院学报》1978 年第 1 期。

242. 李荣生:《略论鲁迅的治学态度和方法》,《呼兰师专学报》1994 年第 2 期。

243. 李新宇:《面对世纪末文化思潮对鲁迅的挑战(一)——兼及五四新文化运动的现实合法性问题》,《鲁迅研究月刊》2000 年第 11 期。

244. 李新宇:《面对世纪末文化思潮对鲁迅的挑战(二)——兼及五四新文化运动的现实合法性问题》,《鲁迅研究月刊》2000 年第 12 期。

245. 李新宇:《面对世纪末文化思潮对鲁迅的挑战(三)——兼及五四新文化运动的现实合法性问题》,《鲁迅研究月刊》2001 年第 1 期。

246. 李怡:《“本着内心的要求”的激情与困扰——创造社文学选择的特点与问题》,《中国现代文学研究丛刊》2007 年第 5 期。

247. 李庸:《遥望小泉八云》,《博览群书》1996 年第 5 期。

248. 黎本初:《“拿来主义”的理论和实践初探——从〈摩罗诗力说〉到两个〈艺术论〉译本》,《天府新论》1987 年第 3 期。

249. 黎杨全:《论厨川白村对周作人文学观的影响》,《南京师范大学文学院学报》2005 年第 1 期。

250. 黎宗科:《鲁迅与厨川白村的文艺论著》,《厦门大学学报》(哲学社会科学版)1978 年 Z1 期。

251. 梁敏儿:《〈苦闷的象征〉与弗洛伊德学说的传人——厨川白村研究之一》,《中国现代文学研究丛刊》1994 年第 10 期。

252. 梁敏儿:《完全性的追求——鲁迅、〈苦闷的象征〉与浪漫主义》,《鲁迅研究月刊》2000 年第 3 期。

253. 林双泉：《人格的重建与道德价值的重估——论〈野草〉中生与死的对抗》，《福建师范大学学报》（哲学社会科学版）2003 年第 3 期。

254. 林万菁：《试释鲁迅“绝望之为虚妄，正与希望相同”（摘录）》，《鲁迅研究动态》1988 年第 5 期。

255. 林志浩：《“五四”以后鲁迅的唯物主义文艺思想》，《河北学刊》1986 年第 5 期。

256. 凌夫、陶元庆：《东西方融成特别的丰神》，《寻根》2010 年第 2 期。

257. 刘大杰：《鲁迅谈古典文学》，《文艺报》1956 年第 20 期。

258. 刘锋杰、严云受：《鲁迅创作中的文体象征与文化隐喻》，《江淮论坛》2001 年第 5 期。

259. 刘静：《生命的文学：郭沫若与厨川白村》，《重庆师范大学学报》（哲学社会科学版）2009 年第 5 期。

260. 刘静：《穆木天文学起点与日本因素》，《重庆文理学院学报》（社会科学版）2010 年第 6 期。

261. 刘堃：《从散文看鲁迅与周作人精神特质比较》，《鲁迅研究月刊》2004 年第 10 期。

262. 刘晓亮：《鲁迅与意识流文学》，《唐都学刊》2000 年第 4 期。

263. 刘新华：《〈野草〉的生命意识与超越精神》，《山东师大学报》（社会科学版）1988 年第 5 期。

264. 鲁枢元：《一部文艺心理学的早期译著——读鲁迅译〈苦闷的象征〉》，《郑州大学学报》1985 年第 1 期。

265. 鲁歌、江晖：《鲁迅致许广平书信中未发表的文字选注（续）》，《延安大学学报》（社会科学版）1981 年 Z1 期。

266. 卢铁澎：《“日本桥”与中国现代文艺思潮观》，《苏州科技学院学报》（社会科学版）2006 年第 3 期。

267. 陆汉军、韦永恒：《论鲁迅〈野草〉中的“梦”》，《名作欣赏》2007 年第 20 期。

268. 陆路：《中国近代社会的特点与早期鲁迅思想》，《学术研究》1985 年第 6 期。

269. 吕若涵：《试论鲁迅的杂文理论》，《福建师范大学学报》（哲学社会科学版）1996 年第 4 期。

270. 栾栋：《人文精神与学科建设》，《华中师范大学学报》（人文社会科学版）1996 年第 6 期。

271. 栾栋：《易辨法界说——人文学方法论》，《哲学研究》2003 年第 8 期。

272. 栾栋：《试论人文精神探讨的思维方法问题》，《陕西师范大学学报》（哲学社会科学版）1996 年第 3 期。

273. 栾栋：《咸学的先声——兼论美学与丑学的合题》，《华中师范大学学报》（人文社会科学版）2004 年第 6 期。

274. 栾栋：《文史哲学阙略管见》，《哲学研究》2005 年第 12 期。

275. 栾栋：《文学的疆域》，《光明日报》2003 年 1 月 15 日。

276. 栾栋：《关于古代文学研究的立场和方法》，《哲学研究》2001 年第 4 期。

277. 栾栋：《辟文学通解——兼论文学非文学》，《文学评论》2008 年第 3 期。

278. 栾栋：《辟文学别裁》，《文学评论》2010 年第 4 期。

279. 栾栋：《三大学科群问题方法沉思录》，《华中师范大学学报》（人文社会科学版）2001 年第 7 期。

280. 栾栋：《文学归藏论》，《文学评论》2004 年第 1 期。

281. 栾栋：《文学归潜——兼谈文学研究的沉潜》，《文学评论》2005 年第 5 期。

282. 栾栋：《文学归化论——说圆通》，《文学评论》2006 年第 4 期。

283. 栾栋：《论人文学术还家——兼论"文史哲互根"》，《学术研究》2007 年第 10 期。

284. 栾栋：《说"文"》，《文学评论》2007 年第 4 期。

285. 栾栋：《解史——论史学意识》，《中国文化研究》2008 年第 1 期。

286. 栾栋：《释哲》，《中国文化研究》2009 年第 2 期。

287. 栾栋：《大学教学方法简说——有、无、化方略解析》，《唐都学刊》2008 年第 5 期。

288. 栾栋：《高教平台层次反思》，《广东外语外贸大学学报》2008 年第 4 期。

289. 栾栋：《高校研究重镇刍议》，《广东外语外贸大学学报》2009 年第 5 期。

290. 栾栋：《文学他化论——关于文学的三悖论考察》，《学术研究》2008 年第 6 期。

291. 栾栋：《文学他化说》，《文学评论》2009 年第 4 期。

292. 栾栋：《法国文学的他者指归》，《学术研究》2010 年第 2 期。

293. 栾栋：《法国文学他化现象管窥》，《外国文学研究》2010 年第 5 期。

294. 栾栋：《文学他化疏》，《法国研究》2011 年第 1 期。

295. 栾栋：《文学通化论》，《文学评论》2011 年第 4 期。

296. 栾栋：《辟文化简说》，《中国文化研究》2011 年第 1 期。

297. 栾栋：《人文学的远源》，《广东外语外贸大学学报》2011 年第 5 期。

298. 闵抗生：《试论鲁迅思想与日本文化》，《鲁迅研究动态》1989 年第 9 期。

299. 倪浓水：《“苦闷的象征”》，《电大教学》1999 年第 1 期。

300. 彭小燕：《鲁迅的“战士真我”及其译作〈出了象牙之塔〉》，《汕头大学学报》2006 年第 5 期。

301. 彭修银：《中国现代文艺学、美学学科确立中的日本因素》，《广西民族大学学报》（哲学社会科学版）2008 年第 4 期。

302. 彭正华：《从“白日梦”到“苦闷的象征”——论厨川白村对弗洛伊德心理学的接受与批判》，《唐山师范学院学报》2008 年第 1 期。

303. 钦文：《鲁迅不是象征主义者》，《文艺研究》1982 年第 1 期。

304. 任现品：《〈苦闷的象征〉的传播及其意义——兼论鲁迅对中国现代文学理论建设的贡献》，《齐鲁学刊》2001 年第 3 期。

305. 任现品：《内在契合与外在机运——中国现代文坛接受〈苦闷的象征〉探因》，《烟台大学学报》（哲学社会科学版）2002 年第 1 期。

306. 史玉宝：《〈苦闷的象征〉与中国现代作家》，《贵州大学学报》（社会科学版）1990 年第 4 期。

307. 史玉宝：《柏格森、厨川白村与胡风》，《临沂师范学院学报》

2004 年第 2 期。

308. 石向实：《弗洛伊德精神分析学说在中国》，《博览群书》2008 年第 5 期。

309. 孙郁：《鲁迅翻译思想之一瞥》，《鲁迅研究月刊》1991 年第 6 期。

310. 孙玉石：《现实的与哲学的（连载十一）——鲁迅〈野草〉重释》，《鲁迅研究月刊》1996 年第 11 期。

311. 孙玉石：《现代文学研究学术的风范读相浦杲先生〈20 世纪中国文学研究论集〉》，《鲁迅研究月刊》1997 年第 2 期。

312. 童晓薇：《日本大正时期文化界与创造社新浪漫主义思想的建构》，《深圳大学学报》2005 年第 5 期。

313. 丸尾常喜、金贤贞：《“彷徨”时期的鲁迅》，《鲁迅研究月刊》1999 年第 6 期。

314. 王成：《〈苦闷的象征〉在中国的翻译及传播》，《日语学习与研究》2002 年第 1 期。

315. 王福湘：《陈独秀与鲁迅文学思想之比较》，《社会科学》2009 年第 2 期。

316. 王高旺：《浅论弗洛伊德学说对鲁迅的影响》，《前沿》2006 年第 9 期。

317. 王浩：《由鲁迅来印证几项感想》，《读书》1982 年第 4 期。

318. 王吉鹏：《〈野草〉与厨川白村》，《广西师院学报》1986 年第 1 期。

319. 王凌：《日本近代文学翻译在中国》，《辽宁大学学报》（哲学社会科学版）1981 年第 3 期。

320. 王铁钧：《从审美取向看厨川白村文艺观的价值认同》，《山西大学学报》（哲学社会科学版）2005 年第 5 期。

321. 王文宏：《厨川白村与社会文明批评》，《外国文学研究》2002 年第 4 期。

322. 王文宏：《“情绪主观是文艺的始终”——厨川白村文艺思想研究》，《北京邮电大学学报》（社会科学版）2002 年第 4 期。

323. 王文宏：《情绪主观：文艺进化的主流——厨川白村文艺思想研

究》,《东疆学刊》2002 年第 4 期。

324. 王文宏:《鲁迅与厨川白村》,《北京邮电大学学报》(社会科学版)2003 年第 3 期。

325. 王文宏:《厨川白村与弗洛伊德》,《东疆学刊》2003 年第 4 期。

326. 王文宏:《厨川白村与〈近代文学十讲〉》,《外国文学研究》2003 年第 5 期。

327. 王文宏:《厨川白村的主观文艺进化论》,《北京电子科技学院学报》2004 年第 3 期。

328. 王文宏:《一个具有悖论情结的文艺思想家——厨川白村文艺思想研究》,《东疆学刊》2005 年第 3 期。

329. 王烨:《论〈苦闷的象征〉对钱杏邨 30 年代文学批评的影响中》,《中国现代文学研究丛刊》2001 年第 4 期。

330. 王宜山:《〈红楼梦〉——苦闷的象征》,《山东社会科学》1990 年第 5 期。

331. 王向远:《鲁迅杂文观念的形成演进与日本文学》,《鲁迅研究月刊》1996 年第 2 期。

332. 王向远:《厨川白村与中国现代文艺理论》,《文艺理论研究》1998 年第 2 期。

333. 王向远:《中日新浪漫主义因缘论》,《四川外语学院学报》1998 年第 3 期。

334. 王向远:《中国现代文艺理论和日本文艺理论》,《北京师范大学学报》(社会科学版)1998 年第 4 期。

335. 王向远:《胡风和厨川白村》,《文艺理论研究》1999 年第 2 期。

336. 王向远:《大胆假设,细致分析——比较文学“影响研究”新解》,《北京社会科学》2003 年第 2 期。

337. 王向远:《比较文学“影响研究”新解》,《商丘师范学院学报》2003 年第 6 期。

338. 王质平:《〈苦闷的象征〉的两种译本》,《贵州文史丛刊》1984 年第 4 期。

339. 汪星明:《鲁迅〈故事新编〉新论》,《社会科学家》1996 年第 5 期。

340. 文宗理：《“取今”、“复古”之间的文化穿越——从章太炎到鲁迅》，山东大学博士论文 2009 年。

341. 文学武：《现代主义与〈野草〉创作中的艺术接受心理》，《社会科学辑刊》1995 年第 4 期。

342. 温儒：《鲁迅前期美学思想与厨川白村》，《北京大学学报》（哲学社会科学版）1981 年第 5 期。

343. 吴立昌：《鲁迅如何看待精神分析》，《复旦学报》（社会科学版）1986 年第 1 期。

344. 吴中杰：《鲁迅学术思想述评》，《大理师专学报》2001 年第 2 期。

345. 夏敏：《厨川白村：郭沫若吸收唯美主义的重要中介》，《郭沫若学刊》2009 年第 3 期。

346. 小谷一郎、刘平：《厨川白村与田汉的早期创作》，《社会科学辑刊》1990 年第 4 期。

347. 相浦杲、宿玉堂、能势良子：《关于鲁迅的散文诗集〈野草〉（上）——从比较文学的角度来谈》，《辽宁大学学报》（哲学社会科学版）1984 年第 1 期。

348. 相浦杲、宿玉堂、能势良子：《关于鲁迅的散文诗集〈野草〉（下）——从比较文学的角度谈》，《辽宁大学学报》（哲学社会科学版）1984 年第 2 期。

349. 肖剑南：《鲁迅散文“释愤抒情”的理论探源》，《嘉应学院学报》2005 年第 4 期。

350. 肖霞：《论留日作家早期浪漫主义思想的形成》，《山东理工大学学》（社会科学版）2003 年第 1 期。

351. 熊晓艳：《厨川白村与周作人文学史建构比较》，《淄博师专学报》2007 年第 1 期。

352. 熊飞宇、刘红云：《鲁迅与〈苦闷的象征〉》，《安徽文学》（下半月）2008 年第 1 期。

353. 徐乘：《Essay 的意境美》，《新闻知识》1990 年第 2 期。

354. 徐志啸：《中国比较文学复兴期影响研究概述》，《喀什师范学院学报》1995 年第 1 期。

355. 严家炎:《鲁迅和日本文化——1991 年 10 月 20 日在日本神户市孙中山纪念馆友之会的讲演》,《鲁迅研究月刊》1992 年第 2 期。

356. 严家炎:《鲁迅与表现主义——兼论〈故事新编〉的艺术特征》,《中国社会科学》1995 年第 2 期。

357. 严云绶、刘锋杰:《文学形象模式论略——具象与喻象之分析》,《文艺理论研究》1990 年第 4 期。

358. 杨迎平:《鲁迅小说与心理分析》,《湖北师范学院学报》(哲学社会科学版)2004 年第 3 期。

359. 姚春树:《鲁迅与厨川白村——关于鲁迅杂文理论主要渊源的探讨》,《杂文界》1988 年第 1 期。

360. 姚春树:《鲁迅散文创作和中外文学传统》,《福建师大学报》(哲学社会科学版)1981 年第 4 期。

361. 姚锡佩:《跨世纪的心理探求》,《鲁迅研究月刊》1995 年第 8 期。

362. 景明:《鲁迅研究古典文学方法谈》,《锦州师专学校》(社会科学版)1994 年第 2 期。

363. 英溪:《工藤贵正著〈中文世界的厨川白村现象〉》,《中国现代文学研究丛刊》2010 年第 4 期。

364. 于秀娟:《厨川白村·鲁迅·〈野草〉》,《聊城师范学院学》(哲学社会科学版)1999 年第 3 期。

365. 余连祥:《鲁迅·丰子恺·〈苦闷的象征〉》,《鲁迅研究月刊》2005 年第 4 期。

366. 《语涉鲁迅:高长虹旧文新读》,《新文学史料》2008 年第 3 期。

367. 袁荻涌:《智慧的痛苦——试析鲁迅译介〈小约翰〉的思想动因》,《昭通师专学报》1997 年第 3 期。

368. 袁荻涌:《鲁迅译介厨川白村著作的思想动因》,《庆阳师专学报》(社会科学版)1994 年第 2 期。

369. 袁荻涌:《鲁迅与弗洛依德》,《毕节师专学报》1995 年第 1 期。

370. 袁荻涌:《鲁迅与日本文学的关系》,《龙江社会科学》1995 年第 2 期。

371. 袁荻涌:《独到的见地深切的会心——厨川白村为何会得到鲁迅

的赞赏和肯定》,《日本学刊》1995 年第 3 期。

372. 袁良骏:《探讨鲁迅与外国文学的关系》,《绍兴师专学报》1991 年第 3 期。

373. 张灿辉:《人文学科与通识教育》,《陕西师范大学学报》(哲学社会科学版) 2000 年第 1 期。

374. 张大明:《中国现代文学思潮资料目录》,《中国现代文学研究丛刊》2002 年第 3 期。

375. 张福贵:《日本近年鲁迅研究述评》(下),《鲁迅研究月刊》1994 年第 9 期。

376. 张立:《魔鬼的美——从鲁迅的出版活动看鲁迅的生命意识》,《出版发行研究》1997 年第 2 期。

377. 张建雄:《鲁迅与“力比多”》,《大理学院学报》2004 年第 6 期。

378. 张晋业:《“深层”表现与“忠实”再现融合:鲁迅前期文艺观的鲜明特征》,《江汉论坛》1993 年第 8 期。

379. 张杰:《鲁迅与“罗王”之学》,《鲁迅研究丛刊》1999 年第 8 期。

380. 张杰:《鲁迅与刘师培的学术联系》,《鲁迅研究丛刊》2000 年第 6 期。

381. 张杰:《鲁迅与扬州学派中坚》,《鲁迅研究丛刊》2001 年第 10 期。

382. 张杰:《鲁迅与太平广记》,《鲁迅研究丛刊》2001 年第 12 期。

383. 张杰:《鲁迅杂考二则》,《新文学史料》2005 年第 4 期。

384. 张俊华:《“厨川白村”应为“鹤见祐辅”》,《读书》2002 年第 11 期。

385. 张敏:《试论〈苦闷的象征〉对老舍小说创作的影响》,《滁州学院学报》2005 年第 3 期。

386. 张强:《鲁迅与晚清“小说界革命”》,《中国文学研究》1993 年第 4 期。

387. 张若英:《作为小说学者的鲁迅先生》,《光明》1936 年第 12 期。

388. 张韶闻:《苦闷的象征——厨川白村创作论思想与鲁迅创作之比较》,《重庆电子工程职业学院学报》2011 年第 2 期。

389. 张直心：《简论鲁迅接受苏俄文艺思想的内在需求》，《云南师范大学学报》（哲学社会科学版）1994 年第 1 期。

390. 止庵：《鲁迅杂文集的编法与说法》，《博览群书》2011 年第 2 期。

391. 曾镇南：《读厨川白村〈苦闷的象征〉》，《读书》1982 年第 9 期。

392. 赵景深：《中国小说史家的鲁迅先生》，《大晚报》1936 年 10 月 22 日。

393. 赵小琪：《互文性：鲁迅的〈野草〉与〈苦闷的象征〉的译介》，《社会科学辑刊》2007 年第 4 期。

394. 郑仁霞：《试论鲁迅对弗洛伊德学说的深层突破》，《学术论坛》1996 年第 3 期。

395. 郑英旻：《野草对外来象征艺术的借鉴》，《上海师范大学学报》（哲学社会科学版）1985 年第 3 期。

396. 郑振铎：《鲁迅先生的治学精神》，《申报》1937 年 10 月 19 日。

397. 周涛：《聚焦生命：鲁迅与厨川白村》，《绍兴文理学院学报》（哲学社会科学）2006 年第 1 期。

398. 周涛：《在认识中阐释生命本体——鲁迅与厨川白村文艺观比较》，《晋阳学刊》2008 年第 4 期。

399. 朱栋霖、徐德明：《30 年代中国人文主义文学思潮》，《韶关学院学报》（社会科学版）2005 年第 1 期。

400. 朱金顺：《〈苦闷的象征〉的两种译本》，《中国现代文学研究丛刊》1987 年第 1 期。

401. 朱寿桐：《“象征印象主义”就是表现主义》，《鲁迅研究动态》1987 年第 4 期。

402. 祝勇：《〈野草〉：夜晚的哲学》，《书屋》2006 年第 9 期。

403. 邹湘侨：《浅论鲁迅〈秋夜〉中的思想与自我形象》，《河池师专学报》（社会科学版）1994 年第 4 期。

404. 邹雪梅：《浅析鲁迅和周作人散文的日本文学经验》，《文学教育（上）》2011 年第 3 期。

405. 沈幼平：《从〈摩罗诗力说〉到〈苦闷的象征〉》，安徽师范大学硕士学位论文 2002 年。

（四）日文专著

406. 阪仓笃太郎：《代跋》，《厨川白村全集》（第3卷），东京：改造社1929年版。

407. 柄谷行人：《近代日本の批評Ⅱ》（明治大正篇），东京：讲谈社2001年版。

408. 本间久雄：《今年評論界の备忘》，载1919年11月23日、30日《读卖新聞》收入《編年体大正文学全集》别卷，东京：YUMANI书房2003年版。

409. 本间久雄：《日本文学全史　明治文学史》（上），东京堂1935年版。

410. 本间久雄：《日本文学全史　明治文学史》（下），东京堂1937年版。

411. 本间久雄：《現代日本文学大系96 文芸評論集》，东京：筑摩书房2010年版。

412. 厨川白村：《苦悶の象徴》，东京：改造社1921年版。

413. 厨川白村：《文学の起源》，东京：改造社1924年版。

414. 厨川白村：《再谈恋爱》，《厨川白村全集》（第5卷），东京：改造社1929年版。

415. 厨川白村：《小泉先生》，《厨川白村全集》（第4卷），东京：改造社1929年版。

416. 厨川白村：《近代文学十讲》，《厨川白村全集》（第1卷），东京：改造社1929年版。

417. 高木大干：《小泉八云——その日本学》，东京：りブロプ－ト1986年版。

418. 高田半峰：《半峰昔話》，东京：早稻田大学出版社1927年版。

419. 亀井秀雄：《明治文学史》，东京：岩波书店2000年版。

420. 吉田富夫：《鲁迅点景》，东京：研文出版2000年版。

421. 吉田精一：《近代文芸評論史：大正篇》，东京：至文堂1980年版。

422. 加藤周一：《加藤周一著作集 6：近代日本の文学の伝统》，东京：平凡社，1978 年版。

423. 近藤邦康：《中国近代思想史研究》，东京：劲草书房 1981 年版。

424. 臼井吉见：《近代文学论争》（上），东京：筑摩书房 1956 年版。

425. 臼井吉见：《近代文学论争》（下），东京：筑摩书房 1985 年版。

426. 铃木贞美：《生命観の探究》，东京：作品社 2007 年版。

427. 内山完造：《鲁迅先生》，鲁迅先生纪念委员编：《鲁迅先生纪念集》，上海：上海书店 1937 年版。

428. 片山智行：《鲁迅のリアリズム》，东京：第三书房 1985 年版。

429. 前田爱：《日本文学新史（近代）》，东京：至文堂 1990 年版。

430. 清水胜：《鲁迅》，东京：河出书房新社 1980 年版。

431. 辰野隆编：《近代日本の教养人》，东京：实业之日本社 1950 年版。

432. 桧山久雄：《鲁迅と漱石》，东京：第三文明社 1977 年版。

433. 《文芸评论集》（现代日本文学大系 96），东京：筑摩书房 1973 年版。

434. 小谷野敦：《现代文学论争》，东京：筑摩书房 2010 年版。

435. 小西甚一：《日本文学史》，东京：讲谈社 1993 年版。

436. 昭和文学研究会编：《昭和文学の诸问题》，东京：笠间书院 1979 年版。

（五）日文期刊

437. 厨川白村：《近代短篇小说》，《帝国文学》1909 年 4 月第 15 卷第 4 号。

438. 厨川白村：《近代文学十讲》，《帝国文学》1912 年第 18 卷第 5 号。

439. 厨川白村：《奥斯卡・王尔德の警句》，《帝国文学》1909 年 4 月第 15 卷第 4 号。

440. 厨川白村：《异教思潮の胜利》，《中央公论》1914 年 1 月号。

441. 厨川蝶子：《悲しき追忆》，《女性》1923 年 11 月第 4 卷第 5 号。

442. 荒正人：《大正期の文人・文坛》，《英语青年》1967 年 2 月第 15 卷第 11 号。

443. 户川秋骨：《新刊通読》，《国民新闻・国民文学栏》1912 年 6 月 19 日。

444. 户川秋骨：《なぜ英国文学日本で通じなく》，《新潮》1907 年 7 月号。

445. 吉田正俊：《近代文学十讲とほか》，《英语教育》1967 年 2 月号。

446. 吉武好孝：《明治の翻译文学》，《英语教育》第 15 卷第 10 号。

447. 片上伸：《厨川白村氏の〈近代文学十讲〉》，《文章世界》1910 年 6 月第 7 卷第 8 号。

448. 森川智德：《忆畏友白村》，《宗教と芸术》1923 年 10 月 25 日第 4 卷第 10 号。

449. 山川菊荣：《厨川白村著〈象牙の塔を出て〉》，《著作评论》1920 年 8 月第 1 卷第 5 号。

450. 矢野峰人：《苦闷の象徵を読んで感あり》，《读売新闻》1924 年 4 月 7 日。

451. 矢野峰人：《英米文学の移入とその影响》，《英语青年》1967 年 1 月第 15 卷第 10 号。

452. 西周：《知说》，《明六雜志》1874 年第 7 期第 25 号。

453. 野村八良：《影响明治大正学界の西方文学论》，《学苑》1951 年 2 月号。

454. 舟山平藏：《大正年间の英国文学研究》，《英文学研究》1927 年 3 月第 7 卷第 1 期。

后　记

敲定论文修改稿的最后一个句号后，我心潮起伏，久久不能平静。回顾求学的往事，难忘的情景历历在目。2010 年 9 月，我来到外国文学文化中心，开始了我的读博之旅。领我入门的导师是栾栋先生。他在人文学课程中，给我开启了一片新的视野，展示了一个新的学科，提供了一种新的方法。这三种新元素，就是我完成本论文的学术背景和理论基础。他在专业导读课程中，指导我阅读了大量中外古典作品和人文理论著作，为我的博士论文纲要的拟定，擘画出了一个开阔的思路。在论文的题目选定、开题报告提交和分章撰写的各个阶段，他都给予了我悉心的指导和多方面的帮助。最值得一提的是他对学术的专注与严谨，对我起到了敬畏的榜样作用。作为学生，我从栾老师那里学到了坚持、坚守与坚强。师母关老师三年来给予我无微不至的关怀，她从学习、生活等各个方面体贴和照顾我。我永远忘不了她那种如同母爱般的慈祥的目光，给了我温暖，给了我力量。

在外文中心学习期间，我接触到了许多良师益友。他们的教诲和帮助，使我艰难的读博过程，多了温馨，多了信心，多了坚韧。徐真华教授目光宏深，指点剀切，那样一种从容淡定的谈吐，像春风化雨，滋润着我们的心灵。郑立华教授明澈而生动的上课方式，连同其平易近人的亲切，都给我们留下了深刻的印象。杨韶刚教授的课堂有着“禅茶同香”的风致，那一杯浓浓的下午茶，与心理学的导读，伦理学的遐思，都让我们回味无穷。陈桐生教授学富五车的博识和给学生以学习空间的雅设，让我们在经典阅读和自由想象之间徜徉而流连忘返。张进教授在人文学高级研修班上的授课，出入文史，折冲思辨，让我们感受到了历史主义之新，审美哲学之深，人文学术之雅。王毓红教授的《文心雕龙》研究是我们钻研中外文学理论的一个重要参考。李瑛老师认真负责的精神和任劳任怨的态度，一直是我们学习与生活中坚实的依靠。

我的同学李亚旭、孔莉姮、杨劼、章晓宇、方迎生……他们和我一起攻读，赏奇文，析疑难，传好书，施援手，齐心协力完成了2010年研究生创新团队的课题，合作攻关并取得了优秀的结项成绩。康蕾、张智志、刘奕华、李卓然都是我读博路上的好伙伴，一路上我们谈古论今，互相鼓励，点点滴滴，令我难忘。

读博期间，我的父母一直关心和理解我，给了我许多积极的疏导和及时的帮助。我的艰苦求学过程，实际上也是他们与我一起拼搏的岁月。难为天下父母心，常怀学堂读书人。他们是我最大的精神依靠。

谢谢许多给予我关心和爱护的亲朋好友，各位的理解和支持是我昨日成绩的支点，也是我继续进取的动力。

雷晓敏
2013年3月1日